똥꽃

개정판

농부 전희식이 치매 어머니와 함께한 자연치유의 기록

똥꽃

전희식, 김정임 지음

그물코

"어떤 어미가 제 자식 헛고생 시키겠냐?"

낯 뜨거운 책이 나오게 되었습니다. 제 아내가 지적했듯이 "자기 혼자 어머니 다 모신 것처럼" 비칠까 봐 여기저기 눈치가 보입니다. 우리 아이들도 직접 말은 안 해도 제 생활을 이렇게 책으로 공개하는 것이 영 못마땅한 눈칩니다. 좀 조용히 살면 안 되냐고 투덜대는 소리를 들은 적이 있습니다. 이래저래 쑥스럽습니다.

십여 년 넘게 방치되어 귀신이라도 나올 듯했던 쓰러진 시골집을 구해 혼자 뚝딱거리며 일으켜 세울 때는 스스로도 장담할 수 없었던 것이 어머니와 보내게 될 새로운 생활이었습니다.

따로 모아 놓은 돈이 있는 것도 아니요, 형제들의 지원이나 동의가 있는 것도 아니었습니다. 아이들은 커 가고 각종 고지서는 계속 날아들고 있었습니다. 그래도 어머니의 말년을 이대로 놔둘 수 없다는 우직한 마음 하나 가지고 고물이나 폐자재들을 주워 모아 가며 집 고치는 일을 계속했습니다.

화려하게 부활하는 고물들처럼 내 어머니도 부서진 다리, 흩어진 기억, 체념의 일상에 생기가 돌고 의욕이 차오르기를 빌었습니다. 무엇보다도 황소고집인 우리 어머니와 다투지 않고 잘 살 수 있기를 기도했습니다.

앞뒤 안 재고 제가 좀 단순했던 것 같습니다. 치매와 고관절 손상으로 몸이 다 망가진 것이 다 누구 때문인데 늙으신 어머니에게 혼자 그 뒷감당을 하게 내맡겨서야 되겠나 싶었던 것이지요.

어쨌든 집도 잘 고치고 오늘까지 어머니랑 큰 탈 없이 살아온 것 같습니다. 어머니는 저를 힘들게도 하셨고 지혜와 깨우침도 주셨습니다. 돌이켜보면 시작은 제가 했지만 여러 사람들의 정성과 지원이 없었다면 이렇게 책까지 나오는 일은 불가능했으리라 여겨집니다.

이십여 년 가까이 불평 한 마디 없이 어머니를 모셨던 서울 큰형수님께 감사드리지 않을 수 없습니다. 어머니랑 살다 보니 큰형수님의 공덕이 새삼스레 크다는 것을 알게 되었습니다. 우리 형제들이 어머니 모시는 일로 단 한 번도 다툰 적이 없었던 것도 다 큰형수님 덕이라고 생각합니다.

그러고 보니 고마운 사람들뿐입니다.

반찬은 물론 계절마다 질 좋은 옷을 사 보내고 거의 매달 어머니께 편지를 써 보낸 평화네, 장난감을 보내 주시고 교정을 봐 주신 민강이네, 벽시계와 각종 동화책을 챙겨 주신 쭌쪼네, 집 지을 때 필요한 자재들을 챙겨 주신 한창고물 사장님, 두 차례나 방문해서 어머니를 진단하고 약을 지어 주신 익산노인병원 원장님, 늙으신 부모 모시는 경험과 지혜는 물론 생면부지의 저에게 큰돈을 건네주기 위해 울산에서 오셨던 정 선생님.

일손이 모자랄 때마다 와서 농사일을 도와 준 사람, 땔감을 해 주러 온 사람, 두 벌의 놋그릇을 마련해 준 사람, 어머니 등받이 쿠션을 갖다 준 사람, 이 책은 어머니를 공동 저자로 해야 한다고 말해 준 사람, 책의 제목을 지어 준 사람, 어머니 생신 때 와서 사흘 동안 놀다 간 다섯 명의 어여쁜 공주들, 어머니 기도잔치 때 제주도에서 비행기 타고 와 준 사람….

그리고 나의 영원한 후견인 경인이 형님. 나를 함부로 야단치는 이 세상 유일한 사람. 내가 세상을 향해 쪽문이라도 열어 두고 소통할 수 있게 부르면 모든 일 제쳐두고 와 주시는 경인이 형님께 감사를 드립니다. 물심양면으로 격려해 준 식구들. 식구보다 더한 정성으로 궂은 일마다 않고 도와 준 매제 문용근 님에게 감사를 드립니다.

몸도 마음도 흐트러지셨지만 어머니는 살아 계신 것만으로도 얼마나 큰 역할을 하시는지 보게 됩니다. 우리 형제와 친척들을 튼튼하게 이어 주고 있다는 사실입니다. 저한테 상상조차 하지 못했던 또 다른 세상 하나를 선물해 주셨다는 점입니다.

저는 이제 시작이라고 생각합니다. 어머니랑 산 지 이제 막 일 년 된

겁니다. 앞으로 감당해야 하는 쉽지 않은 순간들이 저를 기다리고 있을 겁니다. 지금보다 더 많은 우여곡절과 시행착오도 각오하고 있습니다. 다만, 그 속에 숨어 있는 보석 같은 자각의 씨앗들을 놓치지 않을 생각입니다.

어머니가 일감을 잔뜩 만들어 놓고는 되지도 않을 고집을 피우면서 "어떤 어미가 제 자식 헛고생 시키겠냐?"고 하셨던 말씀을 가슴에 새기고 있겠습니다.

이 책이 늙고 병드신 어르신과 함께 사는 분들에게 작은 격려가 된다면 더없이 기쁘겠습니다.

출판을 결정해 주신 그물코 장은성 사장님, 책으로 나오기까지 자잘한 사무 처리까지 도맡고서 존중과 배려를 잃지 않으신 김수진 님 고맙습니다. 저보다 저를 더 꿰뚫는 발문을 써 주신 김광화 님, 오랜 병원 생활을 바탕으로 추천사를 써 주신 이진희 님, 노경수 님과 김도연 님, 백미경 님께 감사드립니다.

2008년 3월

공동 저자 전희식

모심-숨, 밥, 깨달음

오늘 새벽에 꾼 어머니 꿈은 이렇습니다. 그새 무슨 일이 생기진 않았을까 다급한 걸음으로 집에 들어서면서 "어무이~"라고 불렀는데 아무 대답이 없었습니다. 다시 목소리를 높여 "어무이~~"라고 했더니 얼굴을 빼꼼히 내민 어머니가 "와? 니 에미 집 나갔을까 봐?"라고 했습니다. 나는 마음을 놓았습니다.

엊그제 꿈에서는 집에 돌아오자마자 습관적으로 어머니 기저귀부터 갈려고 보니 애기똥풀 즙액처럼 샛노란 똥이 조금 비쳐 있었는데, 코를 대 보아도 냄새가 전혀 나지 않았습니다. 기저귀를 가는 동안 어머니는 천진스러운 표정으로 온몸을 내게 맡겼습니다. 어머니 얼굴이 어찌 그리도 평화롭고 인자한지 꿈을 깨서도 그 느낌이 생생했습니다.

어머니 돌아가신 지도 팔 년입니다. 만 팔 년을 같이 살았는데 같은 세월이 흘렀습니다. 팔 년 내내 거의 매주 어머니 꿈을 꿉니다. 하룻밤에 두 번 꾸기도 합니다. 소꿉놀이하듯 알콩달콩한 내용 일변도입니다. 씩 웃으면서 깹니다. 어머니 꿈을 꾼 날은 꼭 좋은 일이 생깁니다. 좋은 일 아닌 게 없는 날이 됩니다. 그래서 어머니 꿈을 꾼 날은 잔뜩 기대합니다. 무슨 좋은 일이 생기려나 하고. 어머니 영가는 내 수호천사가 되셨다고 확신합니다. 우리 어머니 음덕으로 내가 잘 살아간다는 믿음이 확고합니다.

어머니와 함께 쓴 『똥꽃』이 나온 뒤로 놀라운 일이 많았습니다. 기쁘고 감사한 일들입니다. 관계나 건강이나 살림이나 공부나 다 좋아졌습니다. 모든 게 만족스럽습니다. 일일이 얘기하자면 깁니다. 집필이나 출간, 강의나 농사, 연애나 여행이나 문화 활동이나 지역 활동, 신앙생활 등 꼽자면 끝이 없습니다. 몸과 마음을 갈고 닦는 일에도 나름 열심을 기울였습니다. 몇 가지로 정리하자면 숨 잘 쉬고, 밥 잘 먹고, 똥 잘 누고 그때그때 실상 앞에서 깨우침을 얻어가고 있다는 것입니다.

광역치매센터 자문 위원으로 두 해를 일했고, 어느 마을을 지정받아 '치매 없는 마을' 운영 위원을 했습니다. 치매 환자 가족들의 치유 프로그램을 진행했습니다. 애환과 곡절이 겹겹이 쌓인 얘기를 주고받으면서 서로에게 힘이 되어 주는 모습을 봅니다. 젊은 나이에 치매를 앓는 분을 정기적으로 돌보고 있습니다. 벌써 이 년여 되네요.

통합돌봄, 치유농업, 공유경제 등을 꿈꾸게 됩니다. 자그마한 농장과 시골집에서 옹골진 꿈을 꾸는 게지요.

치매 가족들과 칠 주를 어울리면서 '자기 자신에 대한 배려와 돌봄'을 강조했습니다. 자신에게 어떤 위로와 지지를 보내는지를 살펴보기도 했습니다. 몸이면 몸, 느낌이면 느낌, 생각이면 생각 등 자신의 여러 감각과 현상들을 알아챌 수 있어야 돌봄을 잘할 수 있다고 여겨서입니다. 이를 자존감이라고 해도 되겠네요. 남의 칭찬이나 존경, 비난이나 무시에 휘둘리지 않고 한결같은 내적 평화를 누리는 것이야말로 만사형통의 출발점이 되겠지요.

내적 평화를 도모할 때는 먼저 숨 고르기를 합니다. 숨을 보고, 숨을 세면서 숨을 가지고 놀아 봅니다. 몸의 감각을 바라보는 것도 재미있는 놀이입니다. 감각이 가장 강렬한 곳, 가장 움직임이 큰 곳을 먼저 봅니다. 그곳의 기관 구조, 기능과 역할 그리고 투시력을 발휘해서 내부를 들여다봅니다. 의념이 몸을 안 벗어나게 집중합니다.

뜻을 세워 차근차근 이루어 갈 때는 황금빛 에너지를 모아 북돋아 줍니다. 이런 마음으로 『똥꽃』 개정판을 냅니다. 새로 단장한 이 책이 위안이 되기를 바랍니다. 가족을 돌보고, 요양원을 지키고, 누군가를 챙기느라 수고하는 분들에게 이 책을 통해 지지를 보냅니다. 처음 책의 문장을 바로잡았습니다. 절판된 『엄마하고 나하고』, 『땅 살림 시골살이』에서 연결되는 글 몇 편을 가져왔습니다. 모든 수고는 그물코의 김수진 님이 해 주셨습니다. 감사합니다.

'똥꽃', 어머니가 남겨 주신 큰 유산으로 여깁니다.

2023년 5월

덕유산 기슭 마음치유농장 대표 목암 전희식

차 례

3년 전, '예정된 우연'을 만나다

큰형님 집에 사시는 어머니를 찾아뵈었던 삼 년 전 어느 날, 어머니는 내 손을 잡고 하소연을 하셨다. 당신도 모르게 나오는 오줌이야 어쩔 수 없으니까 그냥 기저귀에 눈다고 하지만, 뻔히 오줌 마려운 것을 느끼고서야 어찌 옷을 다 입은 상태에서 아랫목에 앉은 채로 오줌을 누겠느냐는 말씀이었다. 그러고는 "오줌 누는 데가 따갑다"고 하셨다.

당시만 해도 몇 달 만에 겨우 한 번 어머니한테 가서 하룻밤 자면서도 왠지 께름칙해서 틀니 한 번 빼서 제대로 닦아드린 적이 없고, 퀴퀴한 냄새가 나는 방도 청소하기보다는 잠시 머물다 되돌아 나오기 일쑤였던 나는 어머니의 아랫도리를 보고서 커다란 충격을 받았다. 그리고 그 충격이 어머니를 직접 모시는 계기가 되었다.

어머니의 새하얀 체모를 보는 순간 내 머릿속이 새하얘졌다. 사람의 체모가 그처럼 하얗게 셀 수도 있다는 것을 난 그때까지 상상해 본 적이 없었다. 유산도 하고, 갓 낳아서 잃은 자식도 있지만 모두 열두 명이나 되는 자식을 낳은 어머니 음부의 새하얀 체모는 온갖 풍상을 헤치며 살아오신 어머니의 모진 세월을 상징하는 것처럼 보였다.

나는 찔끔거리는 눈물을 주체하지 못하고 근처 약방에 가서 아기들 바르는 분을 사다 발라 드렸다. 어머니 아랫도리가 헐어서 벌겋게 되어 있었기 때문이다. 마침 그날이 일요일이어서 문을 연 약방이 없는 터라 여기저기 찾아다니느라고 내 안타까움과 불효에 대한 죄스러움은 한층 길어졌다.

그때 난 북유럽 4개국 연수를 가기 위해 출국 하루 전에 서울 큰집에 올라간 것이었는데, 귀국하기까지 어머니의 하얀 체모가 내 머리를 떠나지 않았다. 그러다 보니 연수 기간이 어머니의 여생을 내가 모시겠다고 마음을 굳히는 기간이 되어 버렸다. 그 많은 자식 키우면서 어머니가 똥오줌 묻은 옷이나 걸레를 빠신 햇수만큼은 다 못하더라도 두세 자식 몫은 하리라 마음먹었다. 옛 사람들은 모든 일상을 접고 시묘도 살았다 하니 그렇게는 못할망정 어머니 살아 계실 때 내 건강한 시절 몇 년을 바치리라 마음먹었다.

사람이 살아가는 데 이상적인 환경 조건이 있다. 누구에게나 해당되는 조건이 있고 사람에 따라 다를 수밖에 없는 조건이 있다. 뭘 해 먹고 살 것이냐에 따라 달라질 텐데 나는 늙으신 어머니랑 농사지어 먹고 산다는 것이 정해져 있기 때문에 나머지는 이 기준에 맞춰 진행되었다.

공기 좋고 물 좋은 곳, 방에서 쑥 고개를 빼고 내다보면 들판이 보이고 냇물이 보이는 곳, 고개를 돌리면 산이 버티고 있어서 생활에 필요한 물자를 공급받을 수 있는 곳은 누구나 동경하는 삶의 터전이지만 아무나 선택하지는 못한다. 같이 살 사람, 돈벌이, 정리하지 못한 도시의 일들이 사람의 발목을 잡기 때문이다.

햇살이 겨울에는 길게 방안에까지 뻗쳐 오고 여름에는 처마 밑으로 스쳐 지나가는 정남향의 집, 가물어도 마르지 않는 샘, 자연재해가 나지 않을 지세, 어머니 바퀴의자를 밀고 나다닐 수 있는 평탄한 길, 순박하고 진실한 이웃이 있는 산골 마을에 나 또한 그런 이웃이 되어 줄 수 있는 곳. 그런 곳에 가서 살기에 나는 아무런 걸림이 없었다. 특별히 뭘 포기하고 바꾸어야 할 게 없었다.

어떤 집을 지을 것인가, 구체적으로 뭘 해 먹고 살 것인가, 농토는 얼마나 마련해야 하나, 어떤 방향으로 집을 앉혀야 좋은가, 준비해야 할 비용은?

꼬리를 무는 과제들은 모두 늙으신 우리 어머니가 기준점이 되었다. 집터를 고르는 복잡한 과정을 생략할 수 있는 유일한 방법은 딱 한 가지, 오래된 빈집을 구하는 것이다. 지은 지 오래된 빈집은 먹을 물이 바로 곁에 있으면서도 집터 밑으로 수맥이 흐르지 않는 곳이다. 남향이건 동향이건 빈집은 주변의 지세를 놓고 볼 때 가장 적합한 방향을 이미 선택하고 있다.

요즘 구들장 구하기가 얼마나 힘든가. 빈집에는 솜씨 좋은 옛 어른들이 잘 놓은 구들방이 있다. 재수가 좋으면 한국전력의 전기선이 처마 밑까지 들어와 있어서 전기를 새로 들이는 데 드는 백여 만 원 또는 수백만 원을 줄일 수 있다.

무엇보다도 시골 빈집은 평생을 시골에서 농사지으며 사신 어머니 정서에 딱 맞는 집이 될 것이다. 몇 가지 불편한 구조는 원형을 최대한 살려 고치면 된다. 이미 아래 위층 합하여 서른 평이나 되는 집을 내 손으로 지어 봤기 때문에 어려움은 없을 것이라 여겼다.

틈이 날 때마다 여기저기 돌아다녔다. 혼자 또는 여럿이 함께 집을 보러 다녔다. 토지공사에서 측량기사로 일하는 친구가 오천분의 일 지도를 꺼내 놓고 좋은 마을 몇 군데를 지적해 줘서 가 보기도 했다. 완주군 화산면의 너른 재실, 무주군의 용담댐 상류 지역, 진안 백운면 약초마을, 임실군 구수골 등은 두세 번씩 가서 거의 확정 단계까지 갔던 곳들이다.

귀농을 해서 십 몇 년을 농사짓고 살면서 집에 대한 확고한 철학을 가지게 되었기 때문에 여기저기 집터를 보러 다니면서 처음의 내 기준이 흔들리는 일은 없었다.

땅도 천생연분이라는 것이 있는 법이다. 살 곳이 정해지는 것은 보통 인연이 아니라고 보면 된다. 그런 인연은 뭐라고 인과 관계를 설명할 수 없는 신비에 싸여 다가오는 법이다. 지금 어머니랑 살고 있는 곳도 그렇게 내게 다가왔다.

장수군만 해도 후보지 서너 군데를 다녔는데 언젠가 지나는 길에 불쑥 장계면 면사무소에 들어갔다. 산업계장이 아무래도 관내 빈집 상황을 잘 파악하고 있으리라 여겨져서다. 짐작했던 대로였고 그분이 소개한 마을에서 일이 일사천리로 진행되었다.

마당에 키를 넘게 자란 잡목과 풀이 우거진 빈집이 쓰러지기 일보 직전인 상태로 태곳적부터 나를 기다리기라도 한 듯이 있었다. 계약을 하고 등기까지 다 마치고는 주말마다 작업을 시작했다. 무엇보다 마음에 든 것은 해발 육백여 미터가 되는 위치였다. 사람 살기 가장 좋은 곳이 해발 육백에서 칠백 미터 사이다.

더구나 이곳 덕유산을 팔아먹고 사는 사람이 없어 좋았다. 주로 시인이나 화가들이 강이나 산을 하나씩 끼고 으뜸 행세를 하는 경우가 있는데, 아직까지는 덕유산을 내걸고 이름을 파는 사람은 없는 것 같다.

흔히 하는 말로, 집은 사람 훈짐이 있어야 삭지 않는 법. 주말마다 와서 마당을 고르고 집 곳곳에 박혀 있는 쓰레기들을 캐내고 하는 중에 장수군의 대표적인 생태마을인 하늘소마을에 사는 후배가 갈 곳이 없는 사람 하나를 부탁해 왔다. 잠잘 곳과 파먹을 땅을 좀 알아봐 달라는 것이었다.

집수리를 본격적으로 하려면 내 생활을 정리하고 거처를 옮겨야 하므로 한 해 정도는 내가 빌려 놓은 땅과 집을 다른 사람이 사용해도 좋겠다 싶어 사람을 들였다. 그렇게 일 년여를 지내면서 차근차근 내 생활을 정리하기 시작했다.

2006년 9월, 이곳 장수군 장계면 명덕리로 이사를 왔다. 맨 처음 한 일은 마당을 곡괭이로 파서 동네 공동 물탱크에서 물길을 집으로 들이는 일이었다. 집 짓는 일을 하려면 가장 먼저 네 가지 조건을 갖추어야 한다. 물과 잠자리와 부엌살림과 뒷간이다. 땅이 얼기 전에 꼭 끝내야 하는 일도 있다. 흙작업과 양생 작업, 난방 작업이다.

식구들은 아무도 몰랐다. 설명을 한다 해도 황당해서 입을 다물지 못할 거라고 여겼다. 바람이 불면 날아갈 것 같고 유령이라도 나올 것 같은 오두막에 어머니를 모시겠다는 것은 어머니를 포기하라는 것으로 들리기 십상이다.

자연치유력에 대한 믿음과 실천은 그렇게 살아온 사람만이 가질 수 있는 것이기 때문이다. 모든 것을 갖추어 놓고서 어머니를 모시겠다는 내 계획을 공개하기로 했다.

무엇이 이렇게까지 되게 했을까? 모든 과정이 다 치밀한 계획에 의한 것인가? 그렇지 않다. 우연과 우연이 꼬리를 물면서 '예정된 우연'을 만들어냈다고 할 수밖에 없다.

고물로 어머니 모실 궁궐을 짓다

십여 년 넘게 비워 놓은 집이다 보니 집 한쪽이 완전히 주저앉았고 기둥은 여러 개가 썩었다. 아홉 자 세 칸 홑집으로 열 평이 채 못 되는 이 집은 동네 어른들 얘기를 종합해 보면 구한말에나 지은 듯한데, 마지막으로 산 분이 아직도 아랫동네에 사신다. 환갑이 다 된 그분 따님이 얼마 전에 고향에 왔다가 들렀는데 여기서 열한 남매가 자랐다고 들려주었다.

무너진 지붕을 일으켜 세우는 일부터 시작했다. 다행히 서까래는 성했다. 옆 마을에서 농사짓는 후배 둘을 불렀다. 중학생인 둘째 새들이는 새참용 라면을 냄비에 끓이고 우리는 자동차 고칠 때 쓰는 자키로 집을 들어 올렸다. 철제 동바리를 세워가면서 조금씩 지붕을 들어 올리는데 아찔한 순간이 여러 번 있었다. 이때는 날카로운 고함을 질러가며 셋이서 한몸이 되어 일을 했다.

실한 도리목을 갈아 넣고 기둥을 세우는데 꼬박 하루가 걸렸다. 막걸리가 댓 병이나 비워졌고 '어이~!' 하는 외침이 울려 퍼졌다. 우리는 세상 이야기도 나누고 농사 이야기, 건강 이야기, 자식 키우는 이야기도 했다. 노동의 힘듦은 노동량에만 비례하는 게 아니고 노동의 내용과 과정에 좌우된다는 진리를 확인하는 하루였다. 늘 이런 식이었다.

나의 집짓기는 노동이 돈이나 생산물에 얽매이는 것이 아니라 노동 그 자체에서 의미를 찾을 때 우리의 삶이 어떻게 달라지는가를 깨우치는 과정이었다고 할 수 있다.

두 달여 동안 집 고치는 일에 참여한 이가 백 사람은 될 것이다. 두 평쯤 되는 단칸방에서 아홉이 자기도 했다. 열한 사람이 왔던 날에는 자동차로 한 시간 거리인 전주에서 온 두 사람이 밤에 되돌아가야 했다. 몸을 움직일 수도 없이 꼭 끼어 잤지만 잠은 달콤했고 아침은 찬란했다.

대안학교 학생들이 네 명이나 와서 한 주 동안 생태집짓기 체험도 했고 '길동무'(생태적 농경문화가 존중되는 새로운 세상을 꿈꾸고 실천하는 자유로운 개인과 단체의 연대)의 '보따리학교'도 열렸다.

여기 오는 사람들은 자기가 먹을 음식과 침구를 가져와야 했다. 작업복과 작업화는 기본이다. 그들이 가져오는 과일과 반찬 그리고 곡차로 먹을거리가 항상 넘쳤다. 돌아가는 사람들에게 반찬이나 과일을 싸 보낼 정도였다. 우리는 고되게 일하면서도 술보다 차를 더 즐겼다. 황차나 보이차를 마실 때의 맑디맑은 기운은 술로 돋우는 탁한 취흥과는 비교가 안 된다.

　병약하신 내 어머니가 사실 이 집에 좋은 기운이 넘치고 터가 밝아진다는 것을 느낄 수 있었다. 문짝 하나 만들고 손잡이를 달 때도 어머니의 신체 조건을 생각해서 결정했다. 재래식 부엌을 입식으로 고칠 때는 내가 알고 있는 온갖 건축 지식을 다 끌어 모았다. 부엌 위로는 천장을 만들었고 연기를 빼내는 장치를 하고 수도를 놓았다. 기우뚱한 기둥과 휘어진 벽에 시설을 할 때는 궁리에 궁리를 거듭하며 시공 방법을 찾아내는 재미가 컸다. 해 봐야만 맛볼 수 있는 재미가 많았다.

　한 번은 곱게 생긴 부인이 전북대 교수인 남편과 초등학생 남매를 데리고 왔다. 그분들은 힘들게 일하면서도 이렇게 신난 적이 없다고 했다. 아이들도 어른 한 사람 몫을 톡톡히 해낼 수 있는 것이 시골일이고 생태 집짓기다. 도시 일과 달리 힘이 세건 신체 조건이 열악하건 다 조건에 합당한 일거리가 있는 게 시골이다. 그래서 누구도 노동에서 소외되지 않는다. 아이들의 자부심과 어른들의 뿌듯함은 최대치가 된다.

　집을 지으면서 나는 원칙을 세웠다. 몸은 좀 불편하더라도 마음은 아주 편한 집을 짓는다는 것이다. 살면서 양심에 조금도 거리낌이 없는 집이 그 핵심이었다. 쓰레기를 남기지 않는 집, 에너지를 적게 쓰는 집, 자연과 순환하는 집, 생활의 편리를 지나치게 좇지 않는 집, 이런 것이었다.

　그래서 뒷간을 본채에서 삼십 미터쯤 떨어진 마당 구석에 재래식으로 두었고 보일러와 세탁기, 냉장고는 아예 들이지 않는 구조를 만들었다. 자다가 오줌 누러 가려면 총총한 별도 봐야 하고 얼어붙는 겨울바람도 쐬야 한다. 손빨래를 하면서 빨랫감 하나하나에 얽힌 내력들을 되새겨보는 일은 삶에 대한 성찰이 된다.

재미있고 즐겁게 집을 짓는다는 것도 중요한 원칙이었다. 여럿이 한데 어울려 지으려고 한 것도 이 때문이다. 결과만 좋으면 된다는 목표 중심의 삶이 고단하다는 것을 알기 때문에 집짓는 과정을 중요하게 여긴 것이다.

제일 강조하고 싶은 게 있다. 버려진 것들을 주워 모아서 다시 되살려내겠다는 원칙이다. 그래서 쓰레기장과 고물상을 돌면서 필요한 것들을 모았다. 일을 서두르거나 일정을 빠듯하게 세워가지고는 할 수 없는 것이 이 일이다. 기다려야 하고 느긋해야 한다.

한때는 멋진 전시장의 화려한 조명 아래에서 체통 있는 소비자들의 눈길을 사로잡기도 했을 것이다. 몇 군데의 시장을 거쳤는지도 모른다. 사람들의 손때를 묻히다가 이제 무덤으로 가는 길목, 최후의 시장인 고물상에 놓인 가구나 건축 자재용품들은 예사롭지 않은 감흥을 불러일으키기도 한다.

부엌 고치는 일을 하다가 갑자기 배관 작업을 멈춰야 했다. 내가 주워 올 싱크대가 구형으로 조그만 것이 될지 신형의 수도관 내장형이 될지 알 수 없었기에 수도 파이프의 높이를 정할 수가 없었기 때문이다. 굴뚝과 아궁이 연기를 빼낼 팬을 못 구해서 부엌 벽 그을음을 지우는 황토 물미장을 중단하기도 했다.

그렇다고 공사 기간이 크게 늘어나는 것도 아니다. 마음만 조급하게 먹지 않으면 일의 진척은 큰 차이가 안 나고 일에 대한 만족도는 훨씬 커진다.

돌과 나무, 황토, 모래, 어떨 때는 벽돌까지 트럭을 몰고 다니면서 틈틈이 주위 왔다. 가스레인지를 하나 주웠는데 도시가스용이었나 보다. 시커먼 그을음이 어찌 나는지 냄비나 주전자 바닥에 묻은 검댕을 지우느라 애를 먹었다. 노즐을 바꿔야겠다 싶었는데 두 달여 만에 해결이 되었다. 고물상에 들렀더니 내가 오기를 기다린 것처럼 이름 있는 회사의 멀쩡한 가스레인지가 반짝반짝 빛나고 있었다. 만 원짜리 한 장하고 바꿔 왔다.

〈전북일보〉에 제법 크게 집짓는 기사가 나오기도 했는데 케이비에스 인기 프로그램인 '6시 내 고향'에 집짓는 모습이 나오자 동네 어른들도 집짓는 구경을 온다. 주로 일흔이 넘은 노인들인데 이분들 덕에 이 마을의 역사를 자세히 들었고 수풀만 무성한 골짜기마다 누구누구네 몇 집이 살던 터였는지 속속들이 알게 되었다.

무엇보다 서울 계시는 우리 어머니가 그 프로그램을 보았다고 한다. 공공 매체가 갖는 신인도가 덩달아 내 신용도를 높였다. 막내인 내가 하는 일은 항상 미덥잖아하고 또 무슨 사건을 저지르나 하는 형님들과 누님의 태도가 한결 누그러졌다는 얘기를 들었다.

집을 지을 때 어디 하나 소중하지 않은 곳이 있으랴만 그래도 가장 중요한 곳이 어디냐고 한다면 나는 뒷간이라고 말하겠다. 이는 사람마다 제각기 다를 것이다.

　사람의 신체 부위 가운데 어느 곳이 가장 소중하냐고 했을 때 조수미 선생이 목청이라고 한다면 이봉주 선생은 다리라고 하는 것과 같다. 물론 이런 물음과 대답은 한계가 있다. 가장 소중하다는 그곳도 저 혼자서는 그 역할을 해낼 수 없다. 다른 부위들이 다함께 잘 해줘야 한다.

　집 안에서 뒷간이 가장 소중하다고 말하는 사람이 있다면 흔히 자연 농사를 하는 생태주의자쯤으로 상상할 것이다. 그렇지 않다 해도 '똥이 밥이다'라느니 '똥이 살고 흙이 살아야 사람이 산다' 쯤의 인용구가 떠오르는 사람도 있을 것이다.

　나는 훨씬 절박한 처지에서 뒷간이 소중했다. 어머니를 모시기 위해 짓는 집의 모든 구조와 형태를 어머니 몸 상태에 맞춰야 했다. 움직임이 불편한 어머니가 똥오줌을 잘 눌 수 있게 하는 것이 집짓는 방식에서 중심이 될 수밖에 없었다. 가장 짧은 이동 거리 안에 있으면서도 생활 공간과 분리되면서 생태적인 뒷간을 짓는 게 목표였다. 뿐만 아니라 뒷물까지 가능해야 했다. 옷에 똥과 오줌을 실수했을 때 그 자리에서 처리할 수 있어야 하기 때문이다.

　고민은 두 가지로 압축되었다. 위치와 구조였다. 위치와 구조. 필요한 구조를 떠올리면 위치 조건이 안 맞고 위치 조건을 떠올려 보면 구조가 들어앉을 수 없었다. 아예 집을 새로 짓는 것이라면 기초 설계부터 했을 것이고, 그러면 더 쉬웠을지 모른다. 이미 그런 용도로 쓸 생각은 전혀 없이 지어 놓은 집을 고치자니 더 힘들었다.

이럴 때는 남이 해놓은 것을 볼 수 있다면 거기에서 중요한 착상을 얻을 수 있으련만 내가 봐 온 여러 생태화장실 가운데 단 한 곳도 치매로 고생하면서 일어서지 못하는 노인 전용 뒷간은 없었다.

어머니 전용 뒷간에 들어가야 할 설치물들과 그것의 위치 그리고 넓이를 구상해 봤다. 우선 뭐니뭐니해도 변기였다. 그리고 변기에 담긴 똥오줌을 손쉽게 밖으로 빼낼 수 있는 장치와 공간이 필요했다. 수도를 끌어오고 온수와 냉수가 바로 제공될 수 있는 것도 중요한 시설이었다.

안방 뒷문을 열면 바로 땔감들을 쌓아두는 공간이 있는데 이곳의 입지 조건이 가장 좋았다. 나는 종이에다 연필로 땅을 파기도 하고 마루를 놓아 보기도 했다. 수도꼭지도 그려 넣고 물도 틀어 봤다.

어머니가 혼자 몸을 끌고 나와 변기에 올라앉는 동작을 연상해 봤다. 방문을 열고 나와서 몸을 돌리고, 바지를 내리고, 엉덩이를 들어올리는 동작 하나하나의 동선을 그려 보았다. 손만 뻗으면 수도꼭지가 열리고 물이 나오는 장치도.

설계도가 완성되자 신속하게 작업을 해 나갔다. 애초에 어머니가 오시기로 한 날을 불과 일주일쯤 앞두고 폭설이 내리자 모든 작업이 중단되고, 점검을 오신 둘째형님이 매정하게도 '불합격' 판정을 내린 적이 있는 터라 신속 정확을 기치로 내걸고 어머니 전용 화장실 작업에 온 힘을 기울였다.

폭설에다 얼어붙는 날이 많아지자 일은 자주 중단되었고 흙 미장을 한 곳은 장작불을 피워 놨는데도 새벽이 되면 하얗게 얼어서 흙이 다 부서져 내렸다. 작업 기간은 길어지고 되풀이되는 일이 많아졌다. 집수리 비용은 예상을 훨씬 넘어선 지 오래였다.

원목으로 마루를 깔고 똥오줌을 받아 낼 자리에는 직소기를 써서 엉덩이 받침대 모양대로 마룻장을 곱게 잘라냈다. 수도 배관을 할 때는 아침저녁으로 영하 십 도를 오르내렸으므로 얼지 않은 날을 잡아 번갯불에 콩 튀겨 먹듯이 작업을 했다. 목욕물은 가스온수기를 설치해서 해결했다. 손 씻을 온수는 커피포트를 갖다 두기로 했다. 방 도배는 오방색 원리로 천장과 벽과 바닥의 색을 각각 흰색, 회색, 황색 한지로 했다.

집짓기가 내 일방적인 작심만으로 추진되는 것은 아니다. 무엇보다 어머니가 나랑 있는 것을 좋아한다. 귀를 잡수셔서 다른 사람 말은 잘못 알아들어도 내가 하는 말은 잘 알아듣는 게 신기할 정도다.

명절에 큰형님 집에 가면 다른 형제나 조카들은 어머니 방에 오래 머물지를 않는다. 말을 못 알아듣고 엉뚱한 소리만 하고, 했던 말 또 하고, 고집 부리고 하니 같이 있으려고 안 한다. 건성으로 인사하고 용돈이나 쥐어주고 나오지만 나는 꼭 어머니 방에서 잠을 잔다.

밤새 내 몸을 만지고 쓰다듬느라 어머니나 나나 토막잠을 자지만 어머니가 하는 고향 동네 지리산 빨치산 얘기, 아버지랑 일본 가서 살던 이야기 등 구수한 경상도 토박이말과 속담들을 듣는 재미가 좋아서 줄곧 녹음도 하고 녹화도 했는데 그 양이 상당하다.

다음날 떠나 올 때는 베개 속에서 꼬깃꼬깃한 돈을 꺼내 내 용돈으로 줄 때가 있다. 나는 이것을 농담 삼아 어머니와 하룻밤 자 주고 받는

화대라고 자랑하기도 한다. 이 모든 변화는 내가 충격으로 받아들였던 어머니 체모 사건 이후에 시작되었다.

두 달 집짓기를 하면서 새로 배우고 깨우치는 것들이 많다. 내게 알 수 없는 선한 기운이 넘치면서 몸과 마음이 아주 좋은 쪽으로 급속하게 변해가는 것을 느낀다. 주로 새벽녘에 신비하고 인상 깊은 체험을 하곤 한다. 이 모든 것은 어머니가 자식에게 베푸는 은혜라고 생각한다.

소박한 효심만으로 늙은 어머니를 모실 수는 없을 것이다. 사람이 늙어가면서 신체적으로나 심리적으로 어떤 변화가 생기는지 잘 알고 깊이 이해할 필요가 있다고 생각한다. 나는 유경 씨가 쓴 『마흔에서 아흔까지』라는 책에서 많은 것을 배우고 반성했다.

내가 어머니를 모시고 살 것이라는 말을 듣고 지방에서 민주언론운 동을 하는 친구는 심각한 고백을 했다. 치매 어머니를 이십 년째 모신 다면서 자기가 이토록 불효막심하고 인간성이 더러운 놈이라는 것을 절감하는 과정이었다는 것이다. 늘 회한과 속죄심을 안고 산다고 했다.

어느 선배는 향 치료를 할 수 있을 거라면서 강화 사자발쑥을 권했 다. 그렇잖아도 나는 어머니와 공부하고 즐기면서 창조적으로 살 생각 이다. 향 치료뿐 아니라 피라미드 꼴 치료와 색깔 치료를 직접 할 생각 이다. 음악 치료를 위해 황병기와 소지로 음반을 다시 챙기고 있다. 각 종 명상 음악도 함께 모으고 있다.

내가 날마다 하는 새벽 풍욕도 어머니한테 맞을지 생각해 보고 있 다. 내일은 아는 사람이 원장으로 있는 노인전문병원에 노인 돌보기 자원봉사를 하러 가는 날이다. 몸 불편한 어르신들을 어떻게 모셔야 하는지 익히는 날이다.

방금 『노인이 말하지 않는 것들』이라는 노인 심리 책이 도착했다. 노인 관련 책을 계속 보는 중이다.

오늘은 방에 문풍지를 달고 여닫이문 안쪽으로 유리로 만든 미닫이문을 이중으로 다는 날이다. 바깥문을 활짝 열어 놓아도 어머니가 따뜻한 방안에 앉아 바깥 구경을 할 수 있도록 내가 고안한 미닫이문이다.

글 읽기를 좋아하는 어머니를 위해 돋보기를 준비하고 어머니 전용 동화를 쓸 생각이다. 인터넷이야 워낙 산골이라 안 되지만 집에 컴퓨터와 프린트는 들여놓을 생각이다. 내가 쓴 동화를 큰 글자로 인쇄해서 보여 드리려고 하는 것이다.

드디어 며칠 지나면 어머님이 이곳으로 오신다. 어제 밤늦게 둘째형님과 전화로 집짓기 마지막 점검을 했다. 완강하던 형님도 내 고집을 꺾지 못하고 이제야 동의를 하는 눈치였다.

겨울이나 지내고 내년 봄에 모시라는 말도, 곧 어머니 생신이고 설인데 시골로 갔다가 다시 서울로 올라와야 할 것 아니냐는 큰형수님의 만류도 내 뜻을 바꿀 만하지는 못하다. 한겨울 추위에 산골에서 어머니에게 무슨 일이라도 생기면 어쩔 것이냐는 여동생의 말처럼 이곳은 마음의 준비만으로는 부족한 것들이 참 많다.

그러나 귀도 멀고 똥오줌도 잘 못 가리는 어머니가 계실 곳은 결코 서울이 아니라는 생각이다. 더구나 사시사철 두 평 남짓한 방에서만 지

내면서 밥도 받아먹고 똥오줌도 방에서 해결하는 것은 관리하는 입장에서는 편할지 모르지만 여든여섯 노쇠한 어머니의 남은 인생을 가두는 것이라고 생각한다.

나는 어머니에게 파란 하늘도 보여 드리고 바위와 나무, 비와 눈, 구름도 보여 드리려고 한다. 어머니가 철따라 피고 지는 꽃도 보시고 시시각각 달라지는 계곡의 바람결도 느끼시고 크고 작은 산새들이 처마 밑까지 와서 노닥거리는 것도 보셔야 한다고 생각한다.

옛날의 강렬한 기억들 속으로 자주 빠지시는 우리 어머니는 내가 지금도 굶고, 쫓겨 다니고, 어디 갇혀 있는 줄로 알 때가 많다. 자나깨나 내 걱정이다. 그래서 내가 건강하게 잘 지내고 많은 사람들과 사이좋게 어울려 사는 모습을 언제나 보실 수 있게 해드려야겠다고 마음먹었고, 이 때문에 어머니와 같이 살 집짓기가 시작된 것이다.

집을 고쳐 짓기 시작한 지 꼬박 여섯 달째, 여동생과 둘째형님이 어머니를 모시고 집으로 왔다. 어머니의 얼굴에도 알 수 없는 그림자가 있었지만 함께 온 두 사람의 얼굴도 밝지 않았다. 스산한 바람이 부는 산골짜기 외딴집에 어설픈 남자 하나가 온전치 못한 늙은 어머니를 맞고 있으니 생각이야 했겠지만 만감이 교차했을 것이다.

어머니의 서울 생활에 대한 문제의식도 일치하고 시골 생활의 유리한 점도 동의를 하지만 무엇 하나 제대로 갖춘 게 없는 헌집에 어머니를 두고 가려니 돌아서는 발걸음이 천근만근 무거웠을 것이다.

어머니가 거신 전화

그때가 밤이었는지 낮이었는지 모른다. 밖에서 일을 하던 중이었는지, 아니면 방에서 책을 보고 있었는지도 분명하지 않다. 다시 떠올려 보지만 어떤 상태일 때 전화벨이 울렸는지 알 수가 없다. 중요한 사건 하나는 그것과 직접 관련이 없는 주변 요소들을 다 집어 삼키는 법이다, 마치 블랙홀처럼.

한 가지 분명한 것은 전화를 받은 장소다. 방문 바로 안쪽 왼편이었다. 방 왼쪽 벽을 따라 죽 세워 놓은 책꽂이가 벽을 다 채우지 못하고 직각 방향의 마루쪽 벽이랑 작은 틈새를 만들고 있는데 바로 그곳이었다. 그곳에 쪼그리고 앉아 전화를 받았다.

"여보세요."

일단 전화를 받긴 했는데 참 의아했다. 여기에 전화가 있었나? 우리 집에는 전화가 없는데 언제 이곳에 전화를 놓았지? 나 아니면 전화를 신청할 사람도 없는데 누가 전화를 놓았을까. 전화도 없는 집에 전화를 건 사람은 또 누굴까? 나도 모르는 전화번호를 어떻게 알고 전화를 했을까. 누굴까? 머릿속이 혼란스러웠다.

"여보세요오."

다시 길게 불러보았다.

전화에 대한 의구심으로 귀를 잔뜩 곤두세웠지만 여전히 수화기에서는 아무 소리도 들리지 않았다. 상대가 내 목소리를 감별하려는 사람처럼 느껴졌다. 수화기를 얼굴에서 떼어내 이리저리 살폈다. 고개를 갸웃하며 잇새로 숨을 들이키는데 이때 무슨 소리가 났다. 얼른 수화기를 귀에 갖다 붙였다.

"여보세요?"

"히시기가…."

"네?"

"이럭키 추운데 돌 싼느락꼬 올매나 고상이고."

"어머니세요?"

"살살 하거라이. 일은 꾀로 해야지 힘으로 하는 거 아이다. 안 그라믄 다친다."

고생하는 자식을 바라보면서 애처로워하는 세상 부모들의 마음이 어머니의 낮은 목소리에 담겨 있었다.

"아, 네. 괜찮아요. 쎄기 안 해요."

"인자 아무도 없다. 니가 다 알아서 해야 되는 기라."

"제 걱정은 하지 마세요. 제가 어머니 걱정해야지 어머니가 제 걱정하고 그러세요."

"내가 니 고상만 시키는구나."

"제가 알아서 다 해요. 괜찮아요."

"좀 도와주지는 못하고… 내가 짐덩어리다, 짐덩어리. 쯧쯧."

어머니와 얘기를 주고받으면서 전화기에 대한 의구심은 더 이상 관심거리가 아니었다. 귀가 멀어서 아무하고도 얘기를 못 나누시는 어머니가 전화를 한다는 것이 너무 놀라워서였다. 남의 얘기는 듣지를 못하니 어머니는 한 번 말을 시작했다 하면 계속 혼자서만 얘기를 하는데 아랫집 할머니가 듣다듣다 못 버티고 자기 집으로 가 버리곤 했다.

어쨌든 기뻤다. 아무 소리도 듣지 못하는 어머니가 전화까지 할 수 있다는 사실이 참 기뻤다. 가끔 놀러 오시는 아랫집 할머니도 이제는 오래 놀다 가실 것이다. 가슴이 벅찼다. 귀만 좀 밝으면 소원이 없겠다 싶었는데 이렇게 쉽게 소원이 이루어지다니.

그런데 모든 것들이 이상했다. 갑자기 생긴 전화 하며 멀쩡해진 어머니 청력이 너무 이상했다. 귀신한테 홀린 기분이 확 들었다. 머리칼이 곤두서는 느낌이었다. 소스라치게 놀라 고개를 뒤로 휙 돌렸다. 뒤에 어머니가 계셨다.

얼른 일어나 방에 불을 켰다. 어머니가 뒷마루로 나가는 문을 열려고 문고리를 잡고서 나를 내려다보고 있었다. 모든 게 꿈이었던 것이다. 내가 먼저 뒷마루로 나가서 그곳 전등 스위치를 넣었다.

"어머니, 오줌 누실 거라요?"

나는 목청 높여 소리를 질렀다.

내 입 모양으로 눈치를 채고 어머니는 고개만 끄덕였다. 참 허탈했다. 공기가 차다 싶어 열풍기를 튼 뒤 어머니를 나오시게 하고 알려 주었다.

"어머니, 따뜻한 바람 틀었어요. 이리로 나오세요."

나는 무엇을 하든 어머니께 알리고 한다. 빨래할게요, 밭에 다녀올게요, 화장실 갔다 올게요, 빨래 다 했어요….

어머니가 천천히 몸을 움직이기 시작했다. 어머니 전용 변기가 있는 뒷마루로 나오셨다. 앉은 채 팔로 바닥을 밀면서 몸을 끌고 나오시는데 벽에 걸린 시계를 봤더니 새벽 세 시였다. 자정에 오줌을 누이면서 '새벽 세 시쯤에 일어나서 오줌을 누시겠구나' 했는데 정확하게 세 시였다. 내가 어머니를 깨운 것이 아니라 어머니가 나를 깨운 세 시였다.

깜깜한 어둠 속에서 겨우 문고리를 찾았지만 오줌은 급한데 일어날 생각을 안 하고 곤하게 자는 자식을 보고 차마 깨울 수가 없어서 어머니가 내 잠 속으로 들어와 전화를 건 것일까.

다음날 나는 전화를 신청했다. 손전화가 잘 터지지 않는다며 일반전화 좀 놓으라고 형제들이 권했지만 알아본 바로는 전화를 놔도 인터넷이 안 되는 지역이라고 하기에 굳이 전화를 놓을 필요가 없겠다 싶었는데 꿈속으로 걸려온 어머니 전화를 받고 마음을 바꾸기로 했다. 분명 무슨 뜻이 담긴 꿈이리라 여기고 전화를 놓기로 한 것이다.

전화기 위치도 같은 곳으로 했다. 어머니가 걸어 준 전화를 받던 바로 그곳. 방문 바로 안쪽 벽에다 놓았다.

전화를 신청하면서 마음속으로 '어머니 때문에 전화를 놓았으니 전화요금은 어머니가 해결하슈' 했는데 정말 일이 그런 쪽으로 흘러갔다. 아내와 아이들이 살고 있는 완주 집에 내 이름으로 된 일반전화가 한 대 있기 때문에 설치비 십몇만 원은 내지 않아도 된다고 했다. 이게 웬 떡이냐 싶었는데 이곳은 4지역권이라 기본요금도 가장 싼 삼천 원이라고 했다.

더 놀라운 일이 기다리고 있었다. 그동안 인터넷을 하려면 읍내까지 십 킬로미터가 넘는 길을 나가야 했는데 우리 집에 인터넷선이 깔린 것이다.

나귀 타면 종 부리고 싶다고, 전화를 놓고 나니 은근히 인터넷이 하고 싶어졌다. 신호가 약해 인터넷이 안 된다고 지난달에 확인을 받았지만, 밑져야 본전이다 싶은 생각에 전화국에 한 번 더 신청했더니 불가능한 지역이라고 하면서도 거듭된 내 요청에 예의상 방문한 전화국 직원이 깜짝 놀라는 것이었다.

"아니, 이렇게 먼 곳은 신호가 떨어지지 않는 법인데 참 이상하네." 라면서 전화국에 전화를 여러 번 걸고 하더니 인터넷 속도를 가장 안정된 상태로 조정해 주었다. 일반 가정집보다 반 정도 느린 속도라고 하지만 사용하기에 전혀 문제가 없어 보였다. 노인이 계시니 특별 선물을 드린다며 공짜로 잡음 제거기도 달아 주었다.

이 모든 게 어머니가 꾸민 일 같았다. 모른 척 시치미를 떼고 있는 것 같았다. 어머니를 돌아보았다. 어머니가 나랑 눈이 마주치자 빙그레 웃었다. 어머니 웃음 속에 이런 말이 담겨 있는 것 같았다.

'너 그노무 인터넷인지 뭔지 때문에 나 혼자 내비 두고 읍내까지 멀리 가고 그러지 말그라이. 이 산골에서 내가 걸을 수가 있나, 들을 수가 있나, 나 혼자 놔두믄 안 되지. 인자 됐제?'

꿈속에서 전화를 거셨던 어머니가 이번에는 진짜로 전화를 하셨다. 집에 무슨 일이 있으면 전화를 걸 수 있도록 궁리를 한 끝에 전화기 재발신 기능을 사용하기로 한 상태. 전화기 재발신 단추를 누르면 내 손전화로 전화가 걸리도록 집을 나오기 전 내 손전화 번호를 한 번 눌러 놓는 것이다.

수화기를 들고 재발신 단추만 누르면 된다고 어머니께 일러 주고는 한 번 해보시라고 했다.

"내가 그까지꺼 모르까이!"

어머니는 사람 무시 말라는 투로 반발을 하셨다. 그러나 자신이 넘쳤던 어머니의 첫 전화 사용 시도는 실패작이었다.

어차피 어머니와 전화기로 말을 주고받지는 못하니까 집에 급한 일이 생긴 것만 알 수 있어도 다행이므로 전화가 왔다 하면 서둘러 집으로 달려올 생각을 하고 집을 나선다. 집을 나서봐야 산에 나무하러 가든지 밭이나 논에서 일하는 것인데 다 일 킬로미터 안쪽이다.

전화기를 놓은 지 열흘쯤 지나서였다. 집에서 전화가 왔다. 전화 놓고 처음 걸려 온 어머니 전화가 반갑기는커녕 불길한 생각부터 들었다. 불이라도 났나? 마루에서 구르셨나? 유리잔이라도 깨져 다치신 건 아 닐까.

그때 나는 마을회관에서 동네 사람들과 함께 있었다. 일찍이 큰 도 시로 나가서 제법 돈을 번 마을분이 기금을 보내 와서 고기도 굽고 술 도 받아 놓고 잔치를 벌이는 중이었다.

고기나 술을 안 먹는 나는 대충 인사치레는 했으니까 눈치 봐서 자 리를 빠져나올 생각이었는데 나이가 아래인 내가 술심부름 안주심부 름 하느라 빠져나올 수가 없었다. 바로 이때 어머니가 전화를 한 것이 다. 몇 번 "여보세요" 하고 불러 봐도 아무 답이 없어서 동네 어른들에 게 양해를 구하고 부리나케 집에 왔더니 어머니는 되레 왜 이리 빨리 돌아왔느냐고 했다.

전화기를 만지작거리다가 실수로 재발신 단추를 누른 것이다. 가슴 졸이며 달려온 내가 멋쩍어졌다. 그러나 절묘한 순간에 고기 연기 자욱 하고 술잔이 도는 마을회관에서 나를 빼내 주신 셈이다. 전화기 사용 실패작이라 부르기에 어머니의 실수는 절묘했다.

내리는 눈을 만지며 "세상 많이 좋아졌네"

꽃샘추위가 기승을 부리던 3월 말이었다. 펄펄 눈이 오는 날 창밖을 내다보시던 어머니가 문을 활짝 열고 "저기 먹꼬?" 하셨다. 밖에는 몇 미터 앞이 안 보일 정도로 함박눈이 펑펑 내리고 있었다.

"아이가! 저기 눈 아이가? 눈이 다 내리네. 이기 몇 년 마이고."

눈 내리는 풍경을 보고 놀라는 어머니 모습이 더 놀라웠던 나는 신문지에 눈을 받아 방으로 들어왔다.

"눈 맞아요. 이기 눈인 기라요."

그러면서 나는 어머니 손에 눈을 털어 놓았다.

"그래, 눈 맞네. 세상 참 좋아졌네. 눈 내리는 것도 다 볼 수 있고."

눈 내리는 풍경을 보는 것이 세상 좋아진 것이라니? 이게 무슨 말인가 싶었지만 여러 해를 햇볕 한 줄기 들어오지 않고 잿빛 하늘을 손바닥만한 창문을 통해서만 볼 수 있었던 도시의 방 안에서 형광등 불빛만

의지해 사셨던 생각을 하면 이해가 되고도 남았다.

냉방기와 난방기가 정해 놓은 온도에 맞춰 방안에서 사계절을 다 맞이해야 하는 생활. 눈이 오는지 비가 오는지, 낮인지 밤인지도 모른 채 살아야 하는 세상이라면 암흑 세상이 따로 있을까. 십 년 이상 그렇게 살았던 어머니 눈에는 세상 좋아진 것으로 보일 수밖에.

콩알만한 우박이 쏟아지는 날이었다. 사방이 캄캄해지고 뇌성 번개가 치더니 마당에 떨어진 우박이 마루까지 튀어 올랐다. 이걸 어머니는 '너리'라고 불렀다. '너리'가 쏟아지면 봄농사 다 굳힌다고 하셨다. 손에 올려다 드린 얼음덩이를 쥐고 어쩔 줄 몰라 하시는 모습을 바라보는 자식된 심경은 착잡하다 못해 쓰라렸다.

온 세상을 짓누를 듯하던 우박이 어머니 손바닥 위에서 한 방울 눈물처럼 변하면서 덧없는 생을 마쳤다.

"어머니는 똥대장"

해발 육백이십 미터인 이곳에 처음으로 진달래가 핀 날, 어머니 새참 드리는 것도 잊고 어둑발이 질 때야 집에 돌아왔다. 나 일하기 좋은 날이라고 해서 어머니 돌보는 일을 잊어버린 대가가 기다리고 있었다. 마루에는 똥이 묻은 아래위 겉옷과 속옷이 쌓여 있었고, 방 안에도 어머니가 움직이신 길을 따라 똥칠이 되어 있었다.

똥을 눈 지가 오래되는지 작은 똥덩어리는 딱딱하게 말라붙었고 손이나 발에도 똥칠갑이었다. 어머니는 불도 켜지 않고 방구석에 웅크리고 앉아서 내가 왔지만 돌아보지도 않은 채 돌부처처럼 가만히 있었다.

첫 봄꽃에 취해 일하는 자식을 차마 똥 치우러 오라고 전화로 부를 수가 없었을까. 똥을 이렇게 많이 누었으니 당황해서 전화할 생각조차 못한 것일까. 위급할 때 쓰이지 못한 전화기는 방 다른 쪽 구석에서 어머니처럼 풀이 죽어 웅크리고 있었다.

방에 군불 때야지, 저녁밥 지어야지, 빨래는 내일 하더라도 방에 있는 똥 닦아 내야지, 뭘 먼저 해야 할지 참 난감했다.

　　어머니한테 다가갔다. 똥이 발에 밟혔다. 고개를 돌려 나를 올려다보는 어머니 얼굴이 반쪽이었고 훨씬 굵어진 주름들이 얼굴을 뒤덮고 있었다. 어머니 곁에 가만히 쪼그리고 앉아 눈높이를 맞추었다. 어머니 눈은 겁을 머금고 있었다. 자식을 향한 부모의 겁먹은 눈초리.

　　그것은 버림받을지 모른다는 공포였다.

　　어머니 어깨를 감싸고 꼭 안았다. 울컥하고 울음이 솟았다. 어머니가 천천히 돌아앉으며 내 팔을 잡았는데 미끈거리는 똥의 감촉이 전해져왔다. 어머니 얼굴에 볼을 대고 속삭였다.

　　"어무이 똥재이."

　　이렇게 말해 놓고 보니 우스웠다. 그래서 웃었다. 그러자 눈물이 볼을 타고 굴러 내렸다.

　　"어무이 똥박사~"

　　소리 높여 말하자 이번에는 어머니가 알아들었나 보다. 어머니 굳어 있던 얼굴이 풀렸다. 어머니도 내 웃음에 감염되었는지 따라 웃었다.

　　"어무이 똥대장~"

　　다시 소리쳤다.

　　우리는 서로 똥 묻은 상대를 손가락질해 가며 마구 웃었다. 불을 환히 밝히고 보니 여기저기 발린 똥덩이들이 몇 년 잘 묵은 된장 같았다.

감자 놓던 뒷밭 언덕에

연분홍 진달래 피었더니

방 안에는

묵은 된장 같은 똥꽃이 활짝 피었네.

어머니 옮겨 다니신 걸음마다

검노란 똥자국들.

어머니 신산했던 세월이

방바닥 여기저기

이불 두 채에

고스란히 담겼네.

어릴 적 내 봄날은

보리밭 밀밭에서

구릿한 수황 냄새*로 풍겨났지.

어머니 창창하시던 그 시절 그때처럼

고색창연한 봄날이 방 안에 가득 찼네.

진달래꽃

몇 잎 따다

깔아 놓아야지.

* 재래식 뒷간의 똥오줌과 물이 섞여 나는 황화수소 냄새.

"아여~ 말이다, 그노무 영감태기들이, 허연 도포를 입고 삿갓을 쓴 영감태기들이 셋이나 와서는 말이다."

어머니는 고자질하듯이 내게 사연을 털어 놓기 시작했다.

"내 멀끄디를 잡고는 한 놈은 밀고 두 놈은 땡기고 캄서 하는 말이 응, '죽어야 할 사람이 여기서 머하냐'고 하는 기라."

나는 무슨 얘긴가 하고 왈칵 가슴이 졸여왔다.

"자꾸 같이 가야 한다고 이것들이 잡채는데 이길 수가 있어야지."

"아니, 저런 나쁜 놈들이! 그래서요?"

"아여~ 내가 그래서 말이다, '여기는 우리 작은아들 집이오' 했더니 아여 그놈들이 그래도 가자고 잡아끄는데 안 간닥꼬~ 안 간닥꼬~ 아무리 소리를 질러도 안 되고 옷이 다 벗겨지고 막 그랬다 아이가."

"아, 그래서 똥도 나오고 그랑기라요?"

"그랑께 똥이 나도 모르기 쑥 나와삐고 그랑기지 내가 무다이 싼기 아이라."

"이노무 영감태기들 다 어디로 갔어요, 네? 이 양반들이 여기가 어디락꼬 와서. 이 못된 놈들이. 이것들 내가 혼꾸멍을 내야지!"

나는 당장이라도 달려갈 듯 법석을 떨었다. 어머니는 내 기세에 마음이 좀 놓이는지 두세 번이나 그 영감태기들이 다시 안 올 건지 되물었다.

나에 대해 먼저 긴장을 놓은 어머니는 저승사자 공포에서 완전히 벗어나는 듯했다. 긴장이 다 풀어진 어머니는 저녁도 안 드신 채 모로 누위 잠이 드셨다. 뒤늦은 밥상을 차려 놓고 몇 번 흔들어 봤더니 꼭 젖은 짚단 같았다. 눈도 뜨지 못하고 눈썹만 꿈틀거리다 말았다.

다음날도 아침을 먹자마자 쓰러져 주무셨다. 잠시 일어나서도 춥다면서 겨울 털모자를 썼다. 방에 장작불을 더 넣었다.

크고 작은 고무 함지박을 여러 개 늘어놓고 옷이랑 이불을 빨고 나자 어느덧 점심시간이 되었다. 이불 두 채를 한꺼번에 치대고 헹구고 하느라 허리가 끊어지는 것처럼 아팠다. 사 주겠다는 세탁기를 거절한다고 야단을 치던 누님 생각이 났다. 날이라도 궂으면 어머니 뭘 입힐거냐는 형님의 닦달도 생각나는 하루였다.

이튿날도 어머니는 꼼짝도 않고 누워만 지냈다. 연이어 옷에 실수를 해서 빨래통과 마루에는 오줌에 절은 옷이 쌓여갔다.

어머니 오줌 누시는 시간마다 같이 일어나 돌봐 드리다 보니 밤에 두 시간 이상 이어 자지를 못한다. 항상 몸은 무겁고 눈은 충혈돼 있다. 어머니 오시고 나서부터는 새벽 수련과 풍욕을 하지 못했다. 누적된 피로가 이번 일로 극한점까지 가는 느낌이 들었다.

물에 적신 이불을 들어올려 비틀어 짜느라 내 옷도 다 젖었다. 장작도 패야 하고 산에 가서 불쏘시개도 해 와야 군불을 때는데 그냥 드러누워 한숨 자고만 싶었다. 이러다가 병이라도 날 것 같았다.

줄곧 힘들다는 생각을 하는데 "그러면 너랑 어머니랑 바꿔서 살아 볼래?" 하는 소리가 들렸다. 옷에 똥을 누는 사람보다 그 똥을 치울 수 있는 사람이 몇 배는 행복한 줄 알라는 소리도 들려왔다. 똥을 쌌는지 된장이 끓는지도 모르는 사람보다 아직은 멀리서도 똥냄새를 맡을 수 있다는 게 얼마나 다행인지 잊지 말라고도 했다.

연이어 들리는 소리에 일어서서 고개를 두리번거렸으나 아무도 없었고 무심한 하늘만 푸르렀다.

맞는 말이다. 옷에 똥 싸는 사람보다 똥 싼 옷을 빨 수 있는 사람이 열 배는 낫다. 나도 모르게 픽 웃으며 속으로 '알았다'고 대답했다. 이때 이상한 기운이 느껴졌다. 방 쪽을 힐끗 봤다. 어머니가 유리 밀창 뒤쪽에서 빨래하는 나를 유심히 내려다보고 있었다.

나와 눈이 마주치자 어머니는 눈길을 피했다. 이틀 만에 일어나신 어머니가 반가워 고무장갑을 낀 채 방으로 들어갔다.

"됐다. 니 할 일 해라."

어머니는 다시 누우시더니 몸을 돌려 나를 등졌다. 이불을 여며드리고 오후에는 밭에 나가 일을 했는데 그날 밤 놀라운 일이 나를 기다리고 있는 줄도 모르고 어머니 기분이 회복되는 것으로 믿었다. 이 밤을 고비로 어머니는 홍역을 치르고 난 아이처럼 전혀 새로운 모습으로 바뀌었다.

해가 저물기 시작해 밭에서 돌아왔을 때였다.

"저 왔어요, 어머니. 밭에 골 다 탔어요. 거름도 넣고요."

대답이 없어서 잠드셨나 하고 부엌으로 가서 불부터 모았다. 쌀도 씻고 멸치랑 미역을 넣고 청국장 끓일 육수를 만들고 설거지를 하다가 섬뜩한 느낌이 나서 후다닥 방으로 들어갔다. 허공을 거머쥐고 휘젓는 어머니 손을 가만히 잡아드렸다. 눈을 치켜뜨셨는데 한쪽 눈만 뜨고 한쪽 눈은 감은 채였다.

"어머니."

가만히 불렀다.

"어머니, 좀 어떠세요?"

나는 손을 매만지면서 다시 어머니를 불렀다. 나를 확인한 어머니는 한쪽 눈마저 감으셨다. 가슴에 귀를 대 봤다. 가는 숨소리가 금세 꺼질 것 같았다. 식구들에게 연락을 할까 하다가 다시 어머니를 불렀다.

"자꾸 와 부르노."

겨우 입술을 달싹이며 들릴락 말락 어머니가 말을 했다.

"부른닥꼬 갈 사람이 안 가나. 아무래도 내가 오늘 가야 될랑가 보다."

나는 마음을 가지런히 했다. 자세도 곧추세우고 잠시 무아명상에 들었다. 그리고 양손을 비벼 잘 털고는 어머니 장심에 내 장심을 맞닿게 하고 다른 손으로 어머니 손등을 감싸 쥐었다.

머릿속에 어머니 몸 윤곽을 그렸다. 효소 담고 건져 낸 매실껍질 같은 어머니 쪼그라진 몸이 생생하게 내 머릿속에 들어왔다. 천천히 장심을 통해 내 몸뚱이 전체를 어머니 몸속으로 집어넣기 시작했다. 내 원기가 어머니 속으로 들어갔다. 어머니 쪼그라진 몸 주름들이 조금씩 펴지기 시작했다. 많은 시간이 흘렀다.

"희식아."

"네, 어머니."

"새들마을 우리집에 가믄 아래채 더금우에 널 있다. 내가 쓸락꼬 뒀다. 둘둘 말아 지고 가짐택꼴 밭가에 가서 묻어라."

"어머니…."

"싹 불살라 삐라. 연기 돼서 하늘로 올라가고 재가 남으믄 묻어라."

어머니는 눈을 뜨고 나를 올려다보았다.

나는 사시나무 떨듯 몸을 흔들고 다시 기를 넣기 시작했다. 아주 좋은 느낌이 왔다. 어머니의 유언은 계속되었지만 밝고 훤한 기운이 돌기 시작했다.

"인자 너는 너대로 살거라. 내가 니 애만 멕이다가 가는구나."

나는 어머니 얘기를 남김없이 다 들어줘야겠다 싶어 예, 예 하며 추임새를 계속 넣었다.

"새날이 새들이 잘 키워라. 그놈들이 나중에 훨훨 날아다닐끼다. 애들 엄마도 잘 돌봐라. 그만한 여자 없다."

그러고는 어머니가 부스스 일어나셨다.

똥 사건은 어머니는 물론 내게 커다란 충격을 줬지만 액땜이 된 것인지 그 후로는 그런 일이 안 생겼다. 유언까지 들어야 했던 똥 사건 때는 겁이 나서 내 생활 계획을 바꿔야 하나 고민도 했다. 그러나 아무것도 바꾸지 않기로 했다. 다만 계획을 좀더 세밀하게 다듬기로 했다.

필사적으로 부엌 문턱을 넘으신 어머니

어머니랑 지내기 위한 내 생활 계획은 일 년여의 준비를 거친 것이다. 가장 큰 준비는 어머니 몸 상태에 맞게 집을 뜯어 고치는 것이었고 그 다음이 어떻게 살 것인가였다. 몸은 물론 정신도 온전치 못하신 어머니랑 잘 살기 위해 노인병원에 가서 노인 돌보기 자원봉사도 했고 전문가나 책을 통해 늙음과 노인에 대한 공부도 했다.

생활 계획은 새로 배우고 익힌 노인 돌보는 기술이나 지식에 농가 생활과 명상이라는 내 방식을 결합하여 만들었다. 어머니의 존엄성과 존재감을 높이는 게 목표였다. 집안에서 할 수 있는 일이 아무것도 없는 무력한 존재가 아니라 다른 사람 못지않게 어머니도 잘할 수 있는 일을 하게 하는 것이었다.

어머니를 확실한 집안 어른으로 대하면서 하는 일마다 일일이 알려 드리고 허락을 받았다. 어떤 경우에도 말을 놓지 않고 존칭을 썼고 집을 드나들 때마다 큰절을 올렸다. 요양 시설에서는 노인들이 종이접기나 점토놀이를 하지만 어머니는 소일거리가 아닌 생산적 일을 하도록 했다. 처음 시도한 것이 청국장 만들기였다.

일하는 과정도 어머니가 주도하도록 했다. 내가 아는 것도 하나하나 어머니의 허락을 받아가면서 했다. 콩을 물에 얼마동안 불려야 하는지부터 다 뜬 청국장을 절구에 넣어 찧고 마늘 다지는 것이나 죽염 넣는 양도 다 어머니가 결정하도록 했다. 이 계획은 매우 치밀했지만 여러 군데서 빗나갔다.

하룻밤 콩을 물에 불려 어머니에게 보여 드렸더니 "됐다!"고 하시면서 '솥에 넣고 삶아라'가 아니라 '가자, 가서 삶자'고 하셨다. 이게 무슨 소린가 하고 어머니 얼굴을 쳐다보았다.

"삶아야 할 거 아이가? 콩이 끓으믄 실실 굼벵이 뒹굴득끼 뒤집으면서 장작은 불 안 끄질 망큼만 대 놓는 기다."

그러면서 그 일은 당신이 해야 한다는 것이었다. 마치 늘 하던 일을 하려는 것처럼 말했다. 뭔가 새로운 고비에 이르렀다는 직감이 왔다. 어머니 신발을 신겨 드리고 마루에서 부엌으로 가는 흙바닥에 방수포를 깔았다. 어머니가 거침없이 마루 아래로 내려앉았다. 땅에 몸을 끌면서 앉은 채 부엌으로 가다가 문턱에 걸렸다. 엉덩이가 반 뼘 남짓한 부엌 문턱을 못 넘고 걸린 것이다.

어머니는 필사적이었다. 한쪽 무릎을 문턱에 걸치고는 윗몸 무게를 앞쪽으로 왈칵 쏠리게 하면서 한쪽 엉덩이를 문턱에 올려놓는데 성공했다. 그렇게 문턱을 넘어갔다. 어머니는 모르셨지만 왼발 복숭씨가 까져서 피가 나고 있었다. 나는 모른 척했다.

아궁이 앞으로 가서 자리에 앉을 때만 겨드랑이를 껴서 도와드린 것 말고는 아무것도 도와드리지 않았다. 평생 구들장만 지고 살 줄 알았던 어머니에게 기적이었다. 들뜬 기분이 역력했다.

"인자 불 부치야지. 내가 불 사르까?"

들고 있던 일회용 라이터를 어머니께 드렸다. 좀 불안했지만 곁에 다른 인화 물질이 없는 것을 확인하고 어머니 옆에 쪼그리고 앉았다. 어머니는 익숙하게 갈비 한움큼을 모아 쥐고 불을 붙였다. 두 번 만에 라이터를 켜는 데 성공했고 불살개 위에 가는 나뭇가지를 얹어 불길을 키운 다음에 잔 장작부터 걸쳐 나갔다.

우리 집에 오는 사람들은 어른이건 애들이건 저마다 아궁이에 불을 때 보겠다고 다투어 나서지만 부엌을 연기통으로 만들고 눈물을 찔찔 짜곤 한다. 어머니 솜씨는 연기 한 줄기 안 내고 불길을 자유자재로 주무르는 수준이었다.

큰 정지에 밥 앉혀 놓고 동시에 작은방 가마솥에 쇠죽 끓이던 이야기를 하셨다. 성냥 한 개비 아끼기 위해 불씨를 재로 묻어 두었다가 후후 불면서 불씨를 살려내는 이야기도 하셨다. 성냥 한 통을 사면 몇 년을 썼다고 했다.

할아버지가 어찌나 힘이 장산지 나무 한짐 짊어지고 산에서 내려오면 발걸음 소리에 온 동네가 쿵쿵거렸고 나뭇짐이 커서 동네에 산 그림자가 생길 정도라고 했다. 한짐 해다 부쳐 놓으면 양 부엌에서 한 달을 때고도 남았다고 하는데 아무래도 뻥이 좀 들어간 것 같다. 그래도 나는 좋았다. 어머니 표정이 저렇게 밝고 신명난 모습을 본 적이 없었기 때문이다.

어머니는 다리 못 쓴다는 핑계로 앉은 채 물 떠 와라, 콩 삶겼는지 한 숟갈만 퍼 봐라, 안 눋게 주걱으로 휘휘 저어라, 빨래는 다 했느냐며 온갖 집안일을 챙기고 나섰다. 나는 이리 뛰고 저리 뛰고 정신이 없었다. 내 계획에는 없던 일들이었다.

이것저것 잔소리가 많아지는가 싶더니 이번에는 장작을 너무 잘게 패서 불땀이 없다고 야단을 쳤다. "내가 늙어갖꼬 니 짐떵어리다"라며 자조 섞인 한탄만 하던 모습이 아니었다. 저러다 또 한 건 하지 싶어서 분위기도 바꿀 겸 내가 한마디했다.

"어무이, 오줌 눌 때 안 됐어요? 오줌 좀 누러 가입시다."

"오줌? 여따 눠 삐리지 뭐."

"예?"

"불도 따끈따끈해서 싸도 잘 마르겠네, 하하하하."

"안 돼요. 여따 누면 안 돼요! 옷 빨기 힘들어요!"

"옷 빨드래도 내가 빠나 니가 빨지!"

우리 모자는 배꼽을 잡고 웃었다.

예상에 없던 일이 또 생겼다. 삶긴 콩을 직접 봐야겠다며 당신을 일으켜 세우고 솥뚜껑을 열라는 것이었다. 불이 훨훨 타고 있는 아궁이 앞에서 어머니를 일으켜 세워 솥에 있는 콩을 직접 살피게 하느라 나는 진땀을 흘렸다.

네댓 시간 동안 삶은 콩을 짚을 깐 대소쿠리에 담아 아랫목에 묻은 지 닷새 만에 꺼낼 때까지 어머니 세상이었다. 소쿠리를 다 덮지 말고 가운데에 숨구멍을 내서 김이 빠지게 하는 방식은 나도 새로 배운 기술이었다.

그래야 청국장이 쿰쿰한 냄새가 안 나고 맛있다는 것인데 발효 과정에서 생기는 암모니아 가스를 빼내는 효과를 말씀하시는 것 같았다. 암모니아는 청국장에 잡균이 생기지 못하게 하는 순기능도 있지만 너무 많이 배어 버리면 청국장 맛을 버리고 만다.

바느질과 챙이질(키질) 하기, 가죽자반 만들기, 산뽕 따다가 뽕차 만들기, 고추와 상추 모종에 물 주기 등등 어머니에게 다양한 일거리를 제공하느라 내가 바빠졌다. 덕분에 어머니는 기분이 밝아지고 밤에는 달게 주무셨다.

"기도하믄 다 된닥카나?"

날씨가 풀어지는 만큼 우리는 행동반경을 넓혀 나갔다. 처음에는 바퀴의자를 타고 마당까지 나왔다가 집 앞길을 오르내리기 시작했다. 이때 어머니 입에서 나오기 시작한 옛말과 지방어들은 수첩 하나가 필요할 정도였다.

"빼뿌재이 나왔네. 저거 생주리 해 묵어도 좋고 삶아서 된장 끓여 묵어도 된다."

"이거 질경인데요?"

"빼뿌재이라. 내가 빼뿌쟁이도 모룩까이!"

이 외에도 '나시래이(냉이)'나 '질금다지(빌금다지)' 등의 봄나물 이름도 익혀 나갔다. 어머니 목소리에 점점 힘이 들어가기 시작했다. 어머니가 자신 있는 것은 도시의 세련된 집 안에는 아무것도 없다. 각종 전기 제품과 거기에 딸린 리모컨들은 귀신 붙은 방망이였고 가스레인지

나 진공청소기, 믹서도 만지기가 무서웠다.

시골에 오니 세상 것들이 하나둘 이른바 어머니 '나와바리' 안으로 들어오기 시작한 것이다. 접나비와 호랑나비도 구별해 냈고 녹두잠자리와 물잠자리를 멀리서도 알아보았다.

바퀴의자를 밀고 골목길을 나서면 눈에 띄는 모든 것들이 어머니에게는 환희의 재회였다. 오래전에 기약 없이 헤어졌던 동무들이다.

"아이고오, 저기요오 보래이. 벌써 꽃대가 올라오네? 저기 애기똥풀이라 카는기라. 애기똥처럼 노랗다고 그렇기라."

꽃이나 나물만 만나기 시작한 것은 아니다. 산으로 들로 나다니기 시작한 동네 할머니들과 만나 인사도 주고받았다.

이즈음 나는 야무진 꿈 하나를 꾸기 시작했다. 비록 털털거리지만 트럭에 어머니를 태우고 좀더 멀리 나들이를 시작하리라는 꿈이었다.

젊을 때와 달리 어머니는 겁도 많아졌고 한 번 해봐서 안 되면 두 번 다시 시도하지 않으신다. 노인 일반의 특징을 가지신 어머니가 나랑 트럭을 타고 갈 수 있는 적당한 거리의 재미있는 구경거리가 뭔지 생각해 보았다.

나는 논개 생가를 떠올렸다. 장수군청에 전화해서 논개축제가 언제 시작되느냐고 물어봤다. 올해부터는 논개축제가 가을로 미루어졌다고 했다. 그럼 언제 어디가 좋을까? 어머니와의 첫 나들이가 성공하지 못한다면 내 야무진 꿈은 시작과 동시에 끝이 될 가능성도 있었다.

때와 장소는 차차 궁리하기로 하고 나는 꿈을 같이 꾸는 일부터 시작했다. 내 꿈이 곧 어머니 꿈이도록 하는 것이 우선이었다. 두 사람이 같은 꿈을 같이 꾸어야 될 일이다.

"어무이, 저 아랫동네 가니까 나시래이는 인자 쎄서 몬 묵고 쑥이 한창이던데요?"

"벌써?"

"벌써는요. 지금이 4월인데요. 여기는 지대가 높아서 그렇지 장계만 나가도 사과꽃이 허옇게 피던데요 뭐."

"사과꽃이 벌써 펴?"

어머니의 관심은 우리 동네를 벗어나기 시작했지만 나는 성급하게 가 보자고 하지는 않았다. 관심과 열의를 더 키우고 힘도 길러야 할 것 같았다. 그래서 하루 한두 번씩 바퀴의자를 밀고 앞마당 텃밭에 호스를 끌어다가 어머니가 물을 뿌리게 한다든가 집 앞길을 따라 조금 더 멀리 나갔다 온다든가 했다.

텃밭에 물을 주던 날은 아마 어머니가 수십 년 만에 처음 해 보는 농사일이었으리라.

"저기 빼쪽빼쪽하게 나는 기 먹꼬?"

"시퍼런 거는 부추구요, 상추도 있고 케일도 있고 다 있지요."

"상추는 자라는 대로 자꾸 속까줘야 돼. 안 그람 물커져."

"속까갖꼬 저쪽 빈터에 옮겨 심을끼라요."

"옮겨 심긴 멀 옮겨 심어. 상추 열 포기만 잘 키워도 두 식구 멍는데."

얘기하다 보면 물뿌리개에서 물이 새어 나와 어머니 옷소매를 적시곤 했다. 그 차가운 물이 팔을 타고 줄줄 흘러내려도 잘 모르셨다. 치켜든 팔을 앞으로 뻗은 채 끝까지 버티고 있어서 팔을 내려줘야만 했다. 물 뿌리는 일에 집중하느라 모르신 건지 감각 기능도 손상된 것인지 판단이 안 섰다. 다만 하나에서 열까지 살펴보고 주의하지 않으면 안 되겠다는 것은 분명해 보였다.

어느 날 아는 스님에게서 전화가 왔다. 어머니 안부를 묻는 전화였다. 스님은 출가자임에도 늙으신 속가 어머니를 여러 해 모신 분이라 내 사정을 누구보다 잘 헤아리고 계셨다. 통화를 하면서 내 머릿속에 머물러 있던 그 야무진 꿈이 윤곽을 드러냈다.

부처님오신날을 거사 일로 잡으면 좋을 것 같았다. 앞으로 한 달가량 시간이 있으니 어머니에게 사전 공작(?)을 하기에도 충분하고 날씨도 양력 5월 하순이라 푹할 것 같았다. 거리도 적당했다. 자동차로 삼십 분 정도 되는 곳에 그 스님의 절이 있었다.

무엇보다 더 중요한 이유가 있었다. 늙으신 데다 다리를 못 쓰는 우리 어머니, 귀까지 머신 우리 어머니가 그곳에서는 배려 받을 수 있을 거라는 믿음이 있었다.

대부분의 사람들은 곁에 노인이 있으면 불편해한다. 정작 불편한 사람은 거동도 제대로 못 하고 말귀도 못 알아듣는 노인인데도 곁에 있는 성한 사람이 더 불편해하는 모습을 너무도 자주 봐 왔다. 말이라도 한마디 건네야 인사치레가 되기 때문에 "안녕하세요?" 해놓고는 어색한 침묵이 흐를 때 또 한 마디 하는데 "얼굴 좋으시네요"라는 말이다.

이렇게 인사는 하는데 그 다음에는 무슨 말을 해야 할지 난감해 한다. 노인의 관심사가 뭔지 모를 뿐더러 말 한 번 잘못 붙였다가 혹시라도 노인에게 끝도 없는 세설을 듣지는 않을까 두렵기도 한 것이다.

사실 이 정도의 인사를 건네는 것조차 누구나 다 그러지도 않는다. 노인이 자기를 못 알아볼 것이라는 판단을 하고는 처음부터 아예 무시하는 경우가 더 많다. 노인은 적당하게 욕 안 얻어먹을 만치 예의를 차리는 대상, 그 이상도 이하도 아니다.

어머니를 모시기 전에는 나도 그랬다. 모임에 친구나 후배가 늙으신 부모를 모시고 오면 웃으면서 인사를 드리고 손목 한 번 잡아주는 것으로 끝이었다. 말이라도 걸어오면 한두 마디 답을 하면서 자리를 뜰 구실을 찾았다. 핏기도 없고 검버섯이 가득 찬 얼굴에 거미줄 같은 게 서린 듯한 노인을 어떻게 대해야 할지 잘 몰랐다.

노인들도 그걸 안다. 당신이 주인공이 아니라는 사실을 잘 알고 기가 죽어 있다. 시선도 멀찌감치 밖으로 향하는 때가 많다. 혹 실수라도 해서 자식이 난처해지지는 않을지, 또는 자기가 곁에 있는 것을 자식이 창피해하지는 않을지 눈치부터 살핀다.

자식을 따라온 부모가 행사장 구석에서 모임이 끝나기만을 기다리다 자꾸 어린애처럼 보채는 것을 많이 봤다. 언제 끝나냐고, 왜 이런 데 데리고 왔느냐고, 부모 구경시키려고 데려왔냐면서 집에 어서 가자고 자꾸 보채면 자식도 짜증이 난다. 방에만 있는 게 딱해서 바람 좀 쐬라고 모시고 나왔는데 그걸 못 참고 그러느냐고.

내 야무진 꿈을 설명하러 절을 찾았다. 스님은 내 꿈을 크게 반겼다. 임종을 앞둔 몇 년 동안을 맑고 곱게 살다 가실 수 있게 하는 것만큼 큰 공덕이 없다 하셨다. 세상을 구하는 길이 된다고 하셨다. 이 스님은 삼십 년 가까이 '동사섭(同事攝)'이라는 명상 수련 프로그램을 진행해 오셨는데 나도 이 수련을 초급·중급·고급 모두 일곱 차례나 했다. 부처님오신날에 생불이신 어머니부처님을 모시고 오면 좋겠다고 하시면서 큰 활자로 된 『불자독경』이라는 불경집을 하나 주셨다. 천수경과 반야심경 그리고 예불문이 순우리말로 된 한글 독송집이었다.

나들이 준비는 순조로웠다. 마지막 한 가지가 남았다. 어머니 마음을 움직이는 일이다. 궁리를 하다가 전주에 있는 한울생협에서 우리밀 녹차 과자를 세 봉지 사 왔다. 어머니가 유일하게 좋아하시는 과자다.

"어머니, 절에 갔더니요 스님이 이거 어머니 잡수시라고 주셨어요."

"먹꼬?"

"까자."

"무슨 까잔데?"

"자아, 보세요. 하나 잡숴 보세요."

과자 봉지를 뜯어 보였더니 어머니는 눈을 번쩍 뜨면서 "뭐? 스님이? 스님이 사 줬어?" 하신다. 이때다 싶어서 『불자독경』을 펼쳐놓고 이것도 스님이 주셨다고 했다.

과자를 한입 깨무시더니 뭔가 짚이는 데라도 발견한 수사관처럼 눈썹을 살짝 찌푸리셨다. 그러고는 나를 낭떠러지로 밀어 던지는 말씀을 하셨다.

"스님이 이 과자 내가 좋아하는 거 어찌 알았을꼬?"

"스님은 다 알지요. 그러니까 스님이지요."

"스님은 무슨. 어떤 중놈인지 중이 뭣 땜새 이런 걸 다 주고 그락꼬?"

공든 탑이 와르르 무너지는 느낌이었다. 어머니는 먹던 과자를 내려 놓고 스님들 욕을 하기 시작했다.

"아이고오, 모내느락꼬 남은 바빠 죽겠는데 골목 밖에서 꼭 그라는 고마. 들으락꼬 목탁을 탕탕 침스로 동냥 달락꼬."

어머니는 과자 드시는 것도 잊고 적어도 사오십여 년 전으로 돌아가 셨다.

"중놈들이 꼭 혼자 안 댕기고 둘이 댕김스로 부애를 지러는구마. 부지깨이 하나도 농사일에 나서는 판에 빌빌 돌아댕기는 동냥아치들 보믄 속이 디비지는구마."

우리 고향에는 작은 마을에 교회가 두 개나 있었다. 그러다 보니 같은 성씨들이 모여 사는 우리 마을은 교회랑 이런저런 연고를 갖지 않은 사람이 없을 정도였다. 교회에서는 조상 제사 모시는 것이나 시제 드리는 것을 우상 숭배라고 하면서 제사 음식은 먹지도 못하게 했다. 어머니는 이 영향 때문인지 절뿐 아니라 교회까지 몹쓸 곳으로 여기셨다.

어머니가 들려주는 스님과 얽힌 많은 이야기는 모두 안 좋은 것들이 었다. 가장 충격적인 것은 우리 동네 천석꾼인 맥꼴댁이라는 양반집에 서 동네 앞을 지나가는 스님을 잡아다가 볼기를 쳤다는 얘기인데 연대는 이조 말엽쯤 되어 보였다. 이유는 단 한 가지. 동네 앞을 지나가면서 동네 보고 절을 한 다음 신발을 벗어들고 가야 하는데 뻣뻣하게 고개 쳐들고 갔다는 것이다.

피곤죽이 되어 풀려난 스님이 돌아서면서 뭐라뭐라 중얼거려서 맥꼴양반이 종을 시켜 다시 캐물었더니, 냇가 물레방앗간 옆에 있는 키 큰 바위가 동네를 넘겨다보고 있어서 동네에 만석꾼이 안 난다는 것이었다.

욕심 많은 천석꾼 맥꼴양반은 돌쟁이들을 동원해 그 큰 돌 허리를 잘라서 두 동강을 냈다고 한다. 그날부터 천석꾼 집안은 자식들 간에 송사가 벌어져 서울로 쌀가마니를 달구지로 쉴새없이 실어 날랐고 결국 삼 년이 가지 않아서 집안이 폭삭 망해 거지 신세가 되었다는 것이다. 집안에 망조가 들자 종들이 너도나도 서울로 가는 쌀가마니를 빼돌려서 실어 내는 쌀가마니 반의반도 서울에 도착하지 않았다는 것이다.

"에이, 어머니는. 맥꼴양반이 몹쓸 짓 했네요 뭐. 지나가는 스님을 그렇게 했으니 종들한테는 평소에 잘 했겠어요?"

"다 지 복이지, 복을 누가 대신 준닥카더노?"

"스님들은 다 사람들 잘 되락꼬 하지 벌 주락꼬는 안 해요. 교회나 절이나 다 사람 잘 되게 하지 못 되게 하겠어요?"

"하기사 교회가 그리 가르치겠느냐마는 쏘가지 더러분 잉간들이 몇 있어서 그렇지."

절벽 같으신 어머니를 설득할 방법을 못 찾고 또 스님에게 전화를 했다. 내 안타까운 사연을 듣고 스님이 부처님오신날을 며칠 앞둔 바쁜 중에도 우리 집에 찾아오셨다. 어머니 속옷이랑 반찬도 가져오셨고 금일봉까지 가져오셨다. 점심을 같이 먹고 가셨는데 어머니가 스님의 환한 웃음과 재롱(?)에 완전히 홀라당 넘어가셨다.

"저 중은 좋네. 사람 좋아 보이네. 나무도 패 주고 늙은 내가 뭐락꼬 용돈까지 주시고."

어머니 앞에 『불자독경』을 꺼내놓고 한 번 읽어 보시라고 한 것은 부처님오신날을 이틀 앞두고였다. 어머니는 첫 장을 넘기고는 천연스레 읽기 시작했다. 손가락으로 한 자 한 자 짚어가며 천수경을 읽는데 떠듬떠듬 하는 게 도리어 관록 있는 큰스님의 독경처럼 들렸다.

"천언 수 겨엉. 저엉 구 업 지너언. 수리수리 마하수리 수수리 사바하 오 방 내 외 안 위 제 신 진 어은. 나무 사만다 못다남 옴 도로도로….

처음 해 보는 어머니의 독경이 「개법장진언」으로 넘어가면서는 반복되는 7음조에 운율까지 들어가며 흥이 났다. 물론 잠시였지만.

"에이고, 안 할란다. 내가 이제사 이런 거 해 각꼬 뭐 한닥꼬. 걸어 댕기게나 해 준다카믄 모륵까."

나는 어머니를 꼬드기기 시작했다. 기도하면 다 이루어진다고. 간절한 마음으로 빌면 뭐든지 다 이루어진다고 꼬드겼다.

"그라믄 절에 가믄 옷에 오줌도 안 싸게 될까?"

"그럼요. 기도하면 부처님이 다 해 주지요."

"에라이, 그렁기 어딧노! 그란닥카믄 절에 안 가는 사람이 어딧 겠노. 침재이한테 가서 침을 맞든지 해야지. 이 다리는 인자 안 돼. 너무 오래돼서 침 맞아도 안 돼."

"쉽지는 않겠지만 기도 잘 하면 나을 거예요."

"모올라."

오랫동안 공을 들였건만 부처님오신날 아침에 어머니는 절에 안 간다고 뻗대었다.

"나는 꼼짝 안 하고 누버 있능기 제일 편하다. 나 같은 병신 덱꼬 댕길락카믄 너만 고생이다."

이럴 때 어머니의 마음을 돌리는 나만의 방법이 있다. 함께 살면서 책으로 공부하고 전문가와 상담하면서 내 나름대로 익힌 방법이다. 그 방법을 쓰자 결국 어머니는 나랑 절에 가기로 했다.

그 방법이란 별 게 아니다. 어머니의 생각이나 주장을 즉석에서 고치려고 하지 않는 것일 뿐이다. 어떤 경우에도 "그거 아니다"라고 하면 안 된다. 나는 "좀 가만히 있으라"든가 "이제 그만해요" 등의 말을 어머니께 하지 않는다.

자기 존재성에 대해 자신감을 잃어버린 노인한테 이런 말을 하는 것은 똥 누는 사람 주저앉히는 것이라고 생각한다. 대신 "그럼요! 그렇지요!"라고 일단 동의를 해 준다. 동의해 줄 수 없는 경우에는 어머니 말씀을 그대로 반복해 준다.

가령 이렇다. "가만히 누워 계시는 게 편하시다구요? 저랑 같이 다니면 제가 고생일 거라고요?"라고.

이 단계가 충분하다 싶으면 얼른 화제를 전혀 다른 곳으로 돌린다. 그것도 어머니가 아주 좋아하는 소재를 찾아서. 그래서 마음을 바꾸기 전에 기분부터 바꾸게 하는 것이다. 이날 아침에 나는 "어무이, 오늘 아침은 콩죽 한 번 해묵어 볼까요?"라고 하여 기분을 바꿔 드렸다.

어머니가 좋아하는 고소한 콩죽을 두 그릇이나 비웠을 때 내가 "음식은 절 음식이 최곤기라. 오늘 절에 가믄 맛있는 게 엄청 많을 텐데…"라고 했더니 어머니 반응이 달라진 것이다. "아무것도 없는데 빈손으로 어찌 가노? 갈라믄 뭘 들고 가야지. 오늘이 부처한테는 생일날인 긴데"라고 하셨다.

이쯤 되면 이미 마음이 기울고 있기 때문에 서둘 필요가 없다. 같이 가실 거냐고 괜히 딱 부러지는 답변을 요구하면서 어머니의 변심을 확인했다가는 어머니 자존심을 다치게 할 수 있다.

"그러게요. 진짜 그렇네? 뭘 가져 갈까요?"

"너 고사리 꺾어 논 거 있나?"

"예. 조금 있는데요."

"치나물도 그때 봉께 많이 말리드만?"

"고사리랑 치나물 가져각까요?"

"그라믄 안 되겠나. 절에 산나물 가져가믄 조탁카지."

이렇게 해서 어머니가 역사적인 나들이를 하게 되었다. 서울에서 우리집 올 때의 단순 이동과는 전혀 다른 그야말로 순수한 나들이였다. 늙어가는 자식이 다 늙은 엄마 손 잡고 꽃피는 봄날에 놀러가는 것이었다. 우리는 장군처럼 트럭에 올라탔다.

5월도 중순을 넘어선 장계 지역의 들판은 생기가 넘쳐났다. 여기저기 모를 심는 논들이 보였다. 고추밭에도 지지대를 높이 박아 놓았고 끈으로 두벌 묶음을 하는 농부의 손길이 분주하다. 조심스레 트럭을 운전하는 나와 달리 어머니는 크게 들떠 보였다.

오늘의 나들이를 위해 조마조마하며 여러 날을 준비해 온 피로가 한꺼번에 사라지는 듯했다. 차창 밖으로 보이는 모든 것들에 안부를 묻고 옛 기억을 되살려 내시느라 어머니는 잠시도 가만히 있지를 않았다. 자동차를 더욱 천천히 몰았다.

"우리집 씬나락은 내가 다 쳤다 아이가. 씬나락을 잘 쳐야 모 찌기도 좋고 모 심기도 좋은기라. 내가 씬나락 잘 친닥꼬 동네서 불리 댕깃따. 솔솔 씬나락 잘 친닥꼬."

"창문 닫지 마라. 이기 머가 춥딱고 그라노."

"지금 우리 못자리 물 떼그라. 그래야 뿌리가 어시지는 기다. 뿌리가 어시져야 나락이 충실해지는 기라."

"이 동네 모꾼들은 다 어디 갔노? 모 심다 말고 어데 갔길래 하나도 안 보이네?"

이앙기로 모 심는 것을 한 번도 본 적이 없는 어머니는 너른 들판에 못줄 잡는 사람도 없고 모 심는 사람도 없는 것이 이상했나 보다.

이상하면 이상한 대로 내가 뭐라 설명을 하지 않아도 어머니는 혼자 신나게 이야기를 이어가셨다. 계남면에서 장수읍으로 넘어가는 국도를 따라 "FTA 결사 반대"라는 장수군 농민회의 노란 깃발이 죽 꽂혀 있는 걸 보셨다.

"저거는 먹꼬? 새 쫓을락꼬 꼬자 난나?"라고 하셔서 글자를 읽어 보라고 했더니 바람에 펄럭거려서 잘 못 읽으신다.

읽는다 해도 영어를 모르니 '결사 반대'만 읽으셨을 것이다. 노인들만 있고 문맹자도 만만찮은 시골길에 농민회에서 만든 영어로 쓰인 'FTA'라는 남의 나라 말 깃발이 참 낯설어 보였다.

절에는 동사섭 수련을 지도하시는 스님의 절이라 그런지 오랜 동사섭 도반들이 많이 와 있었는데, 어머니를 보고 다들 극진하게 인사하고 봉투에 용돈까지 넣어 주는 사람이 있다 보니 절이라고는 난생 처음이지만 어머니는 해 보라는 대로 합장도 하고 손뼉도 치면서 금세 잘 어울리셨다.

절 입구에서 어머니에게 "인자 여기서부터는 '중놈 중놈' 그카지 마시소이?"라고 했더니 눈을 흘기면서 "찌랄하고 있네. 앙 그라지이. 누굴 밥티로 아나. 인자 '스님 스님' 그캐야지." 하셔서 한참 웃었다.

나는 못 듣는 어머니를 위해 스님이 법문하시는 것을 종이에 적어서 보여 드렸다.

공책을 준비하지 못해서 자료집 뒷면에 쪽글을 적어 드렸다. 내 쪽지를 보시고 어머니가 고개를 끄덕이시면 나는 다음 말씀을 적어 드리는 식이었다.

'마음을 비워라' '남을 칭찬해라' '뭐든지 감사하라' '간절한 마음으로 기도하라' 등 스님이 인생의 5대 행복 원리를 설명하실 때마다 내가 글을 써 보이면 어머니는 알았다는 듯이 고개를 끄덕이셨는데 점점 어머니가 가벼운 촌평을 하기 시작했다.

어머니의 촌평이 시작되면서 마치 나는 중계하는 아나운서고 어머니는 해설위원처럼 되어버렸는데 이것이 부처님 생일잔치를 한결 흥겹게 했다.

"잘해 봐봐, 칭찬하지 말락케도 칭찬하지. 하는 짓은 목딱 같이 함스로 칭찬해 달락카믄 그기 말이 되나?"하고 어머니가 큰 소리를 냈다. 곁에 있던 사람들이 와르르르 웃었다. 어머니도 따라 웃으셨다. 어머니를 중심으로 웃음소리에 휩싸인 나는 가슴이 울컥했다. 완전한 성공이었다. 이 얼마나 가슴 졸이던 나들이였던가?

스님 법문이나 옆사람 웃는 소리는 안 들리다 보니 어머님은 오로지 내가 써 드리는 쪽지하고만 얘기를 하는 셈이었다. 이번에는 '어머니 제 칭찬 한 가지 해 보세요'라고 적었더니 "찌랄하고 있네. 지 새끼 안 조탁카는 사람 어딧노. 고슴도치도 지 새끼 품는닥카는데"라고 팩 쏘아붙이신다.

나는 영문을 모르는 사람들이 스님 말씀에 대한 반발처럼 들을 수 있겠다 싶어 놀란 나머지 얼른 어머니 입을 막았다. "와? 머락카는데?" 하고 어머니도 놀라 주위를 두리번거리셨다. 바로 앞에 서서 말씀하시던 스님이 활짝 웃으며 마이크를 내리더니 눈짓을 해 가며 "조용조용. 우리 휴강 님 어머님이 법문하시는데 조용조용" 하셨다. 휴강(休康)은 내 법명이다. 모든 사람들이 우하하하 웃었다.

나는 안 되겠다 싶어 쪽지 전달을 멈췄다. 어머니는 궁금한지 자꾸 내 옆구리를 찌르면서 속삭이듯이 "머라카노? 스님이 지금 머락카노?" 하셨다. 그래서 나는 어머니 평생 소원인 '걷게 해 달라고 기도하세요' 라고 적어 드렸다. '옷에 오줌 안 누게 해 달라고 기도하세요'라고도 써 보였다.

"기도하믄 다 된닥카나?"

어머니는 귀가 솔깃하신지 진지하게 물었다. 간절한 마음으로 기도 하면 뭐든지 다 이루어진다고 써 드렸다. 짧은 순간이지만 어머니 얼굴 에 광채가 스치는 것 같았다. 나는 놓치지 않고 그것을 봤다.

절에서는 모든 참석자들에게 어른 키만한 큰 수건을 한 장씩 선물로 줬다. 우리에게는 어머니를 생각하여 두 장을 주었고 음식도 골고루 싸 주었다.

집으로 돌아오는 트럭 뒷자리와 어머니 무릎에는 선물과 음식 묶음 이 쌓였다. 더구나 어머니 호주머니에는 도반들이 주신 봉투가 제법 들 어 있었다. 어머니와 내가 그토록 마음 졸이며 시도한 처음 나들이가 기대 이상으로 흡족해진 것이다. 마치 대기하고 있던 것처럼 모든 사람 들이 우리의 첫 나들이를 맞아 극적인 감동을 만들어 주었다.

신기한 것은 대여섯 시간 동안 어머니가 오줌을 한 번도 안 누신 것 이다. 집에 와서 기저귀를 빼내니 오줌이 한 방울도 비치지 않았다. 어 머니는 깜짝 놀라며 "이게 다 부처님 덕인갑따"며 이제부터 옷에 오줌 누는 일이 없었으면 좋겠다고 했다.

돌아오는 길에 봉투랑 선물들을 가리키며 내가 "우리 어머니 부자가 되셨다"고 부러워하자 어머니는 이렇게 말씀하셨다.

"내가 날라 댕긴다 칸들 누가 나 보고 이런 걸 주건노. 다 니 얼굴 보고 중기지."

공덕을 나에게 돌리고 사리를 분별하시는 어머니 모습은 아침과 비교하면 거짓말 같았다. 절에서 만난 낯선 사람들이 한결같이 어머니에게 자리를 마련해 주고 음식뿐 아니라 마실 물까지 챙겨다 주며 곁에와서 일부러 말을 걸면서 정성을 다해 받들어 모시는 모습에 어머니의 긴장과 경계가 사라져 버렸던 것이다. '정성스런 모심'이 백 가지 약보다 나았다.

어머니가 나들이에 익숙해지신 지 석 달이나 지나 열린 8월의 어느 생명평화운동 모임에 어머니를 모시고 갔다가 참석자 오십여 명이 바퀴의자에 앉아 어색해 하는 어머니는 제쳐놓고 어머니 안부마저도 나한테만 묻고 그냥 지나가 버리자 어머니가 온갖 역정을 다 내며 돌아가자고 떼를 써서 이박 삼일 동안 그 행사에 참석하려고 변기와 기저귀는 물론 근처에 있는 온천 딸린 숙소까지 예약하고 갔다가 한 시간여 만에 먼 길을 되돌아오고 말았던 사례와 크게 비교된다.

절에서 돌아오는 길에 어머니가 주머니에서 가장 두툼한 봉투를 꺼내 길손에게 줘 버린 것을 보면 이날의 나들이는 골고루 성공이었다.

장계를 지나 육십령 쪽으로 방향을 틀어 오는데 마침 비가 내리기 시작했다. 웬 젊은이 둘이 배낭을 메고 걷고 있었다. 한눈에 보기에도 먼 길을 가는 여행자로 보였다. 차를 세우고 트럭 뒤에 태워 우리집 꺾어지는 곳까지 데려다 줬는데 그들은 군 입대를 앞두고 전국을 걸어서 여행 중인 대학생이었다.

이때였다. 어머니가 나한테 차비라도 좀 주자는 것이었다. 그러자고 했더니 봉투들을 꺼내 가장 두툼한 것을 내게 주시는 것이었다. 십만 원이 들어 있었다. 직접 주라고 했더니 어머니가 이미 저만치 가는 젊은이를 부르고는 "가다가 주전부리나 하라"며 건네주었다.

집에 와서 주전부리 하라고 십만 원을 꺼내 주는 통큰 할마씨라고 놀렸더니 거저 받은 거를 혼자 다 쓰면 벌 받는다고 하셨다. 가져온 음식은 아랫집 할머니랑 나누고 수건도 한 개는 우리 집에 자주 와서 어머니를 도와주시는 분께 드렸다.

어머니처럼 양의학식으로 알츠하이머 증세가 있는 사람은 보통 지나치게 자기 몫을 챙기며 구두쇠 짓을 하는데, 어머니가 그날만큼은 영 딴판이었다. 나도 모르게 속으로 중얼거렸다.

"더도 말고 덜도 말고 '부처님오신날'만큼만 되어라."

지리산 운봉 장날, 땡볕 아래서 넋을 잃다

　　부처님오신날의 첫 나들이가 크게 성공한 이후 점점 나들이 범위를 넓혀 오다가 드디어 지리산까지 진출했다. 지리산 정령치 계곡에 있는 어느 수련터에서 어머니랑 일주일을 보내기로 한 것이다.

　　이곳은 내가 삼 년여 전 우연한 기회에 수련을 하기 위해 찾은 곳이다. 그때는 초겨울이었는데 새벽 다섯 시에 계곡의 살얼음을 깨고 물 속에 들어가 몸과 마음을 단련하는 생활을 했다. 강한 물 기운을 받아서 몸과 마음이 큰 변화를 겪은 곳이라 어머니께도 도움이 될 듯하여 같이 간 것이다.

　　사흘쨴가 되는 날이었다. 마침 남원시 운봉읍 오일장이 서는 날이라 해서 어머니께 물었다.

　　"어무이, 운봉이 요 아랜데요. 장 구경 갈까요?"

　　하루 전날 이미 해발 천백 칠십 미터인 정령치 휴게소까지 나들이를 다녀 온 어머니는 태어나서 처음으로 구름과 산등성이가 발아래로 밟히는 높은 곳에 갔다는 뿌듯함이 있던 차에 '운봉'에 가자고 하니까 여간 좋아하는 것이 아니었다.

어머니는 운봉이 친숙하다. 고향 마을에 사는 가까운 친척이 운봉으로 이사를 갔는데 그곳에서 양은 장사를 했다고 한다. 양은을 어깨짐해서 고향 마을을 철마다 찾아오니 자연히 호칭이 '운봉양반'으로 바뀌었다.

또 조카뻘 되는 사람이 새색시를 맞았는데 운봉 사람이었다. 그래서 우리 집안에 처음으로 전라도 색시가 왔고 택호는 '운봉댁'이었다.

"운봉이 요기락꼬? 말로만 듣던 운봉이 바로 요기라카믄 한 번 가 복까?"

이렇게 해서 운봉 장 구경을 나선 것이다. 당연히 나는 아주 멋진 나들이가 될 것이라 믿었고 재미있는 장 구경이 어머니에게 좋은 치유의 과정이 되리라 여겼다.

집에서 따 왔다는 참외를 길가에 펼쳐 놓고 앉아 있는 쪼그랑 할머니한테 참외를 한 봉지 사고, 새까맣게 그을린 할아버지 좌판에서 이천 원에 쪽파 한 소쿠리를 살 때까지는 어머니가 별 다른 기색을 보이지 않으셨다.

고등어를 사려고 할 때였다. 어머니가 터무니없이 비싸다고 트집을 잡았다. 고등어 장사가 듣는 줄도 모르고 "순 도둑년"이라고 욕을 하셨다. 나는 깜짝 놀라 주인의 눈치를 보며 얼른 자리를 떴다. 민소매 셔츠를 하나 사려고 해도 싫다, 무릎까지 오는 반바지를 하나 사 드리려고 해도 "종아리가 벌겋게 나오는 옷을 남우세스럽게 어떻게 입으라고 그런 걸 사려고 하느냐"며 역정을 내셨다.

어머니가 좋아하시는 뻥튀기를 즉석에서 만들어 파는 리어카가 있기에 한 봉지 사려고 했더니 '저런 거는 안 먹는다'며 끝내 사지 못하게 했다. "길거리에서 거라지처럼 우물우물 묵으란 말이가?"라고 버럭 화를 내셨다.

사십 대 초반쯤으로 보이는 뻥튀기 아저씨는 자기도 어머니라면 한이 맺혔다면서 바퀴의자를 밀고 장 구경 나온 우리를 그냥 보내지 않고 굳이 뻥튀기를 새로 튀겨 한 봉지를 싸 주셨다. 하지만 어머니는 상대가 민망할 정도로 야멸차게 거절했다.

이것도 싫다, 저것도 싫다 그러다 바퀴의자가 보도블록에서 덜컥거리면 버럭 짜증을 냈다. 볕이 뜨겁다고 또 짜증이었다. 날씨는 무덥고 하는 일마다 거절을 당하다 보니 나도 맥이 탁 풀렸다. 농협 하나로마트가 옆에 있었는데 유리창 너머로 느껴지는 에어컨의 시원한 바람이 나도 모르게 어머니 바퀴의자를 밀고 들어서게 했다.

역시 마트 안은 시원했다. 겨우 살 것 같았다. 그것도 잠시, 어머니가 버럭 내지르는 짜증이 내 평온을 뿌리째 뒤흔들었다.

"쫍아 비킬 데도 없는 데를 머 할락꼬 들어와 가지고 궁디도 못 움직이고로 사람 잡을락카나?"

나는 안절부절 못했다. 어머니가 더위에 짜증만 내지 않았어도 굳이 농협 하나로마트로 에어컨을 찾아 들어가지 않았을 것이다. 어머니가 버럭 화를 내지를 때마다 매장에 온 사람들이 어머니보다 내 얼굴을 쳐다보았다.

다시 밖으로 나왔다. 기대를 잔뜩 하고서 운봉읍 장 구경을 나왔는데 보는 것마다 짜증을 내고 모든 것을 거부하는 어머니 심정을 헤아릴 수가 없었다. 신나게 장 구경하다가 어느 돌부리에 걸려 자빠진 것인지 알 수가 없었다. 내가 뭘 잘못했나 살펴보아도 당장 어떻게 해야 할지 막막할 뿐이었다. 이럴 수도 없고 저럴 수도 없었다. 내 몸과 마음이 더 이상 견딜 수 없이 지쳐 버렸다는 것을 알 수 있었다.

7월의 뙤약볕은 정오를 넘기면서 달아오르기 시작했고 우리는 갈 데가 없었다. 숨이 막히고 머리가 띵했다. 농협 앞 사거리에서 오도 가도 못 하고 자포자기 상태로 있는데 길 건너로 다방이 보였다.

평소에는 '꼰대다방'이라고 쳐다보지도 않았을 테지만 이때만큼은 '복다방'이라는 촌스런 간판이 향수 어린 휴식 공간으로 보였다. 만사 제쳐놓고 저런 다방 소파에 푹 파묻혀 냉커피 한 잔 마시고 싶었다.

그런데 '복다방' 정문에서도 마담인지 누군지 알 수 없는 여인네 하나가 다방의 발을 제치고 이쪽을 계속 보고 있었다. 기다리는 손님이 있는 것인지, 아니면 우리 모자가 길거리에서 방황하는 모습을 처음부터 지켜보던 것인지 어쨌든 그 눈길이 부담스러웠다.

바퀴의자를 돌리려고 하는데 어머니가 고개를 의자 뒤로 거의 구십도로 젖히고 눈을 감고 계신 것이었다.

나는 소름이 확 끼쳤다. 옆에는 아까 만난 뻥튀기 장사 트럭이 계속 시동을 켜 놓아서 배기가스가 숨을 막히게 하는데 그걸 까맣게 몰랐던 것이다.

"어머니!"

외마디 비명을 지르면서 어머니를 흔들었다.

어머니 고개가 힘없이 덜렁덜렁했다. 모든 게 한순간이었다. 하늘이 무너지는 것 같았다. 와락 울음이 터져 나왔다. 아무것도 보이는 게 없었다. 어머니 머리를 껴안았다. 온 세상이 샛노랗게 변했다. 어머니는 그 사이 땡볕에 얼굴이 그을렸고 고개도 못 들고 눈두덩은 푹 꺼져 있었다. 고개를 들어 드렸더니 겨우 눈을 뜨는데 초점이 없었다.

순간 나는 형님의 얼굴이 떠올랐다. 지리산 수련장으로 떠나오는 날 형님이 그랬다.

"거기 무슨 사고라도 생기면 보상해주는 곳이야? 허가가 난 데냔 말이야?"

추궁하듯이 몰아붙이는 형님한테 나는 순간적으로 화가 솟구쳤다. 한 달 가까이 어머니가 마음의 저항 없이 지리산 수련장에 갈 수 있도록 시나리오를 짜고 옛날 사진을 현상하여 예행연습까지 하면서 준비하는 것은 물론 모든 비용을 나 혼자 마련했다.

"이 깊은 산골에서 내가 어머니 모시다 사고 나면 그것도 내가 보상해야 되는 것이오?"라고 반박했다. 병원과 약만 최고인 줄 알고 내가 하는 침과 쑥뜸, 섭생을 통한 양생법은 아예 무슨 푸닥거리 정도로 취급했다. 유기농과 채식 중심의 식단도 늘 타박거리였다.

그 순간이 떠오르면서 참담해졌다.

"어머니, 어머니."

겨우 눈을 뜬 어머니는 지금까지 기세는 다 어디 가고 모기만한 소리로 "와 이카노, 나 다 듣고 있다. 와 이카노." 하셨다.

수련장으로 돌아왔다. 어머니는 아랫목에 눕자 땀을 흘리며 주무셨다. 화를 내거나 누군가를 미워할 때는 보통 때보다 기력이 많이 빠져나가는 법이다. 격렬한 감정 상태가 오래 지속되면 성한 사람도 기운이 빠져 버리는데, 몸도 성치 않고 늙으신 어머니가 몇 시간 동안을 짜증 내고 불신하고 증오하는 삶을 살았으니 소금에 절인 파김치가 되어 누운 것은 당연했다.

불안한 평온마저도 채 하루를 넘기지 못했다. 수련장의 청운선사 님이 제자들과 함께 어머니를 진맥하고 나가시자 어머니가 내 귀에 대고 속삭였다.

"저건 사람이 아이고 둔갑장이 귀신이다. 밥 해 주는 아주머니가 세 번째 딸인데 지하에서만 산다. 삼 년째 숨어 살고 있다. 아버지를 아버지라 부르지도 못하고 햇볕을 보면 죽는다고 해서 밖에 나오지도 못한대. 저 재주 좋은 사람이 와 숨어 사는지 몰라."

나는 새로운 사실을 알았다는 듯이 그러냐고 했다. 신이 난 어머니는 더 깊숙한 비밀들을 털어놓기 시작했다. 끝이 없었다. 이대로는 안 되겠다 싶었다. 어머니는 더 이상 동조할 수 없는 고약한 상상들을 쏟아내기 시작했다.

그런 터무니없는 상상 속에 어머니를 오래 방치할 수가 없어서 어머니가 좋아하시는 딸기를 냉장고에서 꺼내 놓고 화제를 틀기 시작했다. 화제를 돌려 새로운 분위기를 만들고자 할 때는 어머니의 눈과 귀뿐 아니라 맛과 손가락 촉감까지 사로잡을 수 있는 모든 것들을 동원해서 한동안 어머니의 모든 신경이 이쪽을 향하게 해야 한다.

내가 딸기를 어머니 손에 쥐어 드리고 맛이 어떤지 보시라면서 잡수시게 하는가 하면 딸기농사로 돈 많이 번 아랫동네 이장 이야기도 끄집어냈다.

"어때요? 맛있어요? 안 시어요?"

"삼켜야 맛을 알지, 씹지도 안 했는데 가만 있어 봐."

됐다. 이렇게 다른 화제에 대해 한 마디라도 하시면 반쯤은 성공한 것이다.

이렇게 하루 앞을 예측할 수 없는 상황을 연출하며 지리산 정령치 계곡의 수련원에서 일주일을 보내고 돌아왔다. 돌이켜보면 매 순간순간마다 가슴 철렁이며 전심전력을 다해 기울인 정성과 염려들이 어머니를 천천히 일으켜 세우지 않았나 싶다.

치매는 병인가?

어머니의 환각 증상을 처음 접했을 때 내 충격은 말할 수 없이 컸다. 서울 형님네 어머니 방에서 같이 자는데 새벽에 일어난 어머니가 내 손목을 잡아끌었다. 옥상에 헬리콥터가 와서 타라고 한다면서 어서 옥상에 올라가자고 떼를 쓰는 것이었다.

보라매공원에서 고향 마을 뒷집에 사는 '남새들띠기'가 쑥을 뜯는데 어서 안 오고 뭐 하냐고 전화가 왔다면서 황소고집으로 현관문을 열고는 신발도 안 신고 밖으로 기어 나가실 때도 있었다.

그럴 때마다 식구들은 난리가 났다. 한결같이 어머니의 착각을 비웃거나 개탄했다. 어머니의 착각을 고쳐 드리기 위해 손짓 발짓을 다했다. 어머니는 좌절했다. 그러다가 끝내는 언제나 부정당하는 자신마저도 포기했다.

나는 바로 이게 치매라고 생각한다. 포기한 삶의 틈새로 끼어든 이물질들이 치매다.

혼자 마음대로 돌아다니다 길을 잃고 집을 찾지 못해 식구들을 안타깝게 만드는 치매 노인들을 일주일에 몇 번씩 식구들이 모시고 나들이를 시켜 드린다면 그런 증세는 사라지리라고 확신한다. 망각은 잠재된 고의라고 한다. 왜 집을 못 찾겠는가? 이치에 안 맞는 말을 하고 똥오줌을 못 가린다는 이유로 멀쩡한 사람을 감금해 두는 집으로 돌아가고 싶지 않은 것이 집을 못 찾는 치매 노인의 심리라고 하면 억지일까?

우리 식구들이 어머니 말을 귀담아 듣지 않고 건성으로 대하듯이, 어머니 역시 누구의 말도 믿지 않고 의심했다. 누군가를 모함하고 비난할 때는 섬뜩할 때조차 있었다. 형수님이 주는 오줌 안 누는 약은 당신을 말려 죽이기 위한 약인데 안 먹으면 밥도 안 주기 때문에 안 먹을 수가 없다고 눈물까지 글썽이며 내 손을 잡고 호소했다.

처음에는 어디까지 믿어야 할지 긴가민가하면서도 전혀 터무니없는 말은 아닐 것이라고 생각했다. 어머니에 대한 통제 수단으로 밥을 안 주겠다는 위협을 하는구나 싶었다. 형수님에 대한 혐의를 푼 것은 어머니가 우리 집에서 같이 살면서다.

언젠가 누님과 매형이 오셨을 때다. 분주하게 마루와 부엌을 오가는데 어머니의 격앙된 목소리가 들렸다. 나에 대한 험담이었다.

"약장사 다 굶어 죽을끼다. 찔레꽃 따다 약 만들고, 머구 뿌리 캐다가 약술 담그고, 파리 목숨 불쌍하다고 파리약 못 치게 하는 저기 사람이가? 짐승만도 못한 놈이지."

이런 식의 어머니 주장이야 가치 판단에 대한 것이니 그래도 나은 편이다. 듣는 사람이 가려들을 것이기 때문이다. 어머니를 통해 사실 전달이 이루어질 때는 다른 문제다.

"남자 여자 문둥이떼처럼 우리 집에 몰려와서 묵고 자고 하고 나면 집에 남아나는 기 없다."

"내 돈주머니도 누가 가져갔는지 없어지고 시골집에서 갖다 논 참빗 하나도 어디로 갔는지 안 보인다."

"사흘에 겨우 한 끼 먹고 사니 내가 이 모양으로 안 마를 수가 있나."

"오데 갈래야 갈 수가 있나, 배고프다고 내 맘대로 먹을 수가 있나, 징역살이가 따로 없다."

어머니의 이런 이야기를 곧이듣기도 뭐 하지만 전혀 근거 없는 소리를 하랴 싶은 마음도 들게 마련이다. 그렇다고 당사자인 나한테 확인해 보기도 쉽지 않다. 내색조차 않고 그냥 지나가자고 하면 마음이 편치 않을 것이다.

어머니의 격렬한 불평을 들은 누님과 매형은 어떤 쪽인지 나도 궁금했지만 그냥 넘어갔다.

어머니가 사회성을 회복하면 이런 증세들이 나아질 거라 여기고 맛난 것을 준비해 놓고 옆집 할머니를 부르거나 아랫동네 할머니들이 골목 앞을 지나가면 모셔다가 차나 과일을 대접한다.

이렇게 자리가 마련되어도 어머니가 거의 듣지 못하다 보니 혼자서만 줄곧 얘기를 해서 할머니들이 지루해 한다.

"못 걸어다녀도 말귀만 알아들으면 얼마나 좋겠냐."면서 금세 자리를 뜨곤 해서 그분들께도 미안하지만 어머니를 돌아보면 안타까웠다.

집으로 나를 찾아오는 손님들은 양해를 얻어 어머니께 큰절을 올리게 하고 최소한 한 시간씩은 어머니랑 놀게 했다. 외부인과 적절히 어울리는 시간을 갖는 것은 몸 불편한 노인들이 잃기 쉬운 사회성을 유지하고 관심과 대화의 주제를 다양하게 하는 좋은 방법이었던 것 같다.

큰 동네의 훈장을 아버지로 두고 자란 어머니는 손님이 오면 방에 들이기 전에 꼭 입성을 가다듬었다. 아무리 더운 여름이라도 "벌건 맨살을 어떻게 손님 앞에 내놓느냐."면서 긴 바지를 꺼내 입었다.

절을 받을 때는 한쪽 무릎을 세워 맞절을 했다. 내가 어머니를 모시고 사는 내력을 어느 정도 아는 사람들은 이런 시간을 즐겁게 보냈다.

우리 집에 오는 손님들은 대개 어머니 처지에 대해 이해가 깊은 사람들이다. 한두 명이 오기도 하고 여러 명이 오기도 한다. 한 번은 대안 중학교 아이들이 열다섯 명이나 와서 일주일을 생활한 적이 있는데 아주 조용하게 지내다 갔다. 명상 수련 과목을 이곳에서 한 것이라 그들은 말을 아끼고 자신의 행동을 주시하며 지냈다. 어머니 시중까지 들어가며 집안에 활기를 불어넣었다.

그렇다 한들 어머니가 당신 스스로 할 수 있는 일이 아무것도 없다 보니 마음은 언제나 위축되셨을 것이다. 똥오줌마저 스스로 처리하지 못하니 열패감과 피해 의식을 가질 수 있다. 사람들이 자기를 따돌릴지 모른다는 불안과 어느 날 문득 혼자가 되어 버릴 지도 모른다는 공포가 있을 것이다. 어머니에게 혼자가 된다는 것은 곧 죽음이다.

그래서 아마도 자신을 보호받아야 될 약자로 강조하다 보니 주변 사람에 대한 비난과 의심, 나아가 배척으로 나타난다고 이해된다. 치매 걸리면 다 그렇다면서 대수롭지 않게 말하는 것은 좋은 태도가 아니라고 생각한다. 대수롭지 않은 거라고 말은 하면서도 치매 노인의 비난과 의심이 정작 자기를 겨냥하면 열불을 내면서 반박하고 무시하는 것을 나는 많이 봐 왔다.

무엇보다 마음에 걸린 것은 어머니가 얼마나 힘드실까 하는 점이었다. 미움과 무시, 의심과 두려움을 안고 지내려면 매 순간순간이 고통일 텐데 어떻게 해 드릴 수 있는 방법이 없을까 하고 고민하기 시작한 것이 치매에 대해 공부를 하기 시작한 계기였다.

관련 책들과 영화 및 다큐를 닥치는 대로 접했다. 종교 단체에서 나오는 정기 간행물에는 건강에 대한 사랑 어린 조언들이 많았다. 출처를 가리지 않고 공부했는데 내 삶의 방식에 따라 걸러서 받아들였다. 그러다 보니 일정한 관점이 생겨났다.

치매 – 필요한 현상이고 치유의 과정

어머니는 할 만한 말을 하는 것이다. 헛말은 없다. 그런 말을 하는 저간의 사정을 내가 속속들이 알지 못할 뿐이다. 어머니가 하시는 말씀이 앞뒤가 안 맞고 사실이 아니라 해도 어머니는 그 말 한마디를 하기 위해 팔십여 년의 세월을 바친 것이다.

어머니 굴절된 삶의 현재적 표현이 지금의 치매다. 오늘의 어머니를 인정하려면 고른 삶뿐 아니라 굴절된 삶도 함께 받아들여야 한다. 이는 분리될 수가 없는 것이다. 치매로 드러나지 않았다면 어머니 인생은 일찍 사라졌을 수 있다.

그런 말, 그런 행동을 하지 않는다면 오늘의 어머니는 존재 자체가 불가능하다. 따라서 치매는 그렇게 살아온 삶에 대한 필요한 현상이고 치유의 과정이다.

다만 어머니의 고통을 덜어 드릴 수 있는 방법이 있다면 뭔가를 해 볼 일이다. 쉬지 않고 말을 계속함으로 해서 기진맥진하여 옷에 똥오줌 실수를 한다면 미리 막아 드릴 일이다.

여기까지가 내 삶의 방식으로 바라보는 치매다.

현대의학은 치매의 원인을 알 수 없다고 선언했다. 완치는 없고 진행을 완화시키는 약이 있을 뿐이라고 사실상 백기를 들었다. 대뇌피질 속에 쌓이는 특수한 단백질인 '베타아밀로이드'가 뇌세포를 파괴하는데 따른 기억 손실과 분별력 상실이 치매 증상이라는 진단은 일찍이 했지만, 손상된 세포를 보호하는 작용을 하는 베타아밀로이드가 왜 과잉되어 도리어 세포를 공격하는지는 밝혀내지 못했다.

세포는 소우주로서 스스로 생각하고 행동한다. 이런 세포가 죽음의 길로 들어선다는 것은 '죽음' 말고 다른 선택의 여지가 없었기 때문이라고 보면 된다. 죽음을 선택하는 세포, 살아야 할 의미를 잃었다는 것이다. 모든 기억은 다 고통이고 할 수 있는 모든 생각들이 괴로움의 원천일 때 해당 세포는 자살을 한다.

왜 이런 일이 일어날까? '알 수 없다'가 현대의학의 공식 답변이다. 첨단 엠알아이(MRI)나 펫(PET) 장치로 진단을 해서 치매 증상이 겉으로 드러나기 전에 그 단백질을 없애는 것이 치매 예방의 최근 방법이다. '베타아밀로이드'가 왜 생기는지를 모르기 때문에 처음부터 생기지 않게 하는 방법은 알지 못한다.

나는 나름대로의 치매 원인도 알고 처방도 알고 돌보는 방법도 알았다. 좀더 적극적인 표현을 하자면, 오십 년 살아온 내 삶의 궤적과 무게로 이르게 된 성과다. 사회적 실천을 병행하여 명상과 수련을 통해 다다른 지혜라고 할 수 있다. 그동안 내가 공부한 자연의학 또는 대체의학의 지식들도 큰 몫을 차지한다.

저항하지 않고 순응하는 것, 있는 그대로를 사랑하며 거기서 삶의 이치와 하늘의 메시지에 귀 기울이는 것이 바로 그것이다.

무슨 일이든 원인을 알고 대응법을 알고 결과를 예측할 수 있으면 편해진다. 모든 고통의 원인은 이 세 단계의 어느 한 곳이 막혀 버렸을 때다. 도대체 왜 그런지를 모른다든가 나중에 어떻게 될지 종잡을 수 없을 때 고통스럽다.

그런데 이 고통이라는 것, 괴롭다는 것도 삶의 부산물이다. 결코 삶의 본령이 아니다. 치매 부모를 모시다 보면 몸과 마음이 아프다. 그런데 '아프다'와 '괴롭다'는 동의어가 아니다. 아프면 아플 뿐이다. 밥을 못 먹으면 배가 고플 뿐이다. 괴롭거나 고통스럽다는 것은 인간만이 창조해 내는 독특한 사유의 산물이다. 어떤 동물도 아프거나 배고프다는 것 때문에 괴로워하며 후회하고 누군가를 저주하지는 않는다. 인간만이 유독 그 더러운 카테고리에 얽매인다. 본래의 삶이 아니다.

지금 내가 원고를 쓰는 동안 어머니는 따뜻한 온돌방 아랫목에서 내가 차려 준 통 몇 개를 끼고 앉아 팥을 가리시면서 누구는 팥죽을 끓였는데 인정머리 없이 한 그릇 나눠 먹을 줄도 모른다며 몇 시간째 오십 년, 육십 년 전 이야기를 혼자 하신다.

"어머니, 저 지금 공부해요. 좀 있다 얘기하세요. 시끄러워 공부도 못 하겠어요." 했더니 "찌랄, 공부는 눈으로 하지 귀로 하냐?"고 하시면서 아랑곳하지 않고 누가 듣든 말든 이야기를 계속하신다.

"어머니, 저 어머니 미워서 저쪽 방으로 도망갈래요."

노트북을 들고 옆방으로 넘어왔다. 어머니는 아무렇지도 않게 팔을 가리고 계실 뿐이다. 나는 내 할 일을 그냥 하면 된다. 내 할 일을 온전히 하면 그뿐이다. 어머니가 어떻게 하고 안 하고는 내 할 일을 흔들지 못한다. 어머니의 상태가 변하면 주체적으로 내 할 일을 바꾸어 하면 그뿐이다.

치매 노인의 품위와 존엄

이런 내 판단과 처신을 대체로 동의해 주는 주장을 만났다. 너무 반가웠다. 1998년 9월에 나온 책이다. 일제 때도 투옥을 마다않고 교리를 지켰고 지금도 집총을 거부하며 살인하지 말라는 계율을 지키는 워치타워협회(여호와의 증인)에서 펴낸 『깨어라』라는 책에서다.

이 소책자에는 임상 중심도 이론 중심도 아닌, 체험 속의 연구물이라고 할 수 있는 내용들이 특집으로 꾸며져 있었다. 어머니 모시는 내 원칙들과 대부분 일치했다. 나는 어머니의 존엄성을 모심의 최고 가치로 삼고 있었는데 '여호와의 증인'에서 나온 이 소책자에서는 '환자의 품위 유지'라고 표현하고 있었다.

그동안 내가 읽어 온 책들은 좀 건조했다. 차가운 연구서 느낌이 풍기는 책들이었다. 지은이가 대학교수인 『노년기 정신장애』(설순호, 임선영 지음, 학지사)는 치매 중에서도 혈관성치매인 뇌졸중이나 우울증 같은 증상에 대해서는 도움이 될 책이다. 그러나 노년기의 심리 변화나 노년기 적응의 과제 등은 너무 도식적이었다.

책 구성이 논문처럼 딱딱하다는 것이 문제가 아니라 따뜻한 체온을 느낄 수 없고 '노인 기계'를 관리하고 보수하는 실용서 같았다는 말이다. 전문 노인복지사들의 경험담을 모은 책을 읽을 때도 뭔가 이 퍼센트가 부족했다.

『간병 입문』(모브 노리오 지음, 임희선 옮김, 이너북)이라는 소설책과『할머니의 열한 번째 생일 파티』(라헐 판 코에이 지음, 김영진 옮김, 낮은산)라는 동화책은 둘 다 치매 걸리신 할머니가 주인공이다.『할머니의 열한 번째 생일파티』의 어린 증손녀 '노라'가 품는 치매에 대한 의문과 독특한 시선은 치매 노인을 요양원이 아니라 집으로 다시 모셔오는 원동력이 된다. 그런데 너무 동화스럽다.

일본에서 노인 관련 책이 많이 나온 것은 세계 최고령국이라는 특징 때문일 것이다. 우리나라에서도 급격한 노령화 현상으로 노인 관련 책들과 전문가들, 새로운 정책들이 나오고 있는데 그 중에는 문인들이 노인 소재 단편만 묶어 낸 소설집이 있다.『소설, 노년을 말하다』(한승원 외 지음, 황금가지)인데 대부분 치매 부모를 모시면서 겪는 갈등과 충돌이 작품의 중요한 소재가 되고 있다.

같은 시기에 읽은 현대인들의 정신질환을 다룬 책『희망의 처방전 정신의학』(고시노 요시후미 지음, 황소연 옮김, 전나무숲)은 '노인들의 치매가 병이라면 정도의 차이는 있어도 현대를 사는 모든 인간들은 다 병자'라는 생각을 하게 해 준 책이다. 달리 말하자면, 치매마저도 생활을 바꾸고 마음을 바꾸면 병이 아닐 수 있다는 믿음을 주었다.

알츠하이머 특집을 다룬 『깨어라』 잡지가 그동안 내가 봐 온 책들과 다른 점은 치매 노인을 관리의 대상이나 치료의 대상으로만 보는 것이 아니라 함께 살아갈 한 식구로 바라본다는 것이다.

책에서는 치매 걸린 사람에게 인식의 오류를 바로 잡아 주려는 시도를 하지 말라고 충고한다. 생산성이 있으면서도 함께할 수 있는 일을 찾아보라는 지적도 평소 내 생각과 같았다. 치매 노인이 공격성을 드러내는 이유는 삶의 한 대목에서 겪은 좌절감 때문이라는 설명은 현대 심리학에서 평범한 현대인을 진단하는 것과 꼭 같았다.

예기치 못하는 순간에 스스로 쓸모없는 존재라는 느낌에 압도당하지 않도록 보살피는 것이 치매 노인의 품위와 존엄을 위해 필요한 사항이다. 이 소책자를 읽고 나서 내 방식의 어머니 돌봄에 대해 더 자신감을 가졌다.

"내가 기머거리가? 와 그리 가암을 질러?"

아침 여덟 시 반. 어머니는 뽕나무 가지를 붙들고 오돌개(오디)를 따 먹으면서 뽕잎을 따고 있다. 뽕나무 옆으로 만발한 찔레꽃도 따 그릇에 담고 있다. 뽕잎은 뽕차로 만들어 우리집 손님들에게 어머니가 푸짐한 인심을 쓰는 재료가 될 것이고, 찔레꽃은 효소를 담아 향내 좋은 우리 집 음료수가 될 것이다.

새벽에 앞마당 돌담을 쌓다가 밥을 챙겨 드려야겠다 싶어 방에 들어가니 대뜸 어머니가 "이노무 집구석은 밥도 안 주나?" 하는 것이었다. 어머니가 일어나신 줄도 모르고 일만 하다 보니 벌써 일곱 시가 다 된 것이다.

"어? 일어나셨네요? 배고프시죠?"

"몇 시고? 한 열 시 안 됐나? 너는 도대체 어디 갔다 인자 오노?"

"요 마당에 담벼랑 쌓았지요. 안 보이디요?"

"저 건네 산 밑에 허연 사람이 얼씬얼씬 하다마는 니가 거기 갔구나."

"아뇨. 마당에서 담벼랑 쌓았어요."

"저 보이능기 찔레꽃이제? 저기까정 갔으면 좀 꺾어오지 빈손으로 털렁털렁 왔나?"

"찔레꽃 뭐 하게요?"

"부침개 부치 먹을 때 넣으면 올매나 존데. 아이고, 저기 시염만 시커멓게 났지 인치라 인치! 그것도 모르고."

그래서 나는 아침을 먹고 하루 계획표를 획기적으로 수정했다. 쌓던 담을 제쳐 놓고 바로 전지용 가위를 들고 앞산으로 가서 찔레나무를 잘랐다. 찔레꽃을 황설탕에 재어 효소를 담으면 맛이나 향이 아주 그만이라고 해서 전을 부쳐 먹고 남은 것은 모두 효소를 담을 생각으로 많이 잘라 왔다.

찔레나무를 자르다 보니 지난주에 산뽕을 따다가 아직 시퍼래서 다음에 따러 와야지 했던 뽕나무 오돌개가 제법 까맣게 익어 있었다. 산뽕나무도 함께 잘라 왔다. 어머니가 좋아서 입이 벌어질 생각을 하니 찔레가시가 손을 찌르는 줄도 몰랐다.

벌써 오십이라지만 하는 짓마다 '인치' 같은 막내자식을 보면서 혀를 끌끌 차다가 잠이 드셨나 보다. 마루에서 찔레꽃이랑 오돌개가 조롱조롱 달린 뽕나무를 치켜들고 "어무이, 어무이" 불러도 돌아누우신 어머니는 꼼짝도 않는다. 생각 끝에 크게 켜 놓고 간 클래식 음악을 끄고 다시 불렀더니 겨우 돌아보시는 것이었다. 나는 어쩌나 보려고 찔레꽃이랑 오돌개 달린 뽕나무를 번쩍 치켜들었다.

"그기 먹꼬?"

"이기 먼지 알것소?"

"내가 그것도 모륵까이! 오돌개 아이가? 벌쌔 익었더나?"

어머니는 반색을 하시며 마루로 기어 나오셨다. 오돌개를 한주먹 따서는 통째로 한입에 털어 넣으셨다. 정작 나는 한 개도 먹지 않고 뽕나무를 해 왔는데 한 알도 줄 것 같지 않을 기세다.

"어무이, 나도 줘야지요? 어무이가 다 묵을끼요?"

"너는 안 묵고 왔나? 저기 인치라 인치. 뽕밭에 갔으면 저부터 먹을끼지, 츳츳."

이렇게 해서 어머니는 완전히 찔레꽃 오돌개 삼매경에 빠져드셨다. 무서운 집중력을 보이셨다. 저러다 또 사건 내실 것 같아 한마디했다.

"어무이, 오줌 좀 누시고 하세요."

못 들으신 어머니는 여전히 꽃잎만 따고 계신다. 나는 목소리를 좀 더 높여 오줌 좀 누고 하시라고 했다. 세 번째 고함을 질러서야 겨우 어머니가 나를 쳐다보신다.

"내가 기머거리가? 와 그리 가암을 질러? 동네 사람들 다 듣것네. 지에미 옷에 오줌 싼다고 굿을 해라 굿을 해!"

그러고는 꿈지럭꿈지럭 뒷방으로 오줌 누러 가신다.

어머니가 나랑 사시면서 달라진 여러 모습 중에 가장 반가운 것이 이것이다. 맘에 안 들면 당당하게 큰소리치는 것. 떵떵거리고 사는 어머니 모습을 보는 어느 자식 마음이 흐뭇하지 않으랴.

이 흐뭇함은 내 생활의 다른 영역으로 확산되었다.

"요즘 나 밥값하제?"

　어제부터 어머니는 부엌문 앞에 갖다 놓고 손을 못 보고 있는 대나무 쳐낸 다발들을 보고는 "손도끼 어데 없냐? 저걸 봄시로도 맨날 그냥 넘어 다니고 있어, 츳츳." 그러면서 당신이 해 보시겠단다.

　나는 농담하는 줄 알았다. 밭에 나가서 풀을 매주겠다는 말을 여러 번 해 왔듯이 이번에는 메뉴를 달리한 꿈 같은 농담을 하는 줄 알고 무심코 넘겼다. 그런데 오늘도 그러시지 않는가. 너무도 실감나게 손도끼를 찾는 것이었다.

　"어머니가 무리하시는 거 아닐까아? 정말 도치 바탕 만들어 드리면 도끼질 하시겠어요?"

　"그라모. 하지. 그까직 꺼 앉아서 하는 긴데 어때. 내가 살살 쪼사 죽게. 그라믄 불 때기도 좋고 비 오기 전에 들여 놔야제."

　하다 못 하면 그만두면 되지, 뭔 걱정.

나는 창고에서 방수포를 꺼내 왔다. 섬돌에서부터 마당까지 쫙 깔았다. 적당한 나무토막을 큰 도끼로 반을 딱 쪼개서 도치 바탕을 만들고 손도끼를 꺼내러 가는데 벌써 어머니가 마루에서 섬돌로 내려서고 있었다. 등 뒤로 두 손을 뻗어 마루를 짚은 채 몸무게를 버티며 엉덩이를 섬돌에 내려놓고 있었다.

나는 깜짝 놀라 "어? 어?" 하면서 달려가 붙들어 드리려고 했지만 어머니는 나를 쳐다보고 싱긋 웃고는 제2단계 관문 앞에 섰다. 이번에는 섬돌에서 마당으로 내려가시는 고난도 관문이었다. 눈이 뗑그레진 나를 어머니는 본체만체하고 아주 상큼하게 제2단계 관문을 통과했다. 나는 입을 벌리고 멍하니 서 있어야 했다. 지금까지 엄살 부렸단 말씀?

어쨌든 어머니가 도끼질을 손쉽게 하실 수 있도록 각종 편의를 다 봐 드렸다. 미숫가루도 걸쭉하게 타고 그 귀한 보이차도 끓여 드렸다. 그러자 어머니는 "이기요, 나 일 부려 먹으려고 자꾸 멕이네?" 하시면서도 싫지 않은 표정이다. 어머니는 도끼질하고 나는 노끈으로 다발다발 묶어서 나무칸에 옮겼다.

마음을 놔도 될 정도가 된다 싶어 논에 물 좀 보고 온다고 인사를 드리고 논에 갔다가 마침 옆에 있는 묵은밭에 오돌개가 새까맣게 익었기에 뽕잎 큰 놈을 여러 장 깔고 담을 수 있는 만큼 따 왔다. 그러고는 장떡 굽기에 들어갔다. 부추전과 감자전에 머물러 있던 내 요리 솜씨가 어머니가 가장 좋아하시는 장떡 만들기로 한 단계 비약을 시도한 것이다. 어머니가 그동안 해 오시던 소일거리 수준의 가사 노동에서 도끼질로 획기적인 비약을 보이신 데 따른 동반 상승 현상이랄까?

어머니는 일을 다 끝내고는 산야초 효소를 담으려고 이른 아침에 산에서 뜯어 온 산야초들을 뒤적이며 검불을 가려내고 있었다. 좀 쉬시라고 해도 막무가내다.

"이기 무슨 일이라고 쉬긴 머 하로 쉬어. 내가 한창 일할 때는 너 업고 하루에 베를 두 필이나 짰다."

집 뒤에 제피나무가 두 그루 있는데 향이 얼마나 진한지 곁에만 가도 코를 자극했다. 제피잎 몇 장을 따고 텃밭에서 부추를 가위로 잘라 왔다. 부침가루를 반죽하여 된장을 몇 숟갈 퍼 넣고 구웠다. 어머니가 가장 좋아하시는 장떡이 이렇게 내 손에서 탄생했다.

오돌개를 뽕잎에 올리고 장떡을 접시에 담아 새참을 올리니 우리 집 상일꾼 어머니는 당당하게 잡수셨다.

"요즘 나 밥값 하제?"

"밥값 정도가 아니라 품삯 드려야겠는데요?"

"인자 다 키웠네. 옷에 오줌도 안 싸고."

"하하하, 그러게요. 빨래 좀 해 보게 옷에 오줌 좀 눠 보세요."

"찌랄하고 있다. 저놈 말하는 것 봐라."

어머니와 배추 심던 날

새벽에 눈을 뜨신 어머니가 "아즉도 비 오나?" 하셨다. 방문을 활짝 열었더니 하늘이 창창한 게 참으로 오랜만에 보는 파란 하늘이었다. 늦더위가 한풀 꺾이고 있던 8월 27일이다.

"그러면 오늘 배추 심으러 가자. 하늘이 뺀할 때 가야지 또 비 온다. 어서 챙겨라."

어머니는 당신이 다 하실 듯이 서둘렀다. 그렇잖아도 배추 모종을 옮길 때가 되어서 이제나저제나 하고 있던 참이라 그러자고 했다.

"그럼 어머니는 옆에서 두발 리어카(어머니는 휠체어를 이렇게 부른다)에 앉아 구경하세요. 제가 다 심을 게요."

"무슨 소리고? 한 사람 구디 파믄 한 사람 포기 놓고 한 사람 묻고 그래야 빠르제."

"하하. 그러면 어머니가 구디 파세요. 제가 묻을게요."

"누가 머 하든! 어서 가아!"

이렇게 해서 배추를 심으러 가게 되었다.

아침 밥상 앞에서 어머니는 예의 기도를 극진히도 하셨다.

"올가을에는 애써 농사지은 거 풍년이 되어 가지고 나락 가마니 잴 데가 없게 해 줍시사. 여기서 농사 첨 짓는데 잘 되고로 해줍시사. 이제 비가 안 오고 볕이 나서 나락 잘 익고로 해 주시믄 다 하나님 덕인 줄 알 낍니다."

기도가 끝나고 내가 짓궂게 물었다. 왜 오늘은 '벌떡 일어나 좇아 댕기게 해 달라고 안 빌었냐'고 물었다. 어머니 대답이 걸작이었다. "좋은 소리도 한두 번이지 자꾸 캐 싸믄 듣기 싫은 기라. 그만큼 얘기했으면 하나님도 무슨 요량이 있것지."

배추밭까지 가는 동안 어머니에게는 길가에 보이는 모든 것들이 재미있는 얘깃거리가 되었다. 옻나무가 보이자 옻나무 얘기, 녹두밭이 보이자 녹두 얘기, 들깨 밭을 지날 때는 소가 들깨는 안 먹기 때문에 길가로 들깨를 심는다는 얘기를 하셨다.

봄 감자를 캐내고 그냥 둔 밭이라 잡초들이 제법 자라 있다 보니 어머니가 황당하셨나 보다. 저런 데다 배추 그냥 심으면 풀이 다 덮어버려서 한 포기도 못 건진다고 풀도 안 매고 뭐 했냐고 야단을 치셨다.

"나는 평생 농사졌어도 풀을 이렇기 키우지는 안 했다. 두 눈 멀쩡히 뜨고 저걸 보고 어찌 댕기여?"

쇠스랑으로 밭을 일구어서 풀을 추려내고 배추를 세 줄로 심을 이랑을 만들었다. 여러 해 놀려 두었던 땅이라 흙이 여간 부드럽지가 않아 일하기가 수월했다. 금세 깨끗하게 밭이 만들어지자 어머니는 그제서야 안심이 되시는지 밭 근처에 있는 두벌 쑥을 뜯기 시작했다. 두벌 쑥은 쑥대가 무성할 때 한 번 쳐 내고 다시 돋는 쑥인데 보드랍고 연해서 먹기가 좋다.

땅바닥에 내려앉아 엉덩이를 끌며 쑥 뜯는 일에 빠져드신 어머니는 밭 언저리를 벗어나 자꾸 멀리 가셨다. 일하다 말고 "어머니, 멀리 가지 마요." 소리를 지르면 어머니는 흘깃 돌아보고는 쑥을 좇아 그냥 가셨다. 옷은 흙 범벅이 되었지만 쑥 주머니가 불룩하게 차오르는 재미에 힘드시지 않느냐고 물어도 하나도 힘들지 않다고 하시고, 새참을 드려도 배 안 고프다 그러시고, 쑥 많이 뜯었으니 이제 좀 쉬라고 해도 괜찮다고 하셨다.

바지가 축축해서 "어머니, 오줌 누셨네요?" 했더니 "뭐 어때, 어차피 집에 가서 씻을 낀데 뭐 어때." 하셨다.

윗밭에 가시는 동네 할머니와 한참 이런저런 얘기를 하시더니 이번에는 우체부 아저씨가 인사를 건네자 쑥 보따리를 들어 보이며 자랑을 하셨다. 밀가루 솔솔 뿌려가지고 쑥버무리 해 먹으면 맛있다고 하자 낯이 익은 우체부 아저씨가 오토바이를 세워 놓고 장단을 맞춰 드렸다.

어머니 얼굴이 환하게 빛나는 것 같았다. 덕분에 그까짓 배추 이백 포기 심는 데 하루 종일 걸렸다. 어머니를 안아서 트럭에 태워드리는데 "애기 맹크로 또 보듬나?" 하셨다. 내가 "우리 김정임 애기. 어구, 오줌

을 많이도 쌌네." 했더니 "듣는구마, 넘이 듣는구마. 와 자꾸 캐야." 하
셨다.

집에 돌아와서 흙투성이 어머니를 목욕 시켜 드리면서 "오늘 어머
니 일 많이 하셨어요. 힘드셨죠?" 했더니 "헤, 일 푸지기 했다. 보듬끼
각고 댕긴 사람이 힘들긴 뭐가."라고 했다.

밤에는 마루에 앉아 어머니가 뜯어 오신 쑥을 같이 가렸다. 섬돌 위
에 마른 쑥으로 모깃불을 피우고 쑥을 가리는데, 목욕을 하고 잠을 푹
주무셨던 어머니는 정신이 총총하셔서 밤이 깊도록 옛날이야기를 해
주셨다. 다른 때와 달리 앞뒤가 엉키지 않고 등장인물도 섞이지 않게
가지런히 옛 기억을 되살려 내셨다.

이날 나는 아침부터 저녁까지 모든 과정을 캠코더에 담았다. 한 시
간짜리 테이프 두 개에 가득 찼다.

이제 어머니 덕 좀 보려나

불쑥 어머니를 불렀다. 왜? 하는 표정으로 쳐다보신다. 조금 과장해 가며 어제 너무 힘들게 일을 해서 온몸이 쑤신다고 말했다. 어머니는 논두렁 바르는 게 보통 힘든 게 아니라면서 한숨 자라고 하셨다.

"자기는 무슨… 대낮에…. 좀 있다 논에 물 보러 가야 해요."

어머니가 안쓰러워하신다. 바로 이때다 싶었다. "어무이, 나 이것 좀 해 줄래요? 이거요." 하면서 부항기를 꺼냈다. 어머니가 뭐 하는 거냐고 하셨다. 그리고는 부항기 상자를 열고 살펴보시더니 아주 재미있는 비교를 하셨다.

"이거 소 모가지에 거는 핑경 같네? 소도둑놈들은 소 훔쳐갈 때 제일 먼저 핑경부터 떼놓는다 카든데."

그리고 보니 부항기 컵이 소풍경을 닮았다.

"소 핑경이 양쪽으로 두 개짜리가 있고 모가지 밑에 다는 항 개짜리가 있는데 등그리에 쇠파리 쪼츨라꼬 모가지를 뒤로 휙 하믄 땅글땅글 하는기라. 이기 그거 가치 생겼네?"

나는 웃통을 벗고 엎드리기 전에 부항 사용법을 필담을 곁들여 가며 설명했다. 내 팔뚝을 걷어 시범을 보이고는 어머니에게 해 보시라고 했다. 부항기를 잡는 게 서툴고 압축이 잘 되지 않아 컵이 자꾸 떨어졌다. 어지간해졌을 때 어머니 앞에 쭉 엎드렸다. 재미있는 장난감이라도 만난 듯 어머니가 부항을 뜨기 시작하셨는데 부항이 하나 붙을 때마다 나는 시원하다고 말했다. 제대로 등에 붙는 부항보다 굴러 떨어지는 부항이 더 많았지만 뭉친 근육이 풀리고 뻐근하던 어깻죽지도 좀 시원해지는 것 같았다.

"어이구, 시원하다. 어머니 의사 다 됐네요. 어이구, 시원해라."

"이기 암매 공기를 자꾸 집어넣으니까 그래서 시원항가배? 바람을 자꾸 일으키믄 여름에 부채가 그래서 시원항거 아이가."

나름대로 어머니가 부항기의 치료 원리를 터득하신 모양이다. 내가 본심을 드러낼 때가 예상보다 일찍 왔다.

"어무이가 너무 잘 하신다. 언제 해 봤는갑따, 그렇죠?"

"아이다, 내가 언제. 봉께 그렇네. 바람 부치니까 시원하지 뭐."

"맞아요, 맞아. 바람 집어넣으니까 시원하네요."

그러고는 벌떡 일어나서 어깻죽지를 돌리면서 이제 전혀 아프지 않다고 큰소리쳤다. 내일도 해 달라고 하니까 좋아하신다.

남의 손을 빌리지 않고서는 똥오줌도 옳게 보지 못하시는 어머니.

당신 몸 하나도 간수하기 힘들어 옷 입는 것까지 남에게 의지해야 하는 어머니는 자식 아픈 몸을 치료한다는 사실이 믿어지지 않는지 자꾸 부항기를 만지작거리셨다.

가죽자반을 만들다 오십 년 전
'나무골댁' 이야기로 넘어가다

"저기 먹꼬? 가죽나무가? 옻나무가?"

어머니가 마루로 나오시더니 부엌에 있는 나를 불렀다. 마당 왼쪽에 수십 년 된 고염나무하고 배나무가 있다. 어머니는 그 가운데 까마득하게 키가 자라서 끝에 연한 갈색으로 피어나 있는 가죽나무 잎을 가리키셨다. 어두운 눈에 가죽나무와 옻나무가 잘 구별되지 않았을 거다. 나는 대뜸 어머니의 속내를 알아차렸다.

어릴 적에 먹던 가죽자반 생각이 났다. 어머니가 할아버지 상에 먼저 올리고 나면 우리 형제들은 차례가 올지 안 올지 손가락을 빨며 어머니의 다음 처분을 기다리던 기억이다. 그 귀한 설탕까지 살짝 묻혀 내놓는 가죽자반은 바삭바삭 씹히는 소리조차 맛을 더했다.

"글쎄요, 저게 뭐죠?"

나는 능청을 떨며 대나무 장대를 가져와서 끝에 낫을 묶었다. 어머니는 마루 끝으로 바짝 다가와 앉았다. 나뭇가지를 하나 꺾어 드릴 테니 뭔지 봐 달라고 했다.

"암매, 가죽일 끼라. 옻나무가 저리 안 크거등!"

나뭇가지를 매년 잘라내다 보니 나무가 위로만 자라서 나뭇잎이 정말 까마득했다. 낫이 매달린 장대를 치켜들고 가죽나무에 올라가려고 하자 어머니는 걱정이 되시는가 보다.

"안 뿔거지도록 단다이 짬매라. 장대 끄트머리는 깍 검저!"

'깍 검저'라는 말을 듣고 나는 어머니를 돌아보았다. 벌써 십여 년 전이다. 큰애가 초등학교 이학년 때던가? 시골 우리 집에 다니러 오신 어머니가 동전 한 닢을 쥐어주면서 손녀에게 "깍 검저"라고 하셨나 보다.

쪼르르 달려온 아이가 "아빠, 할머니가 이걸 깍검저래요. 할머니가 이거 백 원짜리 동전인데 할머니는 깍검저래요." 해서 우리 부부가 한참을 웃었다.

괜한 걱정 끼쳐 드리겠다 싶어 에이(A)자 형 알루미늄 사다리를 갖다 놓고 가죽나무를 꺾어 내렸다. 어머니에게 갖다 드렸더니 얼굴이 활짝 펴지신 어머니는 가죽나무가 맞다고 탄성을 지르셨다.

그럴 줄 알았지만 역시 어머니는 당장 찹쌀풀을 끓여 달라고 하셨다. 이미 오전에는 효소 담그고 건져 낸 매실을 까서 장아찌를 만들기로 되어 있었는데 어머니 마음은 이미 가죽자반으로 가 버렸다.

애처럼 변덕을 부릴 때는 어떻게 감당할 도리가 없다. 매실 다 까고 하자니까 이 매실 다 까려면 몇 달 걸릴지 모른다고 짜증을 냈다. 다 우려낸 매실 껍질이 무슨 반찬이 될 거냐고도 했다.

근 삼십 리 길인 장계 농협에 가서 찹쌀가루를 사 왔다. 유기농으로만 음식을 만들려고 하지만 이날은 어쩔 수 없었다. 어머니 일거리를 만든다는 뜻이 더 컸다.

오후 내내 어머니는 가죽잎에 내가 끓여다 준 찹쌀풀을 묻히고 서너 줄기씩 묶었다. 짚으로 묶어야 한다고 해서 아랫마을 몇 집을 다니면서 짚 한 단을 구해 왔다. 어머니는 나더러 잘 마르게 빨랫줄에 갖다 걸라고 하셨다.

양손에 풀이 묻어 오줌 누러 못 간다면서 앉은 채로 오줌을 누셨다. 옷을 벗으라고 해도 하던 일 다 하려면 오줌 몇 번 더 눠야 한다면서 끝내 옷을 안 벗었다. 걸레로 어머니 앉은자리 주변 마루만 닦았다.

누구나 하고 싶은 일을 하면 힘든 줄 모르는 법, 어머니는 시간이 갈수록 신바람이 났고 나는 지쳐갔다. 내가 할 일들을 돌아볼 겨를이 없었다. 하루 내내 어머니 곁에 붙어 앉아 잔심부름을 했고 그럴수록 내가 할 일은 늘어만 갔다.

불현듯 어느 분의 충고가 떠올랐다. 울산에 사는 정아무개 님이 우리 집에 오셔서 한 말이다. 그분은 『녹색평론』에 실린 내 글을 보고 찾아오신 오십 대 중반의 여성이었다. 심각한 교통사고로 누워서만 지내는 친정어머니를 칠 년째 모시다가 삼 년 전부터는 친정아버님 똥오줌 시중을 들게 되었다고 하는데 하룻밤 묵어 가면서 잊지 못할 깊은 인상을 심어 주고 가셨다.

그 중에 하나가 바로 '내가 상하지 않아야 한다'는 충고였다. 부모를 가장 잘 모시는 일이 바로 그것이라고 했다. 자신이 몸이건 마음이건 상하지 않아야 한다는 얘긴데 그 말을 듣고 크게 깨우친 바가 있었다.

작년에 어머니 모실 준비를 하면서 감명 깊게 읽은 『노인이 말하지 않는 것들』(종합케어센터 선빌리지 지음, 박규상 옮김, 시니어커뮤니케이션)에서도 가장 강조하는 것이 '인간으로서의 존엄을 생각하는 돌봄'이었다. 당연한 얘기지만 돌봄 대상자의 존엄뿐 아니라 자신의 존엄이 보장되고 유지되어야 한다는 것이었다.

내가 어머니 모시는 일이 힘들다고 여기는 것은 대부분 내 조절 능력이 부족한 탓이다. 뭐든 한 번 시작하면 신이 나서 폭 빠져버리는 성향이 있다 보니 일을 자꾸 키우는 편이다.

가죽자반 만들기도 예정에 없이 시작했고 어머니 좋아하시는 모습에 내가 감염되어 풀 끓이고 짚 구해 오고 창고에서 먼지 묻은 채반 꺼내 와서 씻고 하다 보니 몸이 두 개라도 감당할 수가 없었다. 아랫집 할머니가 택배 부쳐야 한다고 아들네 전화해서 주소 좀 받아 써 달라고 오지, 어머니 새참 챙겨 드리고 어쩌다 보니 또 점심때가 되는 것이다.

내 고달픔을 모르는 어머니는 역시나 오십여 년 전으로 거슬러 올라가 가죽자반에 얽힌 옛이야기를 줄줄이 꺼내 놓으셨다. 과거와 현재를 뒤섞어 이해하시는 어머니 이야기가 어디까지 사실인지 알 수는 없지만 듣는 사람 넋을 빼놓는 이야기 솜씨는 예나 지금이나 변함이 없다.

"그 '나무골띠기'가 우리 집에 가죽 꺾어다 놓은 걸 훔쳐 갔다가 옻이 올라 가지고 소문이 다 났능기라. 도둑년이라고."

"가죽잎인데 왜 옻이 올라요?"

내가 반응을 보이자 어머니는 신이 났다. 듣는 사람 없이도 몇 시간이건 혼자 얘기하시는 어머니인지라 하는 말을 다 믿어 주고 추임새까지 넣는 아들이 청중석에 앉는 걸 보고 본격적으로 이야기보따리를 풀어 제쳤다. 이야기를 꺼내면서 숨이 넘어가게 웃기부터 했다.

어머니 얘기를 앞뒤 잘 꿰어 보면 '나무골댁'이라는 아주머니가 우리 집에서 약에 쓰려고 옻나무 가지 꺾어다 놓은 것까지 훔쳐다가 부침을 해먹었나 보다. 가죽잎을 훔치다가 잎이 비슷하게 생긴 옻 잎사귀까지 같이 가져갔다는 것이다.

그러니 얼굴이랑 온몸이 툭툭 불거져가지고 난리가 난 것이다.

"달구새끼 한 마리 잡아가지고 달구피를 발라도 소용이 없고 비린내 나는 생선즙을 바릉께 파리 새끼들이 새까맣게 달라 붙어가지고 하하하하…."

어머니는 찹쌀풀이 묻은 두 손을 휘저으며 이야기를 계속했다.

"'나무골 양반'이 뱃속 창자까지 근지러버서 몬 살겠다고 팔딱팔딱 소리를 지르는데, 하하하하…."

여전히 사실 여부는 알 수가 없고, 어머니 얘기를 들어보면 나무골댁은 약간 모자란 분이셨나 보다. 시골 동네마다 한 분씩 있는 욕심 없고 마음 좋은 그런 분.

농사일은 제대로 못하지만 놀기는 잘했나 보다. 그래서 동네 애들도 놀려 먹었다고 한다. 어머니가 목소리까지 꾸며서 그 흉내를 내는데 나도 웃지 않을 수 없었다.

"뛰는 거는 깨고-리, 거는 거는 문고-리, 노는 거는 나무고-리, 하하하… 그라믄 나무골떠기가 이놈들이요 이놈들이요 캄스로 쫓아가믄, 하하하…."

어머니는 가죽자반을 밑절미 삼아 나무골댁 이야기 다음 장을 풀어 놓으셨다.

시골장에 팥을 팔러 갔는데 어머니가 가져간 팥은 굵고 깨끗해서 한 되에 삼백 원을 받고 나무골댁 팥은 이백오십 원을 받았나 보다.

샘이 난 나무골댁이 "어떻게 했기에 팥을 그렇게 깨끗이 디루었냐?"고 물었는데 어머니가 "방에서 불 켜 놓고 도리깨로 디루었다."고 했다는 것이다. 농사짓는 아낙이 팥 하나도 깨끗이 못 가리냐고 핀잔을 준 것인데, 이를 곧이곧대로 들은 나무골댁 집에 사고가 난 것은 다음날 저녁이었다.

나무골댁은 서방이랑 방에 덕석을 깔고 도리깨로 팥을 두드려 댔다고 한다. 방안에서 도리깨 타작을 했으니 문짝이 찢겨나가고 옆 사람이 도리깨에 얻어맞고 난리가 벌어진 것은 당연한 일.

급기야는 호롱불이 산산조각이 나면서 집에 불이 나 버렸다고 한다. 불을 켜 놓고 하란다고 밤이 되기를 기다려 호롱불을 밝히고 그 좁은 방안에서 부부가 도리깨로 팥을 두드렸다는 동화 같은 이야기였다.

어머니는 그 대목에서 웃음보가 터졌는데 그칠 줄을 몰랐다.

"세상에 속여 먹기 시운 기 나무골띠기라. 어비 같이 그 말을 곧이든 고는 방 가운데서 도리깨질 하는 잉간이 어딧노, 안 그런나?"

어머니가 흐르는 침을 닦지도 못 하고 웃느라 뒤로 넘어가셨다. 어머니 웃는 걸 보면서 나도 덩달아 그야말로 뱃가죽이 당길 정도로 웃었다. 눈물이 찔끔거렸다.

남이 믿거나 말거나 어머니 이야기는 계속됐다. 나무골 양반이 산에 나무하러 가면 나무골댁은 집에 혼자 있기 무섭다고 쫄레쫄레 따라가는데 나무는 안 하고 산기슭에서 둘이 붙어 애 만드느라고 까치집만도 못한 엉성한 나뭇단을 지게에 얹고 꺼떡꺼떡 내려오는데 쇠죽 한 번 옳게 끓이고 나면 나뭇짐이 없어져 버렸단다.

어머니 말씀이 너무 오래 계속되다 보니 내가 불안해지기 시작했다. 어머니 곁에서 얘기만 듣고 있을 수가 없어서 이것저것 내 일을 하면서도 어머니의 관심이나 화제를 어떻게 하면 다른 데로 돌릴까 궁리를 하지 않을 수가 없었다.

얘기를 많이 한다든가 지나치게 웃으면 뒤탈이 생긴다. 맛있다고 음식을 조금 더 드셨을 때도 그렇지만 가족이나 친지들이 한꺼번에 와서 어머니가 들뜬 분위기에 오래 휩싸인 뒤에도 그렇다. 기운을 조절하지 못하고 한꺼번에 다 써 버리면 며칠 못 일어나고 누워서 앓거나 똥오줌 실수가 잦아지는 탈이 꼭 생긴다.

한정된 기운을 꺼내 써 버리는 식이 아니라 쓰면 쓸수록 새로운 기운이 더 많이 만들어지는 삶의 방식을 살고자 하지만 그 끈을 놓칠 때가 많다.

이런 걱정을 하면서 밀린 내 일에 몰두하고 있을 때 어머니의 짜증 섞인 한탄이 흘러나왔다.

"뭘 검질 수가 있나, 근지러버도 긁을 수가 있나. 가죽 이파리에 풀 바르는 거에 비하믄 아침에 매실 껍질 까는 거는 누버서 떡 먹기네 떡 먹기라."

나는 급히 대야에 물을 떠다 드리고는 손을 씻으라면서 찹쌀풀 그릇과 가죽잎이 조금 남아 있는 소쿠리를 거두었다.

"이걸 엇따 갖다 붙일락꼬!"

어머니는 거칠게 소쿠리를 당겨 잡았다.

"이대로 냉기두믄 누가 할 낀데?"

어느새 어머니는 잔뜩 화가 나 있었다. 바로 아랫집 할머니를 비롯하여 동네 할머니들 몇 분이 놀러 와서 마루에 걸터앉아 있었는데 어머니의 갑작스러운 변덕에 다들 놀라는 눈치였다.

어머니는 아무리 기분이 좋더라도 어떤 계기로 원망과 분노의 기억이 스며들면 한꺼번에 다 망가져 버리곤 했다. 어머니의 절망적인 변신은 일정한 주기로 나타나기도 하고 일정한 조건 위에서 나타나기도 한다. 원망과 악담이 헛소리로 이어지다가 잠이 드시면 망상 속에 갇혀 악몽을 꾸곤 했다.

"저기, 내가 가마이 있응께 나를 등신으로 아는기라."

어머니는 옆에 앉아 있는 아랫집 할머니를 쳐다보며 내 흉을 보기 시작했다. 나는 귀가 번쩍했다. 내가 어머니를 등신 취급했다는 말인데 내게는 한 번도 하지 않던 말이다.

어제만 해도 저녁을 먹다 슬그머니 내 손을 잡으면서 "내가 그래도 너랑 상께노 반찬도 싱겁네 짭네 할 수도 있고, 큰소리도 치고, 내가 서울 너그 큰집에 있을 때보다 속이 더 편하다."고 하시던 어머니였다.

"저기 나 일 시켜 쳐먹을락꼬, 이거 먹고 일 더 하락꼬 참외 깎아줬지 잉가이 지 에미 생각해서 준 주 아요? 이노무 일 몸서리가 난다 몸서리가 나!"

어머니의 독기 어린 푸념에 아랫집 할머니가 슬그머니 자리를 떴다. 다른 할머니들도 일어섰다.

연방 저주에 가까운 악담을 하면서도 어머니는 악착같이 가죽자반 만드는 일을 계속했다. 일에 짓눌리면서도 더 일에 매달리는, 헤어날 길 없는 지옥 같은 노동에 묶여 사는 어머니 모습을 어릴 때 많이 목격했다.

자다 일어나면 밤을 꼴딱 새우고 새벽으로 이어진 어머니의 끝이 없는 노동을 봐야 했다. 마당에 촉수 낮은 전깃불을 끌어 거름자리까지 가서는 콩 타작, 깨 타작하고 남은 것들을 챙이질로 까불러 내고 있는 모습이었다.

챙이질이 멈추는 시간은 챙이를 잡은 채 깜빡 잠이 드신 순간일 뿐이다. 뒤로 엉덩방아를 찧다가 일어나 챙이를 다시 거머쥘 때는 어머니의 잇새로 신음 같은 원망들이 쏟아져 나오곤 했다.

내가 다시 잠을 자다 오줌이라도 누러 일어나면 여전히 어머니는 전 깃불에 시커먼 등그림자를 드리우고 챙이질을 하셨다. 푸념은 주로 아 버지에 대한 것이었다. 빚덩이와 함께 갓 스물둘인 큰딸 밑으로 칠남매 를 남겨 놓고 한량으로 살다 가신 아버지에 대한 원한이 골수에 맺혔던 것이다.

양반집 삼대 독자로 태어난 아버지는 내 여덟 살까지의 기억을 통틀 어 보건대 평생 어깨에 지게를 지지 않고 사신 분이다. 일본에 가서 공 부하다 해방을 맞은 아버지는 해방 정국과 한국전쟁을 휘청거리며 사 시다가 한량이 되어 전국을 떠돌아다니셨다고 한다.

덜컥 아버지가 돌아가시고 나자 어머니 표현을 빌리면 여기저기서 동짓날 팥죽 끓듯이 빚쟁이들이 불거지는데, 어디 아무도 모르는 데 가 서 '칵' 죽어버리고 싶었다고 한다. 나 역시 법원에서 압류가 들어오고 집달관이 살림살이마다 빨간 딱지를 붙이던 기억이 아직도 생생하다.

어머니는 우직스럽게 빚은 한 푼도 안 남기고 다 갚기로 하셨다. "고 름이 살 되지 않는다."고 하시면서 집도 팔고 논도 다 팔아야 했다. 자 식들 공부시키느라 남의 밭도 부치고 누에도 치고 하느라 낮에는 황소 처럼 일했고 밤에는 끙끙 앓는 신음으로 지새우셨다.

"칼을 물고 칵 죽어 뻐리기라도 하면 좋겠구마는 너긋들 세상에서 에미 없는 자식으로 손가락질 받을까봐 내가 죽지도 못 한다."고 말했 었다.

애비 없는 자식은 그래도 살지만 어미가 없으면 살아갈 수 없다는 것이 어머니 지론이었다.

누에가 네 번째 잠을 자고 꼬치 지으러 올라가기 직전에는 밭에 있는 뽕이 동나는 터라 산을 헤매면서 산뽕을 따 오셔야 했다. 어린 자식들이 바글바글 새끼 돼지들처럼 엉켜 자는 깊은 밤에도 어머니는 혼자 백여 개가 넘는 잠밥에 뽕을 주어야 했고, 그러고 나면 또 쉴 틈도 없이 첫 잠밥 위로 뽕을 넣어 줘야 하다 보니 사나흘을 눈 한 번 붙이지 못하는 날도 있었다. 어느 날 아침에 일어나니 어머니가 누에 잠밥 위에 엎드려 코피를 쏟은 채 잠든 모습은 잊을 수가 없다.

초등학교 사학년 때는 이런 일도 있었다. 학교 마치고 밭에 가서 지게에 콩을 지고 오는데 내 뒤에서 산더미 같은 콩 보따리를 이고 겨우 발끝만 내려다보며 오던 어머니가 돌부리에 걸려 넘어지셨다. 그런데 어머니는 일어날 생각을 않고 쓰러진 채 하염없이 우셨다. 꺽꺽 하도 절망적으로 우시기에 어린 나는 이러지도 저러지도 못 하고 덩달아 엉엉 울기만 했다.

아파서라기 보다 고단한 삶에 돌파구가 보이지 않아서였을 거다. 그때가 어머니 나이 사십 대 중반이었다.

노인들의 이상 행동은 질병이 아니라 '치유' 과정

현대 심리학의 거장 칼 융의 성 역할 대체 이론을 원용하자면 치매에 걸린 어머니가 내게 퍼붓는 악담은 사실 나한테 하는 말이 아니다.

칼 융이 말하기를 억압된 모든 정서는 언젠가, 어떤 형식으로든 폭발한다고 했다. 분노는 인과 관계가 전혀 없는 대상을 향하기도 한다.

홍숙자 선생이 쓴 『노인학 개론』과 지금은 절판되어 구하기가 어려운 윤진 선생의 『성인 노인 심리학』에서 공히 지적하는 것이 있다. 노인들은 '만성기질성뇌증후군'을 앓는데 감정의 안정성이 약화되어 기복이 심하고 분노나 자학, 체념과 은둔의 태도를 보인다는 것이다. 이들 책에서는 '성숙형 노인'에 대해 말하면서 전기 충격 등의 치료법을 제시한다.

나는 이런 식으로 노인 행동의 유형을 분류하여 하나하나 치료의 대상으로 볼 문제가 아니라고 생각한다. 노인들의 악담과 저주, 또는 의심과 불안 증세는 질병이 아니라 그것 자체를 일종의 치유 과정으로 보는 것이 옳다. 그런 행위를 보장하고 잘 지켜봐 주는 것이 중요하다. 한 노인이 평생을 어떻게 살아왔느냐에 대한 자연스런 귀착점이라고 생각한다.

어머니를 보면서 새롭게 깨닫는 것이 있다. 노인이 되면서 정신을 살짝 놓은 덕분에 저렇게 남들 앞에서 노골적으로 자식 흉을 볼 수 있어서 얼마나 다행이냐는 것이다. 맨정신이라면 저럴 수 없을 것이다. 분노는 더욱 내면화되고 화석처럼 굳어져 병을 키울 것이다.

노인이 되면서 잘 안 들리고 잘 안 보이는 것도 하늘이 주시는 은총이라고 생각한다. 손이든 발이든 몸이 마음대로 움직이지 않는데 눈이랑 귀가 여전히 밝고 마음이 청춘이라면 그 부조화를 안고 어떻게 살아

가겠는가?

앞날에 대한 욕망을 키우기 보다는 과거에 대한 회상에 더 몰입하는 노인들의 심리 성향 역시 하늘의 선물이 아닐까 싶다. 이것을 두고 과거 지향성 질환이라느니 하면서 정신병리학으로 접근하는 태도가 나는 못마땅하다.

과거 어느 한 지점에 맺힌 한이 소통되지 못한 채 오늘까지 이어져 오다 보니 악담과 저주로 드러나는 것이다. 이렇게라도 흘려보내야 한다. 했던 얘기 또 하고 쓸데없이 고집을 부리는 노인들 역시 마찬가지다. 갓난애가 기저귀에 똥오줌 싸는 것과 같이 지극히 자연스런 현상일 뿐이다.

다만 그것이 노인 당사자에게 고통으로 작용하지 않게 해 드리는 것이 중요하다. 나는 어머니의 악담을 들으며 저 과정을 통해 어머니가 좀더 가벼워지셨으면 하고 속으로 기도했다. 시아버지나 남편, 또는 세상을 향해 하지 못했던 반발과 저항감이 저렇게라도 풀리기를 바랐다.

역시 짐작대로였다. 어머니는 그날 밤에 여러 번 옷에 실수를 했다. 아침에도 못 일어나고 끙끙 앓으셨다. 깨어나신 다음에는 나를 바로 쳐다보지도 못했다. 몸과 마음에 쌓인 노폐물을 악담을 통해 쏟아 놓느라 애를 쓰셨기 때문이라 여겼다.

어머님이 하시는 모든 말들은 다 그럴 수밖에 없다고 생각한다. 팔십육 년 동안 그 말을 하도록 준비되어 온 것인데 난들 어쩌랴. 이것은 어설픈 위안이 아니다. 바로 그 순간에 그 말과 그 행동을 안 했으면 어머니는 저 모습으로 지금 여기 존재하지 못한다는 것을 내가 알기 때문이다.

사람의 모든 행동과 말은 그 순간 그 사람에게는 최고이자 최선의 것이다. 이것을 인정하고 나서 그 다음 일을 도모하는 것이 순서다. 세상과의 관계에서 그것이 바람직하냐 아니냐는 나중의 일이다.

나는 어머니 옆에 배를 깔고 엎드려 아홉 장이나 되는 길고 긴 편지를 썼다. 「어머님 전상서」라고 시작되는 편지였다.

어머님 전상서

어머니 보세요.

오늘은 날씨가 좀 쌀쌀합니다. 수돗가에 얼음이 살짝 얼었네요. 지금 어머니가 너무 기운 없어 보여요. 제 생각에는 어젯밤 어머니가 두 번이나 옷과 이불에 오줌을 누시고 어제 낮에는 똥을 잘못 누셔서 방 여기저기에 똥을 묻혀 놓으시고 해서 기분이 상하신 거 같습니다. 저를 보기에도 민망한 생각이 드실 테고요.

오줌 한 번 누시려면 고생이 이만저만이 아니시죠? 오줌 누느라 몇 번씩 밤에 깨어나시고 고생하시는 걸 보면 그 고생 제가 대신 해 드리고 싶을 때가 한두 번이 아닙니다. 어머니 고생하시는 걸 보다 못해 기저귀를 채워 드릴까 싶기도 합니다만 그러지 않는 것은 이유가 있어요. 기저귀 차기 시작하면 사람 감각이 무뎌져서 오줌을 더 못 가린대요. 국이나 물을 적게 드리고 밥이나 새참도 좀 줄일까 생각도 하지만 그렇게는 안 하려고요. 어머니가 잘 드시고 기운을 차리시면 똥이나 오줌도 저절로 잘 가리실 거라 믿기 때문이에요.

이 모든 것이 다 어머니가 아들딸 키우느라 젊을 때 너무 고생하셔서 그래요. 어머니가 지금 많이 아프신 것도 따지고 보면 저 때문이고, 우리 형제들 때문이고, 힘겨운 집안일 때문이라고 생각해요. 할머니도 일찍 돌아가셔서 혼자 저희들 낳으시고 어머니가 손수 해복간하시고 했잖아요. 저희들 학교 보내시느라 산뽕 따서 누에 치시고 그 무거운 뽕 보따리 우룽굴 보땀 우에서 이고 집에까지 오다 보면 머리가 뽕 보따리 속에 파묻혀 길이 안 보여 발끝만 겨우 보면서 걸으신 걸 제가 다 압니다.

어머니.

제가 빨래하는 거는 조금도 힘들지 않아요. 그래도 저는 고무장갑 끼고 탈수기 돌려서 수돗가에서 빨래하잖아요. 어머니는 한겨울에도 그 무거운 빨래통 머리에 이고 구루 냇가까지 가서 고무장갑도 없이 얼음장 깨고 맨손으로 빨래하셨잖아요. 집에 돌아오시면 빨래통 가에 고드름이 주렁주렁 매달린 것을 봤어요. 손이 얼어 펴지지 않는다고 다른 손으로 손가락을 뜯어 펴시던 모습도 기억이 나요.

제가 어머니 고생하신 걸 다 알기 때문에 옷에 오줌 누시고 똥 묻히고 하시는 게 다 그 때문이라고 생각하고 있어요. 아무 걱정하지 마세요. 이제는 어머니가 대접받고 따신 밥 잡수시면서 사시는 거예요. 이제는 어머니가 좀 편히 지내실 차례가 된 거예요. 저는 정말 고생도 아니에요. 어머니도 점점 좋아지실 거예요.

외할아버지도 어머니 어릴 때 손목에 뜸을 떠 주셨다면서요? 저도 그래서 어머니 모시면서 해 드리려고 침 놓는 거랑 뜸 뜨는 거 배웠던 거예요.

외할아버지가 어머니 데리고 새들 큰 보탐에 가서 약쑥도 뜯으셨다면서요? 그때가 어머니 여덟 살 때였다고 했어요? 어머니가 그런 옛날이야기 해 주시면 참 재미있어요. 제가 학교에서나 책에서 배울 수 없는 것을 어머니가 얘기해 주시면 너무 재미있어요. 우리 어머니가 아는 것도 많고 이야기도 재미있게 하시는 재주가 있어서 얼마나 좋은지 몰라요.

어머니, 기운내세요.

지금 그렇게 돌아누우셔서 아무 말씀도 안 하고 계시니까 제가 자꾸 눈물이 납니다. 이대로 못 일어나시면 어떡하나 눈물이 자꾸 나요.

어머니가 청국장 만드시고 구멍 난 제 바지 바늘로 꿰매 주셨잖아요. 쑤시쌀도 털고 챙이질도 해 주셨잖아요. 또 그렇게 해 주세요.

오줌 누고 똥 누는 거는 잘 못해도 괜찮아요. 오줌 한 번 누려고 하면 못 쓰는 다리를 질질 끌고 가서 바들바들 떨면서 겨우 변기에 올라가시는 어머니를 차마 눈 뜨고 볼 수가 없어서 질끈 눈을 감아요. 그래도 웬만하면 제가 변기를 갖다 드리지 않는 것은 제 나름대로 생각하는 게 있어서 그래요.

어머니, 제 말 좀 들어 보세요. 빨래는커녕 청소도 못 하고 밥도 흘리시는 우리 어머니. 물 한모금도 오줌 눌까봐 안 마시려고 하는 걸 제가 다 알아요. 밭에 가서 일도 하고 장작도 패고 지게도 지는 저는 누가 뭐래도 누워서 꼼짝도 못 하는 어머니보다 고생 덜 하는 거예요. 어머니 오줌 묻은 옷 빨고 삼시 세 때 밥 해 드리는 것쯤은 어머니 젊어 고생하신 거에 비하면 고생도 아니에요. 불편하신 어머니 딱 한 분 모시면서 고생이랄 것도 없어요. 두 살 터울로 우리 칠남매 주렁주렁 한 걸 홀몸으로 돌보고 해먹이고 공부시킨 어머니를 생각하면 정말 저는 고생도 아니에요.

어머니, 일어나세요.
제가 어머니 빨래 해 드리고 따뜻한 방에 주무시게 하고 따뜻한 밥 해 드리는 것이 어머니가 저희에게 해 주신 은혜를 조금이라도 갚는 게 된다면 더 바랄 게 없어요.
어머니. 어릴 때는 누구나 코 흘리고 젖 먹고 그럽니다. 당연합니다. 마찬가지예요. 부모가 고생고생하다 병들고 늙으시면 옷에 오줌도 누고 잘 걷지도 못하고 그러는 거 그것도 당연한 일이에요.

어머니, 이제 일어나세요.
제가 아기일 때 옷에 똥 싸고 오줌 싸도 아프지만 않고 잘 먹으면 어머니 좋아하셨잖아요. 어머니가 옷에 오줌 누고 똥 묻혀도 기 죽지 마시고 큰소리치면서 옷 빨아 놓으라고 그러면 좋겠어요. 오줌 묻은 옷 절대 그냥 입고 계시지 말고 바로바로 마루에 내놓기만 하세요. 그러면 돼요.

118 똥꽃

자, 어머니. 인제 인나요.

저 밥하러 갈게요.

2007년 4월 3일 불효자 희식 올림

어머니는 「어머님 전상서」를 며칠 뒤에 읽으셨다. 어머니 보물 창고인 베갯잇 속에 편지를 넣어두고 여러 번 꺼내 읽으시는 것을 보았다.

언젠가는 내가 글을 써서 드렸더니 펼쳐 보고는 대뜸 "체! 누가 저 글공부 마이 했다카까이!" 하고는 획 집어던졌던 적이 있다. 그 순간 나는 성숙하지 못한 내 감정 표현에 얼마나 후회를 했는지 모른다. 그 쪽지에는 이렇게 쓰여 있었다.

"어머니, 자꾸 소리 지르고 화내고 그러지 마세요. 저도 힘들어요."

그날은 하루종일 어머니가 잔소리와 참견을 하시는 날이었다. 텃밭에 오이가 자라서 줄기가 뻗어나갈 수 있도록 말뚝을 박고 줄을 치는데 마루에 있던 어머니가 "찌랄하고. 백찌 줄을 쳐 길을 막으믄 밭에는 어찌 댕길락꼬!" 하면서 혀를 끌끌 차셨다.

부엌에 불을 때려고 장작을 들고 들어가니까 "아이고오, 하는 짓은! 불살개부터 갖고 들어가야지 장작에 무슨 재주로 불을 붙일락꼬!" 하셨다. 오줌 누신 지가 서너 시간 된 듯하여 "어머니, 오줌 좀 누세요." 했더니 두 눈을 부릅뜨고는 "안 누르분데 어찌 누란 말이고! 저기 오줌 누는 거꺼정 이래라 저래라 가이 하고 있어!" 라고 소리를 지르셨다.

눈에 안 보이면 어디 갔다 왔느냐고 닦달이고, 눈앞에 보이면 하나에서 열까지 잔소리였다. 그래서 쪽지를 써서 드렸던 것인데 그게 더 어머니 기분을 악화시켜버린 것이다. 쪽지에 담긴 내 성급한 감정 표현을 후회할 때 떠오른 장면이 있었다.

이십 년도 더 된 옛일이다. 어머니랑 단둘이 부평 백운역 근처 단칸방에 사는데 한 번은 밤늦게 우리 집에 삼삼오오 남녀 예닐곱 명이 모여들었다. 나는 천장의 형광등을 끄고 스탠드 불을 켠 다음 창문은 두툼한 담요로 가려서 불빛이 새나가지 않도록 했다.

우리는 비밀 문건들을 꺼내 놓고 새벽까지 목소리를 낮춰 논쟁을 했다. 어머니는 방구석에서 주무시지도 못하고 새우처럼 등을 웅크리고 있는데 우리는 어서 먼저 주무시라고 건조한 말마디만 던지고 실은 어머니는 안중에도 없었다.

다음날 조직원들은 어둠이 채 걷히지 않은 새벽길을 두리번대며 한 사람씩 빠져나갔다. 그때 어머니가 나를 붙들고 펑펑 울었다.

"옛날 빨갱이들이 다 너긋들처럼 그랬다. 니 에비도 그 지랄하다가 오래 몬 살았다. 너 자꾸 그라믄 내가 죽어삘란다."

어머니보다 조직이 더 중한 나는 건성으로 어머니를 달래고 다음 과업(?)을 위해 집을 나섰다. 어머니는 그날 철도에 몸을 던지시러 보따리 하나 들고 백운역 언덕길을 오르셨다.

이번에 쓴 「어머님 전상서」를 어머니가 집어던지지 않고 몇 번씩이나 꺼내 읽으시는 것은 이전에 쓴 쪽지랑 내용과 분위기가 다른 것도 사실이지만, 그보다는 잔소리하고 참견하면서 아들을 지치게 하는 것이 어머님 본래의 모습이 아닌 것이 더 큰 이유일 것이다.

이때의 격심한 통과 의례를 거쳐 오래지 않아 어머니는 기저귀를 완전히 졸업하셨다.

어머니를 모시기로 작정하고 시도한 일 가운데 하나가 기저귀 없이 생활하는 것이었다. 기저귀는 삼 년 전에 내가 어머니를 모시기로 작정한 결정적인 계기기도 했다. 삼 년 전에 나는 늘 어머니에게 기저귀를 채워 놓는 것은 '똥오줌도 못 가리는 애만도 못한 인간'이라는 사실을 공인하는 과정이라고 여겼다. 노출되지 않은 개인의 수치와는 달리 그것이 밖으로 드러나 인정되어 버리면 심리 상태에 엄청난 차이가 있다고 본 것이다. 내 자신감은 호주의 어느 노인돌봄센터의 사례를 미리 연구해 둔 바가 있었기 때문인데, 이유와 동기가 뭐였는지는 기록하지 않았지만 기저귀를 빼내는 사례가 나와 있어서 얼마나 반가웠는지 모른다.

그 사례처럼 나는 어머니가 국을 드셨을 때와 안 드셨을 때, 물을 한 잔 마셨을 때와 안 마셨을 때를 구분해 가면서 옷에 오줌 누시는 시간을 꼬박꼬박 적기 시작했다. 움직임이 거의 없어 흡수한 수분은 거의 오줌으로만 나오기 때문에 오줌 누는 시간이 매우 일정하다는 것을 알 수 있었다.

그때의 공책을 보면 국을 드셨을 때는 두 시간 십 분에서 삼십 분 사이에 한 번씩 오줌을 누셨고, 그냥 계실 때는 세 시간 전후로 오줌을 누셨다.

호주 돌봄센터의 사례에 나온 것처럼 나도 오줌 눌 시간 조금 앞서서 어머니에게 변기를 갖다 드리고 오줌을 누실 수 있도록 했다. 처음에 어머니는 오줌 안 마렵다고 손사래를 치셨다. 그러나 이 과정을 두 달 이상 거치면서 어머니의 배뇨 감각이 회복된 것은 물론 당신 스스로 안방 뒷문을 열고 나가서 내가 특별히 고안해 만든 어머니 전용 뒷간에서 똥오줌을 보실 수 있게 되었다.

　여기까지는 호주 노인돌봄센터의 사례와 같다. 삼 년 전 어머니의 기저귀 사건을 접하면서 받은 충격을 이렇게 넘어설 수 있었다. 내가 그때의 충격에서 넘어선 것은 중요하지 않을 수 있다. 어머니가 기저귀를 벗어 던지면서 함께 벗어 던진 것들이 훨씬 중요하다.

　똥오줌을 가리게 되면서 어머니 태도가 크게 달라지는 것을 알 수 있었다. 오줌에 절은 옷을 벗어서 방구석에 숨겨 두거나 똥칠갑이 된 이불과 옷을 피해 방구석에 웅크리고 앉아 계시던 어머니가 "인자 다 키웠제? 오줌도 혼자 다 누고."라면서 자랑까지 하시는 것이다.

　오줌을 가리면서 생활에 대한 자신감을 회복하고 여러 가지 엉뚱한 말이나 행동들이 개선되어 간 것들도 중요한 변화라 하겠다.

어머님의 건강과 존엄을 생각하는 기도 잔치

이런 생각을 한 지는 오래된다. 늙고 병들었지만 어머니가 진짜 주인공이 되는 날을 만들고 싶었다. 온 세상이 어머니를 중심으로 돌아가는 그런 날을 만들어 드리고 싶었다. 온 식구가 어머니를 집안의 가장 큰 어른으로 모시는 날, 모든 사람들이 어머니를 존재의 근원으로 떠받드는 날을.

언젠가부터 어머니는 뒤로 밀렸다. 거추장스런 짐덩어리가 되었다. 5월 8일 어버이날은 가슴에 그 잘난 카네이션 한 송이가 대롱거리다 만다. 명절이라고 다르지 않다. 여든여섯의 몸 불편한 어머니는 더 이상 '사람'이 아니었다.

언제부터인가 어머니가 하시는 '말씀'은 대부분 '헛소리' 취급을 당했다. 귀 기울여 듣는 사람이 없다. 늙고 병든 어머니는 더 이상 '여성'도 아니었다. 옷에 오줌 누셨다고 사람들 있는 데서도 팬티를 마구 벗겨 내렸다.

생신날도 마찬가지다. 그 많은 음식, 그 많은 자손들의 왁자지껄한 안부 나눔은 모두 어머니를 비켜갔다. 어머니 생신을 핑계 삼은 젊고 건강한 사람들의 잔치였다.

오가면서 어머니 방에 먼저 들러 문안 인사 드리는 것도 빼먹기 일쑤다. 핑계도 다양하다. '못 알아보신다'거나 '잠 드셨다'거나 '기분이 안 좋아 보인다'고.

어머니가 묻는 말이 조리에 맞지 않거나 사실과 다르면 아예 대답도 안 한다. 그냥 없는 사람 취급한다. 이전의 내 모습들이기도 하다.

"그거 아니에요."

"그냥 가만히 계세요. 하는 거 보고만 계세요 좀."

"하하하하… 눈이 오는데 지금이 여름이래, 하하…."

어머니의 말과 행동은 종종 가벼운 웃음거리 그 이상도 이하도 아니었다.

장례식장에서 울컥울컥 울 것이 아니라 살아 계실 때 잔치를 하고 싶었다. 그것도 정해져 있는 명절이나 생일날이 아니라 일부러 날을 잡아서 온전히 어머니께 바치는 날로 하고 싶었다.

어머니랑 산 지 여섯 달. 어머니 곁에 누워 자면서 하룻밤에도 두세 번씩 어머니랑 같이 일어나 오줌 누이고 똥 누이고 하면서 '지금 바로' 이런 잔치를 해야겠다고 생각했다. 하루를 장담할 수 없는 것이 우리 어머니의 '내일'이라고 늘 느껴 왔던 것이다. 아침에 몇 번을 깨워도 눈을 뜨시지 않아 가슴이 와르르 무너지는 때가 한두 번이 아니었다. 어머니가 항상 내 곁에 있어 주시는 게 아니라는 것을 자주 절감해 왔다.

더위나 추위도 피해야 했고 날씨도 봐야 했다. 집안에 독실한 기독교 신자가 한 사람 있어서 기도회로 잡았다. 보수 기독교 신자들은 불교 법회나 가톨릭 미사에 참석하지 않기 때문이다. 일요일은 피해야 했다. 모실 목사님과 일정 조정도 해야 했고 적은 수지만 모실 분들과도 의논을 해야 했다.

기도 잔치의 예배를 맡을 김민해 목사님 때문에 행사가 일박 이일이 되었다. 김민해 목사님은 교회 건물도 없고 자기 교인도 없이 목회를 하신다. 『풍경소리』 발행인이면서 이현주 목사님이랑 '드림실험교회'를 하고 계시는데 "덜렁 가서 한두 시간 예배만 봐서야 되겠느냐, 하루 먼저 가서 어머님이랑 얘기도 하고 도우미 노릇도 하고서 예배를 봐야 기도발이 서지."라고 하셨다.

가까운 사람들 몇몇에게 우리 집에서 '어머니 잔치'하니까 오라고 연락을 했다. 잔치는 이틀 동안 하니 이틀 다 참석해도 되고 가능한 날을 골라서 와도 된다고 했더니 모든 사람들이 그랬다.

"어머니 팔순이냐? 아니라고? 그럼 구순 잔치냐?"고.

단 한 사람도 아무 날도 아니라는 내 말을 곧이듣지 않았다. 거듭 아무 날이 아니라고 해도 통하지 않았다. 나중에는 "네가 나 부담스러워할까 봐 그러는구나."라고 했다. 그래서 초청장을 만들기로 했다.

내 속마음을 한 장짜리 초청장에 담아 보기로 했다. 초청장을 만들면서 처음 먹었던 내 뜻이 제법 가지런히 정돈되었다. 그리하여 붙은, 세상에 전무후무하다는 평가를 받은 잔치 이름이 바로 '어머님의 건강과 존엄을 생각하는 기도 잔치'다.

제주도에 사는 후배는 초청장을 받고 바로 전화를 걸어왔다. 가슴이 뭉클하고 눈물이 왈칵 나올 것 같았다고 했다. "형, 인간 다시 봐야겠는데?"라고도 했다.

어느 모임에서나 늘 가운데 앉으시고 마이크를 잡는 어른들이 몇 분 오겠다고 연락이 왔다. 우리 어머니가 주인공인 자리이기 때문에 그런 분들을 특별히 배려한 바가 없어서 죄송한 마음으로 초청장을 보냈는데 드물게도 '평복'을 입고 '일반인'으로 오겠다고 했다.

어머니를 모시면서 가장 중요하게 내 가슴에 자리잡아 간 것이 바로 '존엄'이다. 건강보다도 존엄을 더 귀하게 생각하기 시작했다. 사실 건강이야 나이 잡수시면 약해지게 마련이다. 그러나 어른들의 존엄성이 훼손되어서는 안 된다고 본 것이다.

면사무소에 가도 그렇고 병원에 가도 그렇다. 우리 집으로 찾아오는 간병인도 그렇고 하물며 우체부 아저씨도 그랬다. 여든여섯인 우리 어머니에게 쉽게 반말을 하는 것이었다.

"할머니, 어디가 아픈데?"

"이거 아니야. 할머니, 주머니 다시 찾아봐요. 다른 도장 없어?"

나이 잡수시고 몸 어딘가가 불편한 노인을 대하는 건강한 사람들의 태도는 단순한 무시를 넘어 무례에 가까운 경우가 많았다.

어머니가 곁에 계신데도 그네들끼리 함부로 어머니에 대한 얘기를 주고받는다. 힐끔힐끔 쳐다보면서.

한 번은 병원에 가서 어머니 장애 진단을 받을 때였는데 내가 "우리 어머니에게 물어 보세요!"라고 소리를 쳤던 적이 있다. 왜 본인이 옆에 있는데도 자꾸 나에게 묻느냐고 젊은 의사를 야단쳤다.

나이 드신 분과 얘기를 나누려면 어찌 힘들지 않겠는가. 그걸 몰라서가 아니다. 그렇다고 무시해도 된다는 것은 아니기 때문이다.

호호백발 할아버지 환자에게 반말을 하던 어느 대학병원 간호사는 "친근하게 하느라고 그런다"며 자기들의 반말을 변명했다.

"아, 그래? 반말하니까 할아버지도 친근해서 좋다고 그러더냐?"

내가 바로 받아쳤더니 그 간호사는 얼굴이 새빨개졌다.

다 큰 자식도 애 취급하면 어른이 돼서도 철없는 애처럼 굴듯이 우리의 어버이들을 늘 집안 최고의 어른으로 깍듯이 공경하고 귀하게 모시면 최고 어른의 체통과 권위를 당신 스스로 놓치지 않을 것이라고 굳게 믿으면 누구나 그렇게 될 것이다.

기도 잔치에는 스무 사람 남짓 청했는데 사십 명이나 왔다. 찹쌀을 쪄서 마당 호박돌에다 놓고 떡메로 쳤다. 떡메치는 것은 어른뿐 아니라 아이들이 더 신나 했다. 까르르대는 아이들의 해맑간 웃음소리가 우리 집을 맑은 기운으로 가득 채웠다.

농사지은 콩을 방앗간에서 빻아 콩고물 만들어 둔 게 있어서 그걸로 떡을 묻혔다. 김이 모락모락 나는 인절미가 만들어졌다.

어머니 선물들도 들어왔다. 몸이 불편한 늙은 할머니에게 꼭 필요한 것들로 이번 기도 잔치의 취지를 정확히 이해한 사람들이 마련한 선물이었다. 원목으로 만든 고운 머리빗, 유기농 오렌지주스, 고급 녹차, 나훈아의 음반, 홍시, 오미자주스, 속옷, 고운 면수건, 이쁜 손거울, 머리핀, 호박즙 등이었다.

어떤 사람은 그랬다. 초청장을 받고 꼭 참석해야겠다고 생각했는데 마음을 바꿨다는 것이다. 몇 달째 찾아뵙지도 못한 자기 어머니가 갑자기 떠올랐다는 것이다. 어머니를 찾아뵙기로 마음을 바꾸었다며 못 가니 이해하라고 연락이 온 것이다.

한 참석자는 이틀 동안의 행사가 끝나고 집에 돌아가 식구들을 다 데리고 바로 어머니가 계시는 고향으로 가고 있다면서 도리어 내게 고맙다는 전화를 걸어왔다. 이번 기도 잔치 덕분이라고.

이것이야말로 기도 잔치를 하게 된 가장 큰 의미라 하겠다. 모두가 마음속에 자기 어머니를 모시는 일 말이다.

내 어머니를 간절히 떠올리는 데서 한 걸음 더 나아가 한없이 베풀고 끝없이 용서하는 어머니 마음을 갖는 것, 세상의 어머니로 살아가리라 다짐하는 것, 어머니를 모심으로써 스스로 세상어머니가 되는 것.

참석자들이 알아서 음식을 만들고 진행도 했다. 소리꾼은 노래를 하고 연주가는 연주를 했다. 명상 춤도 추었다. 어머니를 떠올리는 노래 「찔레꽃」도 즉석에서 불렀다. 어떤 이는 내가 쓴 시 「똥꽃」을 현대 민요로 작곡하여 발표했다. 「어머님 은혜」를 부르면서 다들 숙연해졌다.

작은아이 새들이와 아내가 왔고 정작 우리 여섯 남매 중에서는 둘째 형님만 오셨다. 어머니는 이틀 동안 거의 누워 계셨다.

'너긋들 젊은 사람끼리 놀아라. 늙은이가 끼어가지고 흥이나 깨질라.' 싶기도 하고 '내가 너희들 하자는 대로 움직일 줄 아느냐. 이미 내 몸과 마음은 나도 어쩌지 못한다. 정신들 차려라, 이놈들아. 오란다고 오고 붙잡는다고 안 가는 줄 아느냐? 어림도 없다, 이놈들아.' 싶기도 했다.

돌아가면서 기도하는 순서에서 나는 이렇게 기도했다.

"못 알아듣고 엉뚱한 소리 하신다고 제가 어머니를 무시하는 일이 없도록 하시고 막내가 어머니 모신다는 이유로 이를 내세우거나, 형제들 사이에 의가 상하는 요인이 되는 일이 없도록 하소서."

나는 이날 기도 잔치 때의 마음가짐과 문제의식으로 10월 2일 노인의 날에 일간신문 〈한겨레〉에 칼럼을 썼다.

오늘, 10월 2일은 노인의 날이다. 이곳저곳에서 노인의 날을 기념하는 행사를 열 것이다. 전국의 노인회관마다 흥겨운 놀이마당이 푸짐한 음식과 함께 벌어지는 날이다.

치매가 있으신 여든여섯의 어머님과 함께 살면서 새로이 보게 되는 사실들이 많다. 우리 사회가 초고령 사회로 가고 있다는 걱정 어린 경고 속에서 장사꾼들만 판을 치고 정작 노인들이 존엄성을 지킬 수 있는 분위기와 제도는 멀어 보인다.

복지센터의 노인 도우미가 골목에 들어서면서부터 고함을 지른다. "할매! 할매! 자요? 일나아!" 주무시던 어머니가 꿈과 현실의 틈새에 끼여 한참을 허우적거리신다.

오줌 쌌으니 빨아 주겠다고 어머니의 아랫도리를 와락 벗긴다. 팬티를 거머쥐고 어머니는 질색을 한다. 와르르 웃는다. 자원봉사 나온 젊은 남녀 도우미들이 한 할머니를 발가벗겨 놓고 잡담을 하며 목욕을 시킨다. 이런 정도면 성추행이다.

몸 불편하고 기력이 떨어진 노인들을 온전한 인간으로 보지 않는 것이다. 노골적으로 애 취급한다.

전문가들은 온갖 병명을 만들어 붙인다. 무슨무슨 노인성 병과 증상들이 모두 치료의 대상이고 격리 이유가 된다. 시설에 요양하러 온 정상적인 노인들마저 모두 환자복을 입혀서 환자로 만들어 놓고야 만다.

각종 노인잔치들도 과연 노인들이 주체인지 의구심을 갖게 한다. 단순한 구경꾼, 박수나 치고 웃기나 하는 역할뿐이다.

책방마다 차고 넘치는 것이 어린이 책이지만 노인들을 대상으로 만들어진 책과 음반과 영화는 따로 있지 않다. 동화가 있으나 '노화'가 없고, 동시가 있으나 '노시'가 없다는 사실을 이제야 발견한다.

부모 모시기는 자식 키우기의 반의반도 안 된다는 사실을 드러내 주는 증거들이다.

몸이나 정신이 수명을 다하여 제 기능을 하나씩 잃어가는 것은 노년기의 마땅한 현상이다. 의사들은 그런다. '이건 노화가 아니라 병이다'라고 강조한다. 정상적인 노화와 병을 꼭 구별하려고 한다. 무모한 짓이다.

그 누구도 공격하지 않는 노인들을 자꾸 병자로 만들 것이 아니라, 정말 치료가 필요한 사람은 사회악을 만드는 일부 '정상인'들임을 알아야 할 것이다.

치매 걸린 부모의 반상식적인 언행들이 제정신으로 하는 것이 아니라 병이라는 사실을 알게 된 식구들은 그제야 안도하고 감정을 눅인다. 대신 그때부터 더는 부모가 아니라 환자다. 부모의 말과 행동에 관심을 기울이지 않는다. 모두가 헛소리고 웃음거리의 소재로 전락한다.

그동안 노인 관련 전문서적을 많이 봤지만 손을 꼭 잡아주고, 노인과 같은 방에서 자며 얼굴이나 머리를 쓰다듬어 주라는 글은 읽지 못했다. '헛소리'일망정 틀렸다고 하지 말고 끝까지 들어주고 추임새를 넣어주라는 말은 없다.

사랑과 정성은 한마디도 언급되지 않고 오로지 약과 병원과 음식이 한결같은 처방들이다.

사랑은 죽은 세포도 되살리며 정성은 통증을 경감시킨다는 것이 내 체험의 결과들이지만 인정되지 않는다. 큰 행사나 공공기관은 방문자들이 아이들을 데리고 올 수 있도록 시설이 마련되고 놀이교사를 배치하기도 하지만 어디에도 불편한 부모 모시고 갈 수 있는 행사나 공공기관은 없다.

신경정신과 의사와 정신심리학 연구자들이 많지만 '트라우마'라는 유행어를 만들어가며 잠재의식과 꿈의 해석에 골몰하면서도 알츠하이머 중세의 노인들이 하는 이야기가 얼마나 심오한 무의식과 초차원적 세계를 반영하고 있는지 관심 갖는 것을 보지 못했다.

모두 건강과 젊음과 이성의 이름으로 저지르는 노인 학대 행위들이다.

오늘은 노인의 날이다. 노인의 존엄을 생각하는 하루가 되었으면 한다. 노인에 대한 사회의 무지와 무례가 도를 넘고 있다. 정부의 노인 정책도 노인의 존엄을 생각하는 데 집중해야 할 것이다.

어머니께 품위 있게 말하는 법을 배우다

오전에 낫 두 자루를 숫돌에 갈아 자전거 뒤에 묶었다. "어머니, 논에 갔다 올게요." 하고 마루에서 넙죽 절을 드렸다.

어머니가 묻는다.

"논두렁 깎으로 가나?"

"예. 논두렁도 깎고요, 팥 심은 데 풀도 좀 뽑구요."

자전거를 몰고 나오려는데 어머니가 하시는 말씀이 있었다. 말씀 내용도 그랬고 더욱이 말투가 인상적이어서 논일을 하면서 곰곰이 생각해 보았다.

"물론 가 봐야 자시(자세히) 알겠지만 언제쌔나(언제쯤) 올 꺼 같노?"라고 하셨던 것이다.

'물론 가 봐야 자시 알겠지만…'이라는 말은 아무나 할 수 있는 말이 아니라는 생각이 들었다. 농사꾼이 들에 나가면 논두렁 깎으러 갔지만

133

물꼬도 살펴야 하고, 호박순도 뒤적이며 혹 애호박이라도 달리는 게 있는지 봐야 하고, 논두렁에 두더지나 드렁치기가 구멍이라도 뚫어 놨으면 그것도 때워야 하고, 혹 옆논에서 일이라도 하고 있으면 거들어 주기도 해야 하는지라 들에 나가면 마음먹고 간 일만 하게 되지 않는다는 것을 어머니가 잘 아신다는 말인 것이다.

정신을 약간 놓으신 어머님이 이렇게 맑은 정신을 가지신 것을 새삼 확인할 수 있는 말이다. 젊고 건강한 사람도 따지고 보면 정신을 놓치고 사는 시간이 많다. 삿된 생각, 엉뚱한 망상, 미워하는 마음, 질투, 욕심, 경쟁 등등은 맑은 본정신이라 할 수 없다.

그 다음 말씀도 예사로운 말이 아니었다. '언제 쌔나 올 꺼 같노?'라는 말이다.

나는 집을 드나들 때나 뭔가를 할 때 꼭 어머니께 알려 드린다. 큰절을 드리면서 알리는 경우는 집을 나가고 들어올 때다. 늙고 병드신 부모에게 꼭 사전에 '알려 드린다'는 것은 노인들의 '존엄'을 위한 필수 사항이다. 불교 경전 『부모은중경』에서 '집을 드나들면서 온다간다 말도 없이…'라는 구절을 보고 깨달은 것이다.

노인들은 잘 안 보이고 잘 안 들리고 잘 판단이 안 되기 때문에 당신이 미처 이해하지 못하는 일들이, 당신이 알지 못하는 새에 결정되고 진행되는 것을 보면서 주변 식구들로부터, 나아가 상황으로부터 참담한 소외감을 느낀다고 한다.

심한 경우는 노인 스스로 자신을 '쓸모없는 인간'으로 규정하고 만다. 『노인심리학』이라는 어느 대학의 교재에서 읽었다.

그래서 항상 어디 간다, 뭐 하려고 한다, 어디 갔다 왔다, 뭐 뭐 했다고 꼭 알려 드리는 것이다. 물론 어머니는 늘 "그래라, 알았다, 고생했다, 잘했다." 그러신다.

그런데 '언제 쌔나 올 꺼 같노?'라고 어머니가 내게 물으신 것이다. 나는 이 대목에서 내가 빠뜨리고 살아온 것을 보았다. 나는 어디 간다고만 말했지 거기 가서 "언제쯤 올 것이다"라는 말씀은 드리지 못했던 것이다.

노인들은 혼자 있는 것을 두려워한다. 몸도 마음도 뜻대로 되지 않는 자신을 알기에 혼자 있으면 버림받을지 모른다는 두려움을 갖는다. 쓸쓸함과 외로움 정도가 아니라 공포에 잠기는 것이다. 이것은 알츠하이머에 대한 책자들을 통해 알았다.

그래서 '언제 온다'고 말씀드리는 것은 노인에 대한 최소한의 위안과 '약속'이 되는 것이다. 어머니는 "언제 올 꺼냐?"고 하지 않고 더구나 "너는 맨날 간다는 말만 하고 언제 온다는 말은 않더라"고 하지 않고 "언제 쌔나 올 꺼 같노?"라고 하신 것이다. 같은 말을 하더라도 이렇게 품위 있게 말해야 한다고 내게 가르쳐 주시는 것 같았다.

나는 낮 열두 시에 와서 밥 챙겨 드리겠다고 한 대로 정확하게 낮 열두 시에 돌아왔다. 어머니가 기억하건 못 하건 어머니와 하는 약속은 늘 정확하게 지킨다. 어떤 경우에도 편의적으로 둘러대거나 하지 않고 모든 걸 사실대로 말씀드린다. 『부모은중경』에서 이런 대목을 보고서

다. "제 마누라나 첩과 한 약속은 꼬박꼬박 잘 지키면서 부모와 한 약속
은 돌아서면 잊어버리네…."

이십 년 만에 처음 자식 밥상 차리신 어머니

어머니가 쌀쌀한 꽃샘추위를 뚫고 서울에서 이곳 산골 마을로 오시는 날, 나는 꿈을 하나 품었다. 바로 어머니가 손수 차린 밥상을 받아먹는 것이었다. 형제들은 내 꿈을 다 흘려들었을 것이다. 터무니없는 짓이라고. 그러나 꿈은 이루어졌다.

십 년 전, 한겨울에 나들이를 나섰다가 눈밭에서 엉덩방아를 찧으며 쓰러지신 후 대퇴부 수술을 받고 방안에 들어앉아 해 주는 밥만 받아자시던 어머니가 손수 자식 밥상을 차린 것이다. 밀가루를 반죽하시고 밀대로 밀고 한점 한점 뜯어 넣으시고 이것저것 양념들을 얹어 이전 솜씨를 유감없이 발휘하여 수제비를 끓이셨다. 어머니에게는 신바람이 나서 수다를 쏟아내는 밥상이었고, 내게는 한 편의 드라마 같은 밥상이었다.

어제 오후에 감자 몇 개를 삶아 새참으로 드렸더니 "그 감자 톰방톰

방 썰어 넣고 수제비 끓이믄 좋겄다."고 하시기에 이때구나 싶었다.

"그럽시다. 수제비 끓여 먹읍시다. 어머니가 해 주세요."

어머니가 눈을 크게 뜨고 나를 쳐다봤다.

"그래 복까?"

이때부터 일은 일사천리로 진행되었다.

휴대용 가스레인지를 꺼내 마루에 놓고 우리밀 통밀가루를 꺼내왔다. 먼저 어머니가 손을 씻게 대야에 물을 떠다 드린 다음 감자와 멸치, 양파, 미역 등을 가져왔다. 서울 누님에게 전화를 해서 육수 만드는 절차를 확인한 다음 차례대로 어머니 앞에 놔 드렸다.

어머니가 반죽한 밀가루를 위생 랩으로 싸서 한 시간쯤 삭혔다가 꺼냈다. 밀가루 반죽이 쫀득쫀득해졌다. 휴대용 가스레인지에 불을 붙이고 멸치랑 미역을 넣었다.

어머니가 "호박이파리 따다 비비 넣으면 맛있다."고 해서 호박잎을 따 드렸더니 곱게 껍질을 벗기셨는데 대공은 톡톡 잘라 따로 장만하셨다. 그러고는 내가 말릴 겨를도 없이 펄펄 끓고 있는 육수 냄비에 넣어버리시는 것이었다.

육수물을 따라 낸 다음에 감자를 넣고 푹푹 끓인 다음에 수제비를 떠 넣으면서 넣어야 할 호박잎을 가장 먼저 넣어버리신 것이다.

나는 기겁을 하고 얼른 다 건져냈다. 그러면서 설명을 하니 헤~ 웃는 얼굴로 쳐다만 보시더니 이제는 반죽한 밀가루를 밀대로 밀기 시작했다. 수제비를 뜯으면서 사십 년, 오십 년을 거슬러 올라가기 시작하시더니 수제비와 얽힌 일화들을 소개하셨다.

"미룽지처럼 얄푸락하게 밀믄 입에 넣고 씹을 새도 없이 목구멍에서 잡아땡기는지 그냥 미끄름 타득끼 넘어가삐는 기라."

"보리타작하기 전에 그때는 먹을 끼 있어야지. 수제비 떠서 신 김치 넣고 푸욱 끓이믄 내금이 온 동네에 퍼져서 지나가던 사람도 '항그럭 주소' 하고 오고 그라는 기라."

육수물을 넣은 냄비에서 감자 익는 냄새가 나자 "감자가 다 물크져서 국물이 잠방잠방할 때까지 불을 더 때라"고 하셨다. 한참 후 됐다 싶었는지 수제비를 떠 넣기 시작했다.

"아야, 저서라. 안 뭉치고로 살살 저서라. 뭉치 삐믄 떡이 되는 기라."

냄비가 뻑뻑해져서 수제비 그만 넣었으면 했는데 남겨 두기 어중간하다고 어머니는 반죽을 다 떼어 넣으셨다. 몽고간장을 가져다 드렸더니 이거는 '맛대가리' 없는 거라고 집간장 가져오라고 했다. "조선간장요?" 했더니 그렇다고 했다.

몇 번 간을 보시더니 "먹자."고 하셨다. 우리는 큰 대접에 수제비를 퍼서 먹었다. 남을 거라고 생각했는데 국물 하나 없이 냄비를 싹 비웠다. 어머니는 "그 많은 걸 다 먹었디 일어서지도 못하것다."고 하셨다. 나도 그랬다.

그러나 수제비 세 그릇 채운 내 배만 부른 건 아니었다. 우리집 주방장으로 등극하신 어머니의 도우미 노릇을 하기에 이른 보람이 수제비를 먹기 전부터 내 배를 불렀다.

청국장 만들기, 아궁이 불 때기, 텃밭 물 뿌리기, 마늘 까기, 산 뽕잎 따기, 가죽자반 만들기, 매실껍질 까기, 바느질하기, 마루 걸레질하기 등의 정점에서 어머니가 차린 밥상이었다.

어머니가 나무토막으로 쌓은 '피사의 사탑'

활동력이 많이 되살아난 어머니에게 날마다 소일거리를 만들어 드리느라고 신경을 쓰던 중에 어느 분이 성냥개비 쌓기 놀이를 권했다.

문방구에서 색색가지 풍선을 사다가 애들 머리통만하게 불어서는 어머니랑 던지기 놀이를 하고 있었는데, 두어 번 던지다가는 이내 지루해하셔서 다시 문방구에 가서 막대풍선을 여러 개 사다가 풍선으로 동물 모양을 만들던 중이었다.

화요일인 그제 성냥 한 통을 사 왔다. 읍내 나갔더니 뜻밖에도 옛날에나 보았던 큰 성냥통이 있었던 것이다. 내가 사 온 성냥통을 보고 어머니는 마치 오래전 헤어진 혈육이라도 만난 듯이 반가워하셔서 성냥개비 놀이도 잘 되리라는 희망을 가졌다. 그런데 결과는 정반대였다.

첫날, 성냥통에서 성냥들을 꺼내 놓으니 어머니는 성냥에 얽힌 옛 경험담을 소개하셨다. 어느 날 어머니는 다림질을 하시고 할아버지가 마루에서 담배를 피우고 계셨는데 할아버지가 그러시더란다.

"야야, 화로에 헝겊 쪼가리가 들어갔나 봐라. 뭐 타는 냄새가 솔솔 난다."

다림질을 할 때는 인두를 화로에 꽂아 두고 윗저고리의 동전을 다리고 숯불 다리미로는 옷을 다리던 때라 화로가 늘 곁에 있었기 때문에 어머니는 할아버지 말씀에 깜짝 놀라 화로를 살폈지만 아무것도 없었다고 한다.

타는 냄새는 화로가 아니라 할아버지 윗주머니에서 나는 것이었다. 담배를 피우고 담배쌈지에 재를 털고서는 그걸 옷 주머니에 넣었는데, 불씨가 살아나서 하얀 연기가 모락모락 나는 게 보였다고 한다. "아버님, 옷 타요." 하고 소리를 쳐서 할아버지가 혼비백산했다는 이야기다.

또 이런 이야기도 했다. 아버지가 당시에는 난생 처음으로 휘발유를 넣고 사용하는 지포라이터를 구해다 할아버지를 드렸단다. 할아버지는 부싯돌로만 담뱃불을 댕기셨는데 라이터가 너무너무 신기해서 좋아하셨지만 단 한 번도 주머니에 넣고 다닌 적이 없다고 한다. 불덩어리가 들어 있는 라이터를 주머니에 넣으면 불난다고 호주머니에 넣지 않고 손에 들고 다니셨다는 것이다.

어쨌든 분위기가 무르익었다 싶었을 때 놀이를 제안했다.

"어머니, 우리 이거 가지고 이거 한번 해 보면 어떨까요?"

나는 갑자기 생각난 듯하면서 어머니의 관심을 끌려고 해 봤다. 어머니가 "뭘?" 하셨다. 내가 먼저 성냥개비 쌓기를 해 보이는데 성냥개비를 몇 층 쌓지도 않았는데 휙 돌아앉으셨다.

"찌랄한다. 그거는 국민학생들이나 하는 기지. 내가 지금 몇 살인데 그런 거 하고 앉았을끼고? 그렁 거 할 여개가 어디 있노?" 하셨다. 어머니가 무슨 할 일이 많으시다고 그런 것 할 여가가 없다시는지 원.

저녁을 먹고 다시 시도했다. 마루에서 밥상을 물리고 어머니 틀니를 빼서 닦아 드리고, 마루 닦고, 설거지하고, 낮에 일하다 못다 치운 공구들을 안으로 들이고, 어머니 벗어 놓은 오줌 묻은 옷 빨고 하는데 어머니가 우두커니 마루에서 심심해하시는 게 보였다.

나는 신문지를 깔고 은근히 접근했다.

"어머니, 어머니는 삼각형으로 쌓고 저는 사각형으로 쌓고 우리 놀이해요. 무너지면 지는 걸로 하구요. 지면 이마에 꿀밤 한 대 때리는 걸로 해요." 하면서 어머니 이마에 꿀밤 때리는 시늉을 했다.

어머니가 관심을 보이는 듯해서 얼른 나는 삼각형 모양과 사각형 모양으로 성냥개비를 몇 개 쌓았다. "이렇게요, 이렇게요." 하면서.

그런데 이게 웬일인가. 갑자기 어머니가 돌아앉으시더니 내게 충격적인 말씀을 하셨다.

"아이구우! 큰일났다. 아까부터 내가 오줌이 누러벗는데 참았띠 막 나올락칸다. 나 오줌 누러 간다. 너 혼자 해라."

"아니, 꿀밤 때리기 하자니깐 왜 도망가요. 어머니!"

어머니는 부랴부랴 안방을 거쳐 뒷방으로 가면서 또 한마디 하셨다.

"너, 그기 열 층개 쌓으면 성냥이 몇 개 드는지 알기나 아나? 그것도 모르는 기 뭘 한닥꼬. 아이고오, 배야."

어머니랑 성냥개비 쌓기 놀이를 번번이 실패하는 이유가 뭘까 하다가 드디어 원인을 발견했다. 깊게 생각하고 자시고 할 게 없는 것이었다. 어머니 시력이나 감지력을 놓고 볼 때 성냥개비는 너무 작지 않나 싶었다.

성냥개비 쌓기 놀이를 하기에는 다 큰 어른이 시답잖아 보인다는 것도 한 몫 하겠지만 그것은 기분 문제이고 재미있기만 하다면 얼마든지 어머니가 할 수 있는 놀이라는 것에는 의심이 없었다.

그래서 성냥개비에 비해 큼직한 나무토막을 잘라서 잘 다듬어 드리기로 했고 예상대로 성공을 거두었다. 어머니가 여간 재미있어 하시는 게 아니었다. 이 생각을 한 것도 우연이다.

내게는 신기한 우연이 참 많다. 언젠가부터 뭔가를 생각만 하면 그것이 바로 옆에 나타나는 일들이 있다. 마음을 먹으면 마음먹은 것이 어떤 형태로든 바로 이루어지는 것이다. 집에 쌀이 떨어져 마지막 밥을 짓고 나면 그날 쌀 한 부대가 택배로 온다든가, 지붕을 이다가 슬레이트가 몇 장 모자라면 읍내로 사러 가는 길에 아랫동네 집 옆에 남아서 쌓아 놓은 것이 있어 얻어 온다든가 하는 경우다.

성냥개비 대신 뭐가 있을까 며칠 생각하는데 우연히 펼친 책자에서 아이들과 아빠가 어울려 노는데 나무토막 쌓기를 하는 사진이 있는 것을 본 것이다. '바로 이거다' 싶었다.

제재소에 가서 적당한 것을 얻어왔다. 액자를 만드는 공장이었는데 어른 손가락 굵기만한 나무토막들이 '어서 가져가십시오' 하고 기다리고 있었다. 공장장은 다 가져가라고 했다.

제각각인 길이를 적당한 크기로 자르고 집에 오신 누님과 여동생의 도움을 받아 사포로 문질러 매끈하게 만들었다. 두 사람 다 내가 시도하는 새로운 놀이에 크게 비중을 두는 것 같지 않았지만 나는 성공을 확신했다.

어머님이 뭔가에 집중하시면 헛소리도 안 하시고 엉뚱한 주장으로 몸과 마음을 상하시지도 않는다.

사포로 문질렀기 때문에 나무 가루가 잔뜩 묻어서 물로 잘 씻어 소쿠리에 담아 말렸다. 드디어 어머니 기분 좋을 때를 골라 '작업'을 시작했다. 갑자기 좋은 일이라도 생긴 듯 들뜬 목소리로 어머니를 불렀다.

"어머니이, 어머니이. 우리 이거 해 볼까요?"

마루에 나와 계시던 어머니가 "거기 먼데?" 하시면서 심심하던 차에 잘 됐다는 표정으로 다가왔다.

"이거요. 이거 높이 쌓으면 어머니 걸어 다닐 수도 있대요. 백운역 할아버지가 그랬어요."

어머니의 수호천사인 '백운역 할아버지'를 둘러대면서 시작된 나무토막 쌓기 놀이는 생각했던 것보다도 훨씬 재미있었고 어머니의 반응도 좋았다.

켜켜이 쌓는 나무토막은 위치와 방향 등은 물론 양쪽의 폭, 나무토막의 길이 등을 잘 선택해야 무너지지 않고 높게 쌓을 수 있었다. 제법 머리를 써야 할 뿐더러 공간 배치에 대한 지각력과 섬세한 손끝 감각이 요구되는 놀이였다.

어머니가 두 번 실패하시더니 "아래쪽에 긴 놈부터 놔야겠네." 하시는가 싶더니 "에이, 앞에서만 보고 싸으니까 옆으로 기우뚱하는기 안 보였네. 옆으로도 봐 감서 쌓아야겠다."고 하셨다.

그리고는 세 번째 시도에서 이백여 개가 넘는 나무토막을 모두 올려놓으시는 데 성공했다. '피사의 사탑' 같은 작품(?)을 완성하고 대견해 하시는 모습이 정말 가관이었다.

어머님 하시는 말씀은 더 걸작이었다.

"내 등이 꾸부라져 있응께 이놈도 기우뚱하구나, 하하하…."

오십 년 만의 친정 나들이

하늘은 높았고 길가의 코스모스 청초했다. 산들거리는 가을바람을 목에 두르고 어머님과 육십령을 넘었다.

함양군 안의면 대지리 안심마을. 어머니 친정이다. 어머니를 높은 트럭에 태우고 누런 가을 들판을 가로질러 나들이를 갔다. 외사촌 형님네 마을에서 오미자 사십 킬로그램을 샀는데 싣고 오려고 간 것이다.

어머니는 오십 년 만에 친정에 간다고 하셨다. 차창가로 획획 지나가는 가을 풍경 하나하나를 설명하고 평가하셨다. 오십 년 만에 가는 친정? 그러면 내가 태어나던 해에 친정에 가 보고 못 가 봤다고?

"누렇게 다 익었네. 지금 베면 되겠네."

"육십령 고개는 육십 명이 모여야 넘었대. 도적놈들이 득실거려서지."

일품은 아래와 같은 노랫말이었다.

"육십령 고개 넘던 어떤 꼬부랑 할머니가 꼬부랑 작대기를 짚고 가다가 똥이 누러버서 꼬부랑 똥을 누는데 꼬리가 꼬부랑한 개 한 마리가 꼬부랑 작대기를 물고 도망가다가 꼬부랑 할머니한테 꼬부랑 작대기로 얻어 맞으니까 '꼬부랑깽~ 꼬부랑깽~' 하더리야."

어머니가 알츠하이머를 앓으면서 달라진 것 중에 주목할 만한 것이 바로 이런 노랫말들이다. 생생하게 재현해 내시는 것이다. 정신이 맑았을 때는 전혀 들을 수 없었던 일들이다.

"왜정시대 때 이 길 첨으로 신작로 날 때 우리 다 굶어죽네 했따 아이가."

"왜요?"

"논이고 밭이고 다 질로 들어가 삐니까 뭘 파 먹고 사나 하고 그란기지."

마을을 산책하다가

"자밧띠기가 어무이 아이요?"

라고 하는 할머니들을 만났다. 자밧띠기는 우리 외할머니다.

"무내미띠기가 우리 큰 시누요."

어머니가 대답했다. 무내미띠기는 올 6월에 여든일곱을 일기로 세상을 떠나신 우리 큰 외아지매 되시는 분이다.

이렇게 수십 년을 건너 뛰어 다시 만난 이 사람들. 그야말로 언제 살아서 또 만나는 날이 있을까?

마을 안쪽을 가는데 또 할머니들이 먼저 우리 어머니를 알아봤다.

자밧띠기랑 닮았다는 것이다. 나도 닮았단다. 자신은 '황대띠기'라 했
다. 아쉽게도 어머니는 기억을 하지 못했다.

봉전마을, 내가 태어나 자랐던 우리 집에 왔다. 옆집 개평아지매가
빈집 마루에 무말랭이를 넣어놓으셨다. 나는 개평아지매의 쪼그라진
손에 쇠고기 한 근 사 잡수라고 단 돈 이만 원을 넣은 봉투를 드렸다.

네 칸 접집. 우리 동네서 제일 번듯했던 집이다. 어머니는 "저개는 돼
지마구. 저개는 소마구." 하면서 큰 소리로 전장의 지휘관처럼 팔을 휘
두르며 설명하셨다.

외사촌 형님과 형수님은 내가 주문했던 대로 수제비 끓이려고 반죽
도 해 놓으셨고 포도도 씻어 놓으셨다. 어머니는 친정집에 들어서면서
부터 저쪽 구석에 있던 호박돌 어대 갔노? 하시는가 하면 집 뒤에 크다
란 바우 지금도 있나? 고 물었다. 산 빨개이들 와서 사람 잡아 가면 그
바우 밑에 굴 파서 숨으면 아무도 모르고 지나갔다고 했다.

"내가 무내미 양반 죽었을때 와 봤으니까 친정에 딱 백 년만에 왔다."
고 하셨다. 무내미 양반은 어머니의 오빠다. 내 큰 외삼촌. 큰 외삼촌 돌
아가신지는 이십여 년.

돌아오는 길에 서하면 황산마을 입구에 있는 어머니 친구 집에 들렀
다. 어머님과 동갑인 그 분은 무릎 관절과 위암으로 누워 계신다는 소
식을 동생으로부터 들었다. 두 동갑내기 노인은 서로 손을 붙들고 달라
진 상대 모습을 보고 옛날 모습을 떠올려가며 수 십년을 오르락내리락
하며 정담을 나누셨다. 어머니는 보청기를 안 했는데도 거의 다 말을

알아들었다. 수천꼴 할머니는 학교 운동회 때마다 도맡아 놓고 1등을 했다고 한다. 그 흉악한 '매촌양반'도 이 분 앞에서는 벌벌 떨 정도의 여장부라고 했다.

집에 와서 어머니는 오늘의 화려한 외출을 너무도 기분 좋아했다.

올기쌀 해 먹다가 벌인 소동

올기쌀(풋나락일때 베어 가마솥에 쩌서 말린 다음 절구에 방아를 찧어 먹던 찐쌀)을
해 먹기로 하고 나락을 베었다. 하루는 나 혼자, 또 하루는 우리집에 만
든 '스스로 세상학교' 학생 진성이와 실상사작은학교에서 '인물 탐방'
수업을 온 지영이가 함께 베었다.

콤바인이 논에 잘 들어가게 논 가장자리로 두세 포기씩 주욱 베었는
데 이 나락을 세 단 집으로 가져왔다. 나락을 보고 어머니는 바로 알아
차렸다.

"올기쌀 해 묵을락꼬?"

"네, 어머니. 올기쌀 해 먹어요."

곧 어머니의 강의가 시작되었다. 푹 삶아서 바싹 말리지 말고 '꼬꼬
부리'하게 말려서 디딜방아에 가서 푹푹 찧으면 졸깃졸깃한 게 맛있다
고 하셨다. 올기쌀의 개념 설명과 나락 채취 시기는 물론 삶는 방식과

어느 정도 말려야 하는지까지.

더 나아가 올기밥의 맛까지 감칠맛 나게 설명을 하시기에 나는 속으로 이 올기쌀 가지고 적어도 네댓새는 어머니랑 놀 수 있겠다 싶어 그야말로 '땡 잡았구나' 싶었다.

그러나 어찌 예상이나 했으랴. '디딜방아'가 걸림돌이 될 줄이야.

가을 날씨가 좋아 나락을 딱 하루 볕에 말리자 해 먹을 만했다. 내가 만들어 드린 싸리나무 집게로 어머니가 나락단을 훑었다. 바로 가마솥에 쪄서 알루미늄 섀시 망에 깔아 말렸다. 나는 올기쌀을 처음 삶아 보는 터라 나락이 툭툭 터지고 하얀 쌀이 비쳐 나온 것을 보고 큰일났구나 싶었다.

어머니한테 야단맞을 각오를 하고 보여 드렸는데 도리어 칭찬을 들었다.

"오찌 이리 잘 삶았노? 해 봤나?" 하셨다.

나는 어깨가 으쓱했다. 어머니는 이렇게 삶아야 디딜방아 가면 껍질이 잘 까진다고 하셨다.

문제는 말리는 일이었다. 어느 정도 말려야 잘 찧어지는지 어머니에게 틈틈이 검수(?)를 받았다. 어머니가 손가락을 사악 부벼 보시면서 좀 더 말리라고 하시면 나는 다시 갖다 널었다.

아들이라고 봐 주고 하는 것도 없었다. 어떨 때는 쳐다보지도 않고 아직 멀었다 하시고, 어떨 때는 힐끗 보시고는 "보믄 몰라서 이걸 말랐다고 가져왔나?"고 나무랐다. 어머니는 지휘봉만 안 들었지 권세 높은 검수원이 까다롭게 인부들을 닦달하는 모습 그대로였다.

드디어 나는 어머니한테 합격 통지를 받고 절구에 넣어 찧기 시작했다. 이 절구통은 우리 마을 이전 이장님네 가서 빌려 왔다. 절구가 있는 집을 찾아서 여러 집 돌아다니다 찾은 것이다. 나락 훑는 홀태가 없어서 끝내 손으로 훑었듯이 절구가 없으면 어떻게 해야 하나 하고 형님에게 물어 봤더니 고무신 신고 비벼 까야 한다고 했다.

쿵쿵 절구질을 하는데 방에서 어머니가 나오셨다.

"어머니 좀 있다가 잘 찧었는지 한번 봐 주세요, 네?"

그런데 어머니가 대꾸도 않고 나를 불렀다.

"은조네 집 뒤에 디딜방아 내가 맡아 놨는데 와 그라고 있노? 절구질로 어느 세월에 찧으려고. 딴 사람이 먼저 가는고마. 어서 가아!"

"네?"

"우리 디딜방아는 뒤에 서 있는 굴밤나무가 썩어 가지고 기우뚱하게 자빠져서 겁나 쿵쿵 못 찧고 내가 어제 은조네 기풍띠기한테 가서 디딜방아 쓰냐고 했더니 비어 있다고 얼렁 와서 쓰라고 했다카이."

"디딜방아요? 나 못 봤는데요?"

"또 씨운다. 내가 가 봤다카이! 언제까지 절구에서 그 많은 걸 다 찧을락꼬?"

나는 어머니를 겨우 수습하고 챙이질을 했다. 어머니도 현실(!)을 받아들이시는지 챙이를 가져오라고 했다. 내가 기다리던 것이다. 우리 어머니의 고수급 챙이질은 세상이 다 안다. 나는 절구질을 하고 어머님은 챙이질을 시작하셨다. 내가 하는 절구질이 달릴 지경이었다.

한 바가지 넣고 채 다 찧지 않았는데 "아직 안 됐냐?" 하신다. 사부작사부작하시는 챙이질이 역시 원로(!)답다. 올기쌀은 챙이 안쪽으로 모이고 나락 껍질만 솔솔 잘 나간다. 나는 퍽퍽 챙이질을 하는데 어머님은 소리도 안 난다. 부채질하듯이 사부작사부작….

나는 팔목도 아프고 허리도 아파 손을 바꿔 가며 찧었다. 절구 언저리를 짚고도 찧었다.

드디어 완성되었다. 일차 완성이다. 살짝 더 말려 한 번 더 찧어서 챙이로 까불어 내면 올기쌀이 완성된다. 그러나 완성이 아니었다. 새로운 문제가 있었다. 어머니는 잊지 않았다. 당신의 기억과 당신의 주장과 당신의 판단력에 대한 확신을.

내가 느긋해하는 사이 어머니는 전혀 다른 계획을 착착 준비하셨던 것이다. 나한테 얘기도 않고 틀니를 빼서 휴지로 닦고 계셨다. 목도리도 하고 선물받은 예쁜 털모자까지 쓰고.

틀니는 꼭 물에 닦아야 한다는 말을 귀에 못이 박히도록 들어서 요즘은 아주 잘하시는 편인데, 휴지에 닦는 걸 보면 나를 제쳐 놓고 뭔가를 추진하시려는 게 분명하다. 옷차림을 보면 제법 멀리 출장을 가시려는 것이다.

"이십 원 있나?"

어머니가 내게 소리치셨다.

"이십 원요? 있어요. 왜요?"

"저걸 들고 어찌 가노. 차 타고 가야지."

나는 이십 원하고 삼백 원을 갖다드렸다. 버스 타고 가는데 십 원, 돌아오는 버스값 십 원, 백 원은 국밥 한 그릇 사 드시라 했더니 "너도 같이 한 그릇 해야지?" 해서 백 원이 추가되고 찐빵 한 접시 사 먹자고 해서 또 백 원이 추가되어 삼백 원이 된 것이다.

진성이는 십 원짜리 버스 이야기에 눈이 휘둥그레졌다가 웃는다. 어머니가 하라는 대로 올기쌀을 보자기에 똘똘 싸 드리고 바퀴의자에 태워 가자는 대로 갈 수밖에 없었다.

이미 해는 떨어지고 밥하고 불 때야 하는데 어머님은 은조네 집 기풍띠기한테 다 말해 놨다고 어둡기 전에 빨리 가자고 서두르셨다. 감감했다. 어디로 가야 하나. 이 상황의 마무리는 어떻게 해야 하나. 마무리가 잘 될까 등등. 참 감감했다.

"삽짝으로 안 나가고 뭐 하노?" 해서 골목 밖으로 나왔다. 아랫집 한동띠기 할머니가 들깨를 베고 있었다. 잘 됐다 싶어 한동 할머니를 길게 불렀다. 분위기 좀 바꿔 보려고 했지만 허사였다.

"저 할마이 또 사람 속일라. 가자, 어서 가자." 하셨다.

나도 지지 않고 내 주장을 펼쳤다.

"어머니, 한동 할머니가 그러는데요, 지난번 비에 디딜방아가 다 떠내려가고 없대요."

"또 나므 얘기 듣는다. 남 얘기 들을 거 머 있어! 어서 가자."

역시 바보 같은 주장이 되어 버렸다. 나는 다시 바퀴의자를 밀고 올라갔다. 방법은 단 하나, 분위기를 내가 장악하는 것이다. 자꾸 어머니 주관에 끌려 다니면 안 된다. 어머니 주장과 판단이 무시되지 않도록 하면서도 내가 상황을 주도하는 것, 이것이 유일한 방법이다.

버스 시간 놓치면 안 되니까 어서 가자고 내가 더 서둘렀다. 바퀴의 자를 더 빨리 밀고 갔다. 덕분에 어머니가 나에 대해서는 안도하는 눈치였고 버스에 대해서는 점점 불안해 하셨다.

길이 약간 넓어지는 곳에 바퀴의자를 세우고 버스정류장이라고 하면서 같이 버스를 기다리자고 했다. 한참을 기다렸다.

어머니가 먼저 말씀하셨다.

"버스가 끊어졌나 보다. 여태까지 안 오는 거 보믄."

나는 능청을 떨었다.

"버스가 옛날에는 다녔는데요. 요즘은 사람들이 너도나도 자가용 타고 다니니까 없어졌나 봐요. 어머니, 그래도 더 기다려 봐요. 여기까지 왔는데."

어머니는 점점 마음을 돌리기 시작했다. 집에 가자고 하셨다. 어둑발이 지는 늦은 시간도 한 몫 했지만 원래 있지도 않은 '없어진 노선버스'가 모든 책임을 뒤집어썼다.

우리는 가볍게 집으로 돌아올 수 있었다. 마루에는 내가 드린 십 원짜리 두 개와 백 원짜리 세 개가 뒹굴고 있었다. 이것을 보시더니 어머니는 완전하게 마음을 접으셨다.

"에이, 버스 와도 못 갈 뻔했네 뭐. 차비도 안 갖고 갔구만."

어머니와 걷기 연습을 하다

어머니가 아침밥을 먹기도 전에 곱게 차려입고 모자도 쓰고 양말도 신으셨다. 목도리도 하셨다

"가자, 쑥 뜯으러 가자. 내가 어제 나가 보니까 곰배띠기도 살아 있고 죽동띠기도 안 죽고 살아 있어. 쑥 뜯으러 같이 가자고 하자."

에고, 오늘 오전은 다 제쳐 놓고 어머니랑 쑥 뜯으러 가야겠구나 싶지만 아침밥상 앞에서 절로 한숨이 나왔다. 서리가 하얗게 내리는 늦가을에 어디로 가야 우리 어머니 뜯을 쑥이 있을지.

바퀴의자를 끌고 와서 어머니를 태웠다. '쑥'이 문제가 아님을 나는 잘 안다. 어머니에게 '쑥'은 구실이다. '쑥'을 대체할 수 있는 것이 무궁무진함을 나는 안다. 그래서 나는 더 이상 '쑥'에 얽매이지 않는다.

거침없이 바퀴의자를 밀고 마당을 나오는데 어머니가 세우란다. 걸어서 가겠단다. 어제도 요 앞 길가를 혼자서 걸어갔다 왔다는 것이다.

나는 냉큼 그러자고 했다. 서서 걷는 보행기를 가져와서 내가 뒤에서 어머니를 껴안고 걸음마를 시작했다. 그런데 놀랍게도 되는 것이었다.

나는 소리를 질렀다.

"진성아, 사진기. 사진기 어서."

우리집 '스스로 세상학교' 학생인 진성이가 사진기를 들고 방에서 나왔다. 한 십 분 동안 열 걸음이나 갔을까, 내 허리가 끊어지는 것 같았다. 진성이가 뒤쪽에 있는 바퀴의자를 끌고 와 어머니를 앉혔다.

어머니는 보행기로는 못 걷겠다고 했다. 보행기는 힘들어서 못 하지만 지팡이만 하나 주면 걷겠다고 했다. 나는 얼른 창고에 가서 지게에 기대어 있는 지게 작대기를 갖다 드렸다. 어머니는 이 지팡이를 짚고 걸어가겠다는 것이다.

그러시라고 했다. 뜻대로 잘 안 되자 어머니는 "걸을 수 있는데 그 참 이상하다."면서 고개를 갸웃거리셨다.

작대기를 던진 어머니는 이번에는 지팡이는 무거워 힘드니까 그냥 한 손으로 무릎만 짚고 걷겠다고 했다. 나는 또 그러자고 했다. 어머니는 바퀴의자에서 벌떡 일어났다. 손만 잡아 주면 된다고 했다. 어머니 손을 잡고 겨드랑이를 껴안아 드렸다. 어머니는 한참 용을 쓰셨다.

한참 용을 쓰다가 안 되겠다고 하면서 다시 바퀴의자에 앉으셨다. 걷는 걸 포기하는 줄 알았다. 아니었다. 이번에는 마당 텃밭가로 가서 담을 짚고 걸어 보겠다고 하셨다. 벌써 어머니랑 걷기를 시작한지 한 시간이 지났다. 건장한 내 몸이 지칠 대로 지쳤는데 어머니의 뜻은 굳

세기만 했다.

　이러다가 무슨 사고가 나지 않을까 조바심이 났지만 어머니를 만류하고 싶지는 않았다. 낮은 돌담을 짚고 옆으로 걸어가면 된다는 것이었다. 자신에 찬 어머니를 텃밭가로 모시고 가서 세워 드렸다. 진성이와 함께 어머니 양쪽 겨드랑이를 붙잡아 드렸다. 허리도 안아서 부축해 드렸다.

　어머니는 놓으라고 했다. 놔 드렸다. 몇 걸음 걸어가셨다. 여차하면 안을 수 있도록 곁에서 따라갔다. 몇 걸음 걷다 힘들다고 했다. 이제 그만 하시려나 했다. 아니었다.

　이번에는 섬돌 앞으로 데려가라고 하셨다. 마루 아래 섬돌에서 어머니는 손을 짚고 한참을 걸으셨다. 기적이라는 것이 이렇게 일어나는구나 싶었다. 어쩌면 이미 이 순간이 기적 그 자체인지도 모를 일이다. 어쨌든 어머니의 걷기 연습은 웬만한 젊은이들 열정을 능가하고 있었다.

　"아이고, 됐다. 인자 오줌도 누룹고 올라가자. 방에 가자. 춥다."

　방으로 어머니를 모시고 오줌을 누인 다음 자리에 누우시게 했다. 치열했던 걷기 연습이 이렇게 마무리가 되는구나 싶었는데 어머니는 눕지 않았다.

　"내가 만날 누워 있으니께 다리가 말라붙어서 몬 걷는 거 아이가. 뭐든지 꼼작거려야지 안 누울란다. 뭐 일꺼리 좀 줘라."

　이제는 내가 지칠 지경이 되었다. 타작해서 자루에 넣어 두었던 팥을 꺼내 드렸다. 검불 담을 그릇과 실한 팥 담을 그릇을 따로 드렸다. 어머니 가려내신 끝에 검불이 낭자했지만 어머니의 뿌듯한 보람이 서려 있었다. 나는 며칠 전 걸러 낸 오미자즙을 한 잔 따라서 어머니께 드렸다. 다 드시고 맛있다며 입맛을 다셨다. 뭐든 맛있을 수밖에 없는 하루였겠다 싶다.

"에이고오... 안 다치기 그만이다"

새벽에 간절한 기도문을 쓰고 있었다. 대선에서 크게 낭패를 보고 책임 소재와 혁신 공방이 벌어지면서 혼탁한 기운들로 휩싸인 민주노동당을 향한 기도였다. 오늘은 중앙위원회가 열리는 날이라 그곳에 모이는 모든 분들이 '내 생각'을 던져버림으로써 큰 자유를 얻도록 기도하는 중이었다.

"밥은 안 먹으끼가? 이노무 집구석은 밥도 안 처먹나?"

난데없는 호통소리에 깜짝 놀라 돌아보니 어머니가 나를 노려보고 계셨다. 시계를 보니 여섯 시. 어머니께 배고프시냐고 물었다.

"배가 고푸고 안 고푸고 날이 샜으믄 밥부터 해 먹어야지 일꾼들 오면 오짤 끼고?"

나는 얼른 양말을 신고 밥하러 나갔다.

"밥 다 앉혔어요. 조금만 기다리세요."

"내가 말 안 했으면 밥도 안 안칠락꼬 했나?"

"아뇨. 그래도 어머니가 말씀해 주셔서 제가 했어요."

"밥 안쳤으면 방에는 와 기 들어오노. 밭에 가서 남새라도 좀 안 뜯어 오고. 머하고 먹을 끼고?"

맘이 크게 상하신 어머니. 밤사이 어머니 꿈자리에서 무슨 일이 일어났을까. 난데없이 떠오른 어두운 옛 기억에 사로잡히신 것일까.

이럴 때 나는 가슴이 두근두근한다. 어느 쪽으로 비화될지 모르는 파죽지세 같은 어머니의 변신이 겁나기도 하고 그 후에 어머니가 겪으실 심신의 고통이 연상되기 때문이다.

부엌에서 된장국으로 차린 밥상을 차려왔다. 완주 집에서 아내가 끓여다 준 된장국이었다. 어머니의 상찬에 내가 흐뭇해지던 된장국. 그러나 어머니의 오늘 반응은 딴판이었다.

"이기 김치 넝기가 씨레기 넝기가?"

"씨레기요, 씨레기."

"와 이리 시노? 이렁 걸 오찌 먹으락꼬 갖다 주노?"

밥을 다 먹은 다음 상을 옆으로 밀치고 사과 하나를 가져왔다.

"사과 하나 드실까요?"

한참을 말없이 물끄러미 사과만 내려다보신다.

"모올라."

이 정도 대답이면 상당한 긍정이다. 사과를 깎았다. 까만 사과 씨를 보여 드렸다. 어머니가 자신 있는 것으로 질문을 드렸다.

"이것도 싱구면 낙까요?"

"그기 오찌 나건노. 사과는 접붙이는 기라."

됐다 싶었다. 입을 열면 가슴에 뭉쳐 있던 감정이 녹게 마련이다. 더구나 긍정적인 말을 하면 효과가 더 큰 법이다.

마루 끝에 있는 사과 상자를 방에서도 내다보이는 곳으로 끌어다 놓고 깎던 사과를 마저 집어 들었다.

"저렇게 많이 있어요. 어젯밤에 오셨던 분이 어머니 드시라고 사 오신 거예요."

어머니는 버럭 화를 냈다.

"방이나 어디 안 보이는 데 갖다 놔야지! 누가 와서 돌락카믄 안 줄 수도 없고 오짤락꼬."

아, 계속되는 이 역정. 밥상을 물리고 펄펄 내리는 눈을 보여 드렸다.

"추워! 문 닫아!"

나는 얼른 문을 닫았다. 뭘 어떻게 할까 두리번거리다가 밖에 나가서 눈을 한줌 쥐고 들어와 보여 드렸다.

"눈이에요 눈, 어머니!"

"감기 안 걸려서 발강하고 자빠졌네. 치아!"

말 그대로 백약이 무효였다. 기분이 단단히 틀어지신 것 같았다. 혐의는 오직 하나뿐이다. 주무시면서 무슨 일이 일어난 것이 분명하다. 어머니 저층 의식까지 내가 들어가 밝은 기운으로 바꿔 줄 수 있다면 얼마나 좋을까.

골목의 눈을 쓸고 오겠다고 했다. 아무 대꾸가 없었다. 일부러 어머니 겉옷을 꺼내 보이면서 입고 가겠다고 했다. "응." 하셨다. 내리는 눈을 맞으며 멀리까지 나가 길을 쓸고 왔다. 춥다고 엄살을 좀 부렸지만 여전히 역정을 내신다.

"그 가죽장갑은 어디 출입할 때나 끼지 오대 글킬락꼬 일하로 가면서 그걸 끼나?"

무슨 방법이 없을까. 기도문을 마저 쓰면서 나는 신고 있던 양말을 찢었다. 다시 자리에 누우신 어머니 쪽으로 발을 살그머니 밀어 놓았다. 기도문을 다 올릴 즈음 어머니가 내 발꿈치를 어루만지셨다.

"양말 그거 벗어 이리 줘라. 누가 보믄 지 에미도 없는 줄 알것다."

나는 그때까지 양말 구멍 난 것을 몰랐던 것처럼 굴었다.

"아이가! 빵꾸가 났네. 어무이, 이것 좀 집어줘요. 이래서 발꿈치가 시러벗꾸나아."

어머니는 닳아서 구멍 난 양말에 뭘 대고 기워야 하는데 마침 잘라 쓰고 남은 것이 있다고 하셨다. 그냥 기우면 천이 당겨서 못 신는다는 설명까지 곁들였다. 반색을 하며 양말을 벗어 드리고는 잘 기워 달라고 특별히 부탁했다. 벗은 발을 감싸 쥐며 발이 시리다고도 했다.

계속되는 나의 모성애 자극 전략에 어머니가 점차 감염되기 시작했다. 목소리가 눈에 띄게 낮아지셨다.

"나 쓰던 큰 가시개는 오쌨노? 이 작은 가시개에 손가락이 들어가건나 안 들어가건나 함 봐라, 함 봐!"

얼른 부엌에 가서 큰 부엌 가위를 갖다 드렸다. 내가 급히 찢느라고 양말 실올이 너풀거리는 것을 어머니는 양말을 뒤집어서 하나하나 가위로 잘라 내셨다.

바늘 끝으로 온 정신을 집중하시는 어머니.

"자아."

어머니가 양말을 내게 툭 던지셨다. 어머니 눈앞에서 발을 치켜 들어가며 양말을 신었다.

"집어 신으니까 양말이 더 따시네요?"

"하모. 말해 뭐해."

"여기 안 떨어진 데도 덧집어서 신을까요?"

"찌랄하고로."

나는 이 기분을 확실하게 살리고 싶어 건넌방에 가서 형님이 입던 작업복 바지를 죽 뜯었다.

"어무니, 이거요."

반짇고리를 치우시려던 어머니가 쳐다보신다.

"엊그제 나무하러 갔다가요, 깨총아리에 걸려서 옷이 터졌어요. 이것도 집어줘요."

내 손에서 바지를 휙 낚아채신 어머니는 바지 끝에서 사타구니께 까지 터진 바지를 이리저리 만지작거렸다.

"쪼고매 땡기걸랑 돌아서서 걸링 거 빼내야지, 그냥 힘대로 확 잡아 땡깅께 찍끼지."

어머니는 바늘과 실을 챙겨 내신다.

"저래 각꼬 오찌 왔윽꼬. 나뭇짐 지고⋯."

나는 어머니 입에서 어디 다치지는 않았느냐는 말까지 나오면 큰 성공일 거라고 나만의 기대치를 품었다.

노란 실을 주시며 바늘을 꿰라고 하신다. 나는 회색 실타래를 집어 들고 보여 드렸다. 이걸로 하는 게 어떠냐고 했다. 바지 색과 같은 색 실로 하시라고 한 것이다.

"뒤비씨서 집웅께 안 보이는데 어때! 갠찬아. 어서 바늘이나 끼어!"

어머니 기분이 뒷걸음칠까봐 얼른 실을 끼워 드렸다. 바느질을 하다 마시고 나를 쳐다보신다.

"나무하기 존 거는 누가 다 해 가고 갱이 박힌 거 낭가둔 데가 바지에 걸릭꾸마."

그러고는 우리 어머니, 내 기대를 저버리지 않으셨다.

"에이고오⋯ 안 다치기 그만이다."

젖 값 내놓으라는 어머니

"어무이. 물 나와요, 물."

"지금 몇 시고?"

"여섯 시요."

"여섯 싱게 물 나오능고마."

"네?"

"우리 아부지가 하늘에서 물 뿌려 주능기라, 그기."

"어무이."

"와?"

"물 나옹게 어무이 목욕할까요?"

"목욕? 안 추울까?"

"제가 물 데워 오면 되죠."

"귀한 물 나오는데 그 물로 목욕물 하믄 되건나?"

"괜찮아요."

"그래보까?"

"자, 어무이. 이리로 오세요. 이리 오셔서 옷 벗으세요. 거기서 벗으면 추워요. 욕조에 들어가면서 벗으세요."

"괘않아. 물 젖으믄 또 빨아야 되자너. 안 추워."

"그래도 이리 오셔서 벗으세요."

"이기, 찌랄하고 옷 벗는 거까지 가이하노, 와?"

"어머니, 욕조로 들어가세요. 물 따시네요."

"아이가. 물이 따시네."

"따시죠?"

"따시네."

"아이구. 때가 와 이리 많이 나와요, 어무이."

"가마이 있어도 때는 생기능기라. 땀이 땡기라."

"어무이, 여기 발톱 너무 마이 깎았네요. 이러면 아파요. 바싹 깎지 마세요."

"아이가. 간지러버. 발바닥 문때지 마!"

"하하하. 저는 발바닥 문질러도 안 가지러븐데요? 봐요. 안 간지러운데 와 그래요?"

"찌랄. 지 발바닥 문때가꼬 간지러븐 사람이 어댄노? 넘 발바닥 만지믄 가지러븐기라."

"와요?"

"와는 와? 옛날에 그랑그는 지금도 다 그렁기라."

"어무이 지금도 다리 아파요? 여기요, 여기 다리 아파요?"

"아푸기는. 지대 양반 그놈 뒈질 때 아풍게 '용서, 용서' 그람서 안 죽었나."

"왜요?"

"교회 댕김서 못된 짓은 혼자 다 함스로 뒈질 때는 '용서, 용서' 그 지랄함스로 안 죽었나."

"왜요?"

"넘 마늘밭에 마늘 노로 가믄 뒷구석에 마늘쪼가리 숨키 놨다가 밤에 가서 담아 오고 안 그랬나."

"아이가. 도둑놈이네."

"그랑게 뒈질 때 '용서, 용서' 안 그랬나. 수악한 놈."

"어무이. 머리도 감을까요?"

"몰라아. 그래복까?"

"어무이. 눈 감으세요. 머리에 비누칠 좀 할게요."

"감았어. 비누칠이나 해."

"어무이. 말하지 마세요. 비누 들어가요."

"으음."

"눈 꼭 감으세요."

"으음."

"어무이. 머리에 물 부을게요. 눈 꼭 감으세요."

"귀 안 먹었어! 온 동네 다 떠들어라. 지 에미 병신 에미 굿을 해라, 굿을 해!"

"하하하. 어무이 머리에 물 부을게요. 눈 꼭 감으세요."

"이기요. 하지 말랑게 더 찌랄하고 자빠졌네."

"어무이. 말하지 마세요. 입에 비눗물 들어가요."

"한 번 말하믄 됐지 실삼시리 카노 와?"

"인자 안 그랄게요."

"이 물은 오대로 가노?"

"이 물요? 이 물은요. 하늘나라로 가요."

"그라믄 우라부지 동네 가겠네?"

"예. 하늘나라 외할아버지 동네 갔다가 비가 돼가지고 내린데요."

"별일이네."

"어무이. 물 따싱게 좋죠?"

"말하믄 뭐해야. 따싱게 좋지."

"어무이."

"또 와?"

"인자, 나 흉보지 마세요. 미친놈이라 그라고, 언제 사람 될 거냐고 그라고, 인자 그라지 마세요."

"내가 니 흉봐도 동네 사람들은 다 알아."

"뭘요?"

"니가 나 살린 거 동네 사람들이 다 알아."

"뭘 살려요?"

"너 아이믄 내가 오찌 살았건노. 진작 죽어도 열두 번은 더 죽었지."

"에이, 무슨 말씀을요."

"겨울에 냇가에서 물 퍼 와서 빨래해 주고 밥해 주고 니가 앙그랬나."

"그래도 동네 사람들이 오찌 알아요? 안 보는데."

"안 봐도 동네 사람들은 다 아능기라."

"에이. 안 봤는데 오찌 알아요?"

"나 보믄 다 아능기라. 내가 살아 있능기 물이라도 떠 멕이니까 살옹기고 또 얼굴 보믄 다 아능기라. 니가 나를 미티리는지 잘 멕이는지."

"자, 어무이. 인자 나와요. 닦고 옷 갈아입어요."

"머 한다꼬 젖지도 안 했는데 입던 거 입어야지 자꾸 옷 갈아 입노?"

"그래도요."

"그래도는 무슨 그래도라. 자꾸 씻으믄 좋긴 줄 알아. 비누칠 하믄 근지럽기만 하고 옷만 떨어지는 기라."

"그래도요. 목욕했으니까 새 옷 입어요."

"물도 안 나오는데 누가 빨라꼬 자꾸 벗어노라꼬 그래?"

"어무이. 머리도 좀 닦아요."

"수건 와 자꾸 꺼내노! 이것만 해도 몇 갠디 또 꺼내?"

"어무이."

"와?"

"목욕했으니까요, 목욕비 주세요."

"또 찌랄이네. 장난하고 자빠졌어."

"장난 아닌데요? 제가 목욕시켜 드렸으니까 목욕비 줘요."

"이 망헐 놈이. 너는 그라믄 내 젖 값 내놔라."

"네?"

"내가 너 내 젖 멕여서 안 키웠나. 젖 값 내놔라, 이놈아."

"나 기억이 안 나는데요?"

"세상에 지 에미 젖 안 먹고 자란 얼라가 어덴노?"

"어무이. 그래도 나는 어무이 젖 묵은 기억이 안 나는데요?"

"듣기 싫어. 저리 가아! 한숨 자야겄다."

"세상에 자식 젖 안 주는 어머니가 어딧다꼬 젖 값 달락카요?"

"듣기 싫어! 인자 저리 가아."

"요리 좀 내려오세요. 요기 발 넣으세요."

"아이가! 따시네. 따싱게 발 쭉 뻗고 자야겄다."

"어무이. 오줌 좀 누고 주무시지요."

"아까 눴어."

"언제요?"

"목욕할 때 눴어."

"아이고오. 그래서 내금새가 났구나."

"또 떠들어라 떠들어. 동네 사람 다 알기 떠들어!"

동화는 많은데 왜 노화老話는 없을까?

어머니를 모시면서부터 어머니를 '의식화'시켜야겠다는 마음을 먹었다. 고집을 부리고 엉뚱한 소리를 되풀이하다가도 이를 벌충이라도 하듯 매번 "내가 죽지도 않고…." 라고 자탄하시는 소리를 듣고서다.

옷에 실수를 하고서도 그 말이고 밖에서 일하고 들어온 얼음장 같은 내 손을 만지면서도 그 말이었다. 그 말은 점점 악화일로를 걸었는데 급기야는 나를 끔찍한 공포로 몰아넣었다.

"나 같은 거는 사람도 아잉기 농띠처럼 죽지도 않고 니 짐떵어리다, 니 짐떵어리."

"너 없을 때 내가 그만 칵 죽어 삐리야 이도 저도 안 보고 쏙 편하제."

"나 땜시 니가 딴 살림 함스로 두벌 고생하는 거 내가 눈을 감아야 안 보지."

자식이 집에서 부모 모시는 것은 너무도 당연하고 시간이 남아돌 때

173

하는 것도 아니요, 할 일이 없을 때 하는 것도 아니라는 점을 말씀드려
도 통하지 않았다.

물론 어머니가 정신을 놓고 지내다가도 문득문득 본정신일 때 자식
보기 미안하고 똥오줌 범벅인 이부자리가 창피해서 하는 면피용 발언
이라는 점을 인정한다 해도 저런 극단의 말씀을 하시는 순간의 심정은
어머니 건강에 별 도움이 안 될 것 같았다.

"어무이, 어무이가 나 어릴 때 기저귀 갈아 채우고 똥걸레 다 빨아
주고 했잖아요. 그것도 몇 년 동안을 그랬잖아요. 제가 이제 그거 어머
니한테 갚아 드리는 거예요. 저는 괜찮아요."

"애 키울 때는 다 그라지. 앙 그라는 사람 누가 있노."

"마찬가지죠, 어머니. 자기 어머니가 나이 잡숫고 몸 아프면 자식이
다 그라능기라요. 오줌 누믄 옷 갈아입히고 똥 묻으믄 빨아드리고요."

"요새 세상에 그라는 사람이 오대 있노. 지 밥 묵끼도 바쁜데."

"아이 차암, 옷에 똥오줌 누시는 사람보다 그거 빨 수 있는 사람이
몇 배 행복한 거예요. 저 아무리 고생한닥캐도 어머니 하고 안 바꿔요,
절대."

내가 어머니께 해 드리는 것은 어머니로서 당연히 누려야 할 최소한
의 권리라는 것을 알려 드리고 싶었지만 무슨 말을 해도 설득이 되지
않았다.

그때 떠오른 것이 있었다. 내 말보다 책이 훨씬 설득력이 있지 않을
까 싶었다. 자식 얘기가 아무리 옳다고 해도 자식은 언제나 자식이다.

불면 날아가고 쥐면 깨질 것 같은 자식은 나이가 환갑이 되어도 여전히 자식인 것이다.

인터넷 서점을 뒤져 부모님 은혜와 효에 대한 책들을 샀다. 『부모은 중경』이라는 불교 경전과 『효경』이라는 중국 고전이었다. 『부모은중 경』은 여러 권이 있었는데 그림을 곁들여 재미있게 만든 『낳으실 제 괴로움 다 잊으시고』라는 사계절출판사 책을 샀다. 『효경』도 내용이 가장 풍부한 홍문관 책을 샀다. 인터넷에서 한자로 된 원문과 해설서들을 같이 읽었다. 『부모은중경』의 한문 원문을 공책에 옮겨 적는 작업을 하면서 어머니라는 존재에 대해 깊이 생각해 보는 시간을 가졌다.

아이를 가져서 열 달 동안 겪는 어머니의 고통이 절절하게 담겨 있었다. 한자어 특유의 군더더기 없는 표현들이 되풀이해 읽을수록 새겨지는 바가 달랐다.

"어버이 살아 생전에 그 큰 은혜를 조금이라도 갚아 보고 싶어서 굶주리는 어버이에게 제 살을 도려내서 백천 번을 드린들 다 갚을 수 없네."라는 구절이 있었다. 부처님은 대중들에게 설법하기를 "자기의 두 눈을 칼로 도려내서 눈머신 어버이에게 드리기를 백천 겁을 해도 어버이의 은혜를 다 갚을 수 없다."고 하셨다고 나와 있었다. "양 어깨에 한쪽은 아버지를, 또 한쪽은 어머니를 지고 수미산을 백천 번을 오르내리며 구경을 시켜 드리느라 살이 다 닳고 뼈가 드러나도 어버이 은혜를 갚을 수 없다."고 했다.

경전을 한 쪽 한 쪽 읽어 나가면서 지난날 내 모습을 돌아보았다. 내가 어머니 모시는 것을 가지고 자꾸 미안해 하시기에 그러지 말라고 사드린 책들을 내가 먼저 읽으면서 어머니의 존재를 다시 새겨보았다.

"아비나 어미가 홀로 되어 외딴방에 혼자 있으면 마치 남의 늙은이가 객으로 와서 의탁하는 것이라는 양 생각하여 방 한 번 치워 드리는 일 없고 살펴보거나 문안하는 일도 없네."라는 부분이 특히 그랬다.

큰형님 집에서 어머니가 외딴방에 종일 누워 생활할 때는 단 한 번도 일부러 찾아뵌 적이 없었다. 서울에 볼 일이 있어 갔다가 하룻밤 신세를 져야 될 때만 형님네 들러서 어머님께 인사를 드리는 정도였다.

한 번 이야기를 꺼내면 끝이 없고 냄새가 진동하는 어머니 방에 오래 머무르려 하지도 않았다. 작은형님이 식사 때마다 어머니 틀니를 받아내서 그릇에 담아 칫솔로 닦을 때는 보는 것만으로도 왠지 께름칙하여 고개를 돌리곤 했었다.

"처자를 먹일 때는 체면 불구하고 온갖 비루한 짓도 다 하면서 (…) 아내나 첩과의 약속은 꼭꼭 지키면서도 어버이 부탁과 약속은 쉽게 저버린다."는 곳을 읽으면서는 얼굴이 화끈거렸다.

그림책 『낳으실 제 괴로움 다 잊으시고』를 어머니랑 같이 보았다. 그림책의 힘은 역시 그림에 있었다. 어머니는 그림 하나하나 풀이까지 해가며 책장을 넘기셨다.

"이거는 보듬꼬 안자서 젖 멕이는 기네. 젖도 좋다."

"아만 보듬꼬 젖 멕일 쌔가 어딘노. 등에 업고 쇠죽 끄리믄서 겨드랑 미트로 돌려서 젖 물리고 쇠죽 뒤직이믄 김이 올라와서 숨은 막히고 아는 울고, 아이고오, 오줌이라도 싸믄 그것 치울 쌔도 엄씨 밥해야지."

나는 책장을 또 넘긴다. 어머니 이야기는 또 몇십 년을 건넌다.

"아가 그다내 커서 목욕시키네. 너거 큰누야 일본서 놓고 목욕시키다가 조선에 나옹께 목욕이 오댄노. 걸레로 오줌 딱을 쌔도 없었다."

애를 배서 낳기까지 과정이 담긴 부분을 읽으면서 한 서린 추억담을 내놓으셨다.

"아를 배믄 냄새도 맡기 싫던 고기도 갑자기 먹고 싶고 따신 데 자꾸 눕고 싶고 몸이 무거버서 마루에도 몬 올라서서 기어서 오르내리고. 아이고오, 그래도 삼베끈으로 배를 둘둘 묶어 각꼬 꼴 베고 나무하고 앙 그랬나."

"미역국은커녕 무시국이라도 한 바내기 먹고 싶었지만 누가 끄리 주노. 호박잎 국밥이 먹고 싶었는데 간네띠기가 한 그릇 각꼬 온 걸 너거 아부지가 홀딱 닦아 먹어 삐리고 나는 팥잎 국밥 건더기 건져 먹었다가 가슴이 쪼개지는 거 가태서 숨도 못 쉬… 아이고오."

나는 경전의 주요한 대목들을 컴퓨터에 입력해서 어머니가 읽기 좋게 편집을 했다. 글씨도 키워서 인쇄를 했는데 어머니 사진을 넣었더니 제법 그럴듯했다. 의미 전달이 쉽지 않은 고어체는 요즘말로 풀어썼다.

어머니는 재미있게 책을 보시다가 갑자기 설움에 겨웠는지 책을 집어던져 버리셨다.

"이렁 거는 젊은 것들이 좀 봐야지. 이걸 내가 보믄 뭐 어짜락꼬? 찌랄하고 할끼 업승께! 이렁 거나 일그락카고 있어!"

177

어머니를 '의식화'시키려다 도리어 화만 돋운 셈이다.

맞는 말이었다. '젊은 것들'이 봐야 하는 책이었다. '젊은 것들'이 봐야 하는 책일 뿐 아니라 '젊은 것들' 보라고 만든 책인 것이다.

어머니가 책을 집어던진 이유가 여기에 있었다. 효도에 대한 책이지만 효를 누려야 할 노인들 보라고 만든 책이 아니고, 한 권은 어린애들 보라고 만든 동화책이었고 또 한 권은 건강하고 젊은 사람들 부모 잘 모시라고 만든 책이었다. 맞지 않는 고급 옷 같은 효도 책이 어머니 마음에 들 리가 없었다.

효도의 문제를 노인 입장에서 쓴 책을 찾아봤다. 내가 아는 인터넷 서점을 다 뒤졌지만 찾을 수 없었다. 효도 문제뿐 아니라 노인을 독자층으로 출판한 책 자체가 없었다. 그동안 내가 서점을 뒤져가며 찾아내 읽은 수십 권의 책들은 한결같이 노인용이 아니었다. 부러 노인용 책을 찾은 것은 아니었지만 노인을 독자로 한 책이 눈에 띈 적이 없었다.

마을 노인회관에 걸려 있는 「노인십계명」 같은 것은 본 적이 있다. 그 열 가지를 읽으면서 참 불편했다. 냄새 안 나는 노인, 나이를 내세우지 않는 노인, 음식을 가리지 않고 고맙게 먹는 노인 등등 이건 완전히 노인을 무슨 죄인 취급하는 것이었다. 유치원생들에게 생활 습관을 강조하는 듯했다.

'광주의 피'를 빨아먹고 등장한 전두환 군사독재 시절 대통령의 장인인 이아무개 씨가 회장으로 취임해서 지금까지 군 장성 출신들이 모든 요직을 독차지하는 대한노인회에서 만든 「노인 헌장」도 있었지만 전혀 현실을 담아내지 못하고 있다.

출처도 알 수 없는 「노인생활신조」라는 글을 발견했다. 충격이었다.

"…설치지 말고 미운 소리 우는 소리 헐뜯는 소리, 그리고 군소릴랑 하지도 말고 거저 남의 일엔 칭찬만 하소. 묻거들랑 가르쳐 주기는 하나 알고도 모르는 척 어리숙하소. 그렇게 사는 것이 평안하다오."

노인들의 위축과 자괴감이 그대로 묻어나는 글이었다.

의문이 들었다. 노인들은 구매력이 없기 때문에 노인 책을 안 만들까? 애들도 구매력 없기는 매한가진데 왜 애들 책은 서점을 가득 메우지? 노인들은 글 읽을 줄 모르기도 하지만 글 읽기를 싫어해서? 글 읽을 줄 모르는 애들 그림책이 가장 많이 팔리는 이유는 뭐지? 책 읽어 주는 부모를 전제로 만들어지는 애들 책이 차고 넘치지 않는가? 어린이 책 전문 출판사는 물론 전문 서점까지 많지만 노인 전문 출판사나 서점은 없다.

그동안 한 번도 품어보지 못한 의문들이다. 어머니 덕분에 생겨난 의문이었다. 이때부터 나는 우리 사회에 상식처럼 되어 있고 아무도 문제 삼지 않는 것들을 하나씩 살펴보기로 했다. 너무한다 싶어서다. 이럴 수는 없다는 생각이 들었던 것이다.

그런데 더 급한 것은 당장 '어머니 의식화'였다. 동화책을 뒤졌다. 동화책은 이야기 구조나 서술 방식이 우리 어머니가 읽어도 최소한 반발은 생기지 않을 것 같아서였다. 동화책을 모았는데 여기저기서 책들이 들어왔다. 위인전, 신화, 창작동화, 동시 등 십수 권이 모였는데 내가 골라 낸 책 한 권이 그야말로 대박을 터뜨렸다.

그림도 수묵화라서 친근감이 들 뿐 아니라 글씨도 크고 무엇보다 이야기가 옛날 시골 농촌을 배경으로 한 동화책이었다. 여러 날 책을 붙들고 계시던 어머니의 첫 반응은 대단했다.

"머 이렁 기 다 있노, 엉?"

어머니가 환한 얼굴로 나를 쳐다보았다.

"와요?"

"어떤 놈이 이 책 맹글랐는지 그놈 차암, 재밌게도 맹글랐네."

"하하, 머락꼬 써 있는데요?"

"아여, 세상에 지 애비 팔아먹는 놈이 세상천지에 오댓노?"

"아니? 세상에, 아버지를 팔아먹는 사람이 있어요?"

"늙었다고 안 그라나. 저는 안 늙는가? 늙었다고 지 애비를 팔아먹고 세상 참 말쎄라."

"그런데 그게 뭐가 재밌어요. 팔려간 아버지는 슬퍼서 울었겠구만요."

"아무리 세상이 디비졌닥캐도 지 애비를 다 팔아먹고 참 내."

"팔려 간 아버지는 어떻게 됐는데요?"

"지 애비 팔아 쳐먹는 놈이 잘 될끼 머가 있노. 그런 놈은 자빠져도 코가 깨지는 법잉기라."

"팔려 간 아버지는 어떻게 됐냐구요?"

"그란데 팔려가서 봉께노, 그 집에 자기 할마이가 있능기라."

"할머니가 있었다구요?"

"죽은 할마이가 살아서 밥을 하고 있었능기라. 어떤 놈이 맹글았는지 참 재밌네."

이야기가 진행될수록 이상했다.

『천 냥짜리 아버지』라는 동화는 아버지를 사고파는 사람이 나오지 않는다. 부모를 일찍 여읜 젊은 부부가 죽은 부모를 그리워하던 어느 날, 아버지를 천 냥에 판다는 방을 보고는 이분을 사서 의붓아버지 삼아 모시기로 하고는 찾아갔다가 부러 그런 거짓 방을 붙인 부자 노인의 은혜로 행복하게 산다는 이야기다.

책에도 없는 이야기를 꾸며서 부모를 팔아먹는 나쁜 아들을 등장시켜 온갖 비방을 퍼부은 어머니는 죽은 할머니까지 되살려서 팔려 간 할아버지와 재회하도록 이야기를 바꾸어 들려주었다. 거의 완벽한 개작 동화였다.

하도 이야기 구성이 재미있고 흐름이 변화무쌍해서 어머니 이야기를 듣고 동화책을 다시 읽어 봤다. 이십 퍼센트 정도나 될까? 나머지는 전부 어머니가 꾸며 낸 것이었다. 그런데 심상치가 않았다.

즉흥적으로 꾸며 낸 이야기치고는 우리 어머니 처지에 딱 어울리는 것이었다. 큰아들 집에서 딸네 집을 거쳐 막내아들 집에까지 오면서 자식한테 버림받는 것 아닌가 하는 두려움이 아버지를 팔아먹는 후레아들놈을 만들어 냈는지도 모른다는 생각이 들었다.

꾸며 낸 이야기 속에서 죽은 할머니가 살아나 할아버지를 다시 만나 행복하게 사는 설정을 한 것도 내가 일곱 살 때 돌아가신 아버지와 무관하지 않아 보였다. 어머니의 개작 동화가 신기하기까지 한 이유다.

내가 동화를 쓰기로 했다. 아니 노화를 쓰기로 했다. '젊은 것들' 보는 책이 아니라 '늙으신 분들' 보는 책 말이다.

적당한 동화책 이야기를 뼈대로 삼아 어머니의 옛 생활과 연결시키고 어머니의 한결같은 소원인 '벌떡 일어나 남들처럼 돌아댕기는' 이야기를 곁들여 만들었다. 옷에 똥오줌 싸는 할머니를 등장시켜 그것이 전혀 문제가 안 된다는 이야기도 만들었다.

출산 휴가나 육아 휴가가 있듯이 치매 부모 돌보는 '효도 휴가'라는 제도도 만들어 이야기 속에 넣었다.

두 번째로 만든 노화 「아옹다옹 배춧잎」은 성공작이었다. 첫 번째 만든 노화는 효도를 권장하는 계몽성 짙은 내용이어서인지 다 읽으신 어머니가 "세상 사람들이 오대 다 같나. 세상일이 내 맘 가트믄 걱정할 끼 머 있노." 하고는 재미없어 했기 때문에 두 번째 노화는 어머니가 익숙한 시골 풍경과 농사일을 바탕으로 환상 이야기를 만들었다.

「아옹다옹 배춧잎」을 만든 것은 얼갈이배추에 물을 주면서 있었던 일이 계기가 되었다. 그날은 배춧잎이 자꾸 내게 칭얼댔다. 물줄기에 흙이 튕겨 올라와 배춧잎 뒤쪽에 말라붙는다고 투덜대는 것이었다. 그래서 나는 그게 아니라고 궁색한 변명을 하면서 하나하나 씻겨 주었는데, 이번에는 배춧잎 뒷면이 자기도 하늘 구경 좀 시켜 달라는 것이었다. 평생 땅만 내려다보고 사는 것은 불공평하다고.

그걸로 두 번째 노화가 만들어졌는데 성공작(?)이 된 것이다. 성공작이라고 하는 것은 노화를 매개로 어머니의 유장한 옛 기억이 되살려지고 나랑 깔깔대고 웃으면서 즐거운 시간을 만들 수 있어서다.

재미를 붙여서 세 번째로 만든 노화가 「요즘 할머니들의 유행」이다. 이백 자 원고지 스물다섯 장 정도 되는 이야기인데 이 작품은 어머니께 더 큰 인기를 얻었다. 이 작품을 만들 때 역시 계기가 있었다.

어머니 옷장에는 서울 큰집에서 입다 가져온 옷들이 있었는데 거의 합성수지로 된 것들이었다. 합성수지 옷은 피부 건강에도 안 좋을뿐더러 오줌을 실수하셔도 흡수를 못 하고 그냥 고여 있었다. 입고 벗을 때 정전기도 일어났다.

나는 어머니 옷을 속옷이건 겉옷이건 모두 고급 모직으로 바꾸어 가고 있었는데 속옷은 황토나 양파 껍질로 천연 염색을 해서 입혀 드렸다. 그러나 어머니는 멀쩡한 옷을 놔두고 왜 옷을 사 오냐면서 야단을 치기 때문에 쉽지가 않았다.

"돈이 마느닝께 별 지랄을 다 하고 있어. 나 죽으믄 다 불지를 껴 좋은 옷 입으믄 머 해?"

이런 식으로 화까지 내셨다.

그래서 나는 세 번째 노화에서 천연 섬유인 목화로 만든 무명이나 누에고치로 만드는 명주, 삼베나 모시 같은 옷감에 대한 이야기를 만들어 요즘 할머니들이 이런 옛날 옷을 유행처럼 입는다고 했다.

인터넷에서 사진이나 그림을 구해서 포토샵으로 보정 작업을 해 넣으니 진짜 책처럼 편집이 되었다. 문제는 컬러 인쇄와 제본이었다. 그렇잖아도 내가 만든 노화책을 볼 때마다 "이거는 책이 와 이런노? 빳빳하지도 않고." 하면서 책 앞뒤를 뒤집어 보시곤 해서 이번에는 장수군청까지 가서 제본기를 빌려 책을 묶었다.

까만 제본링으로 책을 엮고 표지는 투명한 피브이시 전용지를 썼다. 역시 남의 프린트에서 첫 장은 컬러 인쇄를 했다. 이렇게 해서 진짜 책처럼 모양새를 갖추고 보니 효과가 컸다. 어머니는 읽고 또 읽으셨다. 어머니 이야기인 듯싶은 익숙한 줄거리가 책에 나오는데 동네 이름이나 등장인물의 택호도 다 아는 것들이니 그동안 보던 동화책들과는 비교도 안 될 정도로 호감을 가지셨다. 이런 식이었다.

"야야, 이것 봐라. 이 책에도 해동띠기가 나오네? 그 참 해동띠기를 어찌 아라쓰꼬?"

우리 동네 사는 해동댁 아주머니를 무심코 등장시켰는데 그 아주머니와 우리 어머니 사이에 내가 전혀 몰랐던 옷 사연이 있었던 것이다.

"내가 말이다, 해동띠기 그 챔빗째이(참빗장이, 참빗으로 훑듯이 깍쟁이라는 말)한테서 옷을 다 얻어 입었다 아이가."

"아니, 해동아지매가 어머니한테 옷을 해 줬어요?"

"내가 그 집 사돈네 대가 끈킬라 카는 걸 보고 아들 녹케 해 줬거등."

어머니가 남의 집 대를 이어줬다니 이게 무슨 말인가 싶어 섬뜩한 생각이 스쳤다. 한순간이지만 내가 긴장한 것은 나름대로 이유가 있었다. 어머니는 언젠가부터 전혀 다듬지 않고 옛일들을 생각나는 대로 말

씀하시기 시작했다. 아버지와의 성생활마저 적나라하게 털어놓으셨
다. 표현도 노골적이었다. '올라탔다, 쑤셔댔다' 등등.

　이뿐만이 아니다. 동네 바람둥이가 누구였는지, 누가 의심스런 아이
를 낳았는지 믿을 수도 없고 안 믿을 수도 없는 이야기를 눈치 안 보고
하시곤 했기 때문에 어머니가 남의 집 대를 이어주셨다고 하니 놀라지
않을 수 없었다.

　이야기 요지는 이렇다. 해동댁 셋째딸이 시집갔는데 내리 딸만 둘
낳았다가 세 번째 임신을 했다고 한다. 시댁에서는 "이번에도 딸이면
후차 내쁜다"고 해서 친정집에 온 딸이 밥도 안 먹고 사흘 밤낮을 울다
보니 눈이 퉁퉁 부었더라는 것이다.

　자초지종을 전해 들은 어머니가 해동댁 셋째 딸 배를 한 번 만져보
고는 "아들이네. 그것도 둘이네. 쪽끼날 걱정 업승께 맘 놔"라고 해 줬
더니 진짜 아들 쌍둥이를 낳았다는 것이다. 어머니 표현을 빌리자면 이
렇다.

　"퉁퉁한 아들을 항 개 놓고 사흘 있다가 또 항 개 더 농기라. 그랑께
내 말마따나 둘 농기지."

　해동댁이 아들만 낳게 해 주면 옷 한 벌 해 주겠다고 했는데 아들을
둘이나 한꺼번에 낳으니까 옷도 두 벌을 해 주셨다는 것이다. 그 다음
이야기가 재밌다.

　"이번에는 해동띠기 막내아들이 장가를 갔는데 며느리가 아를 뱅기
라. 나한테 와서 묻대. 이번에는 뭐냐고."

나는 어머니 이야기 속에 홀랑 빠져든 나머지 궁금증을 참지 못하고 물었다.

"머락 캤는데요?"

"머락카긴 머락캐. 아들 아니면 딸이고 딸 아니면 아들일 끼라고 캤지. 그란데 이번에도 딱 마충기라. 내 말대로 딱 마중기라."

"뭔데요?"

"아들!"

나는 배꼽을 잡고 웃었다. 어머니는 시치미를 떼고는 "이번에는 해동띠기가 속케 논 풍덩한 우아기 하나를 해 주대"라고 하셨다. 어디까지가 사실이고 어디까지가 지어 낸 이야기인지 구분할 수가 없었다. 내가 하도 웃어 대니까 신이 난 어머니가 이야기를 더 이어 가셨다.

"처음에는 딸을 나았는데 몇 년 키우다 봉께 이기 아들로 변했능기라. 우아기는 그때 가서 얻어 입웅기지."

"키우다 보니까 딸이 아들로 변했어요? 하하하."

이쯤 되면 현실과 허구를 구별한다는 것이 무의미하다. 딸자식을 몇 년 키우다 보니 아들로 변했고 그 덕에 윗도리 옷을 얻어 입었다는 어머니 이야기는 내가 쓴 노인소설보다 더 소설 같은 이야기였다. 애를 낳고 사흘 지나서 또 하나 더 낳았다는 것도 소설 속에서나 볼 수 있는 이야기다.

그게 사실이었는지 아닌지는 중요하지 않았다. 어머니랑 나는 눈물까지 찔끔거리며 웃다 말다 했다. 소설 읽는 재미를 어머니 이야기 속에서 다 누리고 있었던 것이다. 어머니 말씀은 그것 자체로 훌륭한 구연소설이었다. 어머니가 이야기를 계속 이어가게 하고 싶었다.

"어무이, 그란데 해동띠기 딸래미가 아들 놀 낀 줄 어떻게 알았어요?"

"알긴 뭘 알어. 나도 모르기 씸벅 행기 마장기지."

"그러면 불쑥 말씀하신 게 그렇게 다 맞았단 말이에요?"

"인자 시집 강기 눈이 붓도록 우능기 하도 보기 딱해서 그냥 보고 있을 수가 있어야제. 쪼끼난닥 카는데 오짜노."

"그래도 그렇죠. 아들인지 딸인지를 어떻게 알아맞힌단 말이에요. 의사도 아니면서."

"나는 엄는 얘기 안 지낸다."

"그래도 그렇죠. 아들인지 딸이지 어찌 알아요."

"아니, 그럼 내가 지금 거짓말한단 말가? 이놈이요!"

"아뇨, 아뇨, 그게 아니고요."

"의사락꼬 다 아는 줄 아나. 병은 딱한 마음이 있어야 나수는 기지 약 각꼬 나수는 기 아이다. 딱한 마음이 크믄 누구라도 다 맞추는 기라."

"옷은 진짜로 받았어요?"

"그때 받았던 옷은 나한테 좀 커서 너그 큰누야 줬다 아이가. 장롱 속에 지금도 있는지 몰라."

나는 누나가 그 옷을 입고 다니는 것을 본 적이 있다고 맞장구를 쳤다. 어머니는 그 보라는 듯이 기세가 올랐다. 그러더니 입고 계시던 조끼를 벗어서 나 입으라고 주시는 것이었다.

"저 입으라고요? 아유, 안 돼요. 지 에미 옷을 사 드려도 모자랄 판에 어머니 옷 뺏어 입는다고 사람들이 나 흉봐요."

"에미 입던 거 자식 입히는 거는 예사라. 흉은 누가 본다고 그라노. 입거라. 에미 자식은 한몸이닥 카는 기다."

"네?"

"너는 날 보믄 맘 상할 끼고 나도 너 고상하는 거 보믄 맘 상하고. 내가 가기 전에 개 한 마리 사다가 너 꼬아주고 가야 될 낀데 아이고오, 오찌 될랑고. 입그라, 응? 곧 추워지는데 따시기 입거라."

어머니 목소리가 바뀌는가 싶더니 분위기도 바뀌기 시작했다.

"젤 불쌍항 기 너라. 묵을 끼 남아 있어도 묵으락꼬 안 카믄 묵을 줄도 모르고, 형들 안 묵었닥꼬 냉가두고."

나는 하는 수 없이 어머니의 누르스름한 조끼를 입었다. 등짝이 넓적한 게 보기 좋다며 어머님이 내 등을 쓸어내리며 좋아하셨다. "내가 죽더라도 이거는 태우지 말고 니가 입거라"고 하셨다. 나는 그렇게 하겠다고 대답했다.

"누가 머락카믄 그래야. 우리 어무이 생각나서 어무이 옷 입는닥꼬."

그렇게 말하겠다고 대답했다. 말뿐이 아니라 닳아 못 입을 때까지 어머니가 주신 조끼를 입기로 마음먹었다.

세 가지 요법

여름이 시작되면서 몸과 마음이 다 왕성해지신 어머니는 새벽에 눈을 뜨면 항상 처음 하시는 말씀이 "오늘은 우리 뭐 학꼬?"가 되어 버렸다. 나들이를 가기 위해 마루에 걸터앉아 신발을 신겨드리고 나면 "또 보듬을락꼬? 혼자 걸어 가 보지 뭐." 하셨다.

토방 위에 갖다 놓은 바퀴의자를 마당에 내려놓게 하시고는 엉덩이 걸음으로 마루에서 토방으로, 다시 마당으로 내려오셨다. 마당에 내려오시면 의자에 앉히기가 몇 배나 힘들었다. 엉덩이를 바닥에서 단 일 센티미터도 들어 올리지 못하시지만 어머니 마음은 항상 앞섰다.

"비켜봐아, 내가 요리 안적게."

한참 바퀴의자의 손잡이를 잡고 용을 쓰다가 어색한 웃음을 지으며 나를 쳐다보면 그때 내가 안아 올린다.

그러나 그것도 잠시다. 골목으로 나와 트럭에 올라 탈 때도 나를 비

키라고 하셨다. 혼자 올라 타 보겠다는 것이다. 결국 내 손길을 필요로 하면서도 어머니는 혼자서 걷고 싶은 욕망을 멈추지 않았다. 계절의 변화가 가져다 주는 작용이다.

골목에 세운 트럭에서 내릴 때도 마찬가지다. 바퀴의자를 갖다 대면 치우라고 한다.

"요긴데 뭐. 살살 걸어서 가지 뭐. 맨날 두발 달구지만 타고 다니면 언제 걷것나?"

걸어 보겠다는 어머니의 의지는 아주 놀라운 것이었다. 감히 뭐라고 가로막을 수 없는 어떤 엄한 기운 같은 것이 느껴지기도 한다.

뒤에서 어머니 양쪽 겨드랑이 밑으로 팔을 돌려 껴안고 어머니 체중을 모두 떠안은 채 한 발 한 발 체중을 왼쪽으로 옮겼다가 다시 오른쪽으로 옮겨가며 몇 걸음 가다 보면 어머니는 슬슬 주저앉는다.

무릎이 접히기 시작하고 다리를 땅에 질질 끌게 되면 어머니 엉덩이는 내 무릎 위에 얹혀진 채 더 이상 걸을 수 없게 된다. 어머니 무릎이 완전히 꺾이면 그 순간 바퀴의자는 저만치 뒤에 있고 어머니는 땅 바닥에 퍼질고 앉아 버리신다. 내 양팔과 허리가 끊어질 듯 아파오는 순간이기도 하다.

풀을 매겠다고 하면 마당에 가빠를 깔아 놓고 풀을 매게 했다. 장갑을 끼시라고 해도 씻으면 되는데 뭣 하러 끼냐고 했다. 위험하지만 않으면 어머니 하고 싶은 대로 하시게 했다.

풀을 매면서 옷이 더러워지는 거야 빨면 되지만 금방 해지는 것은 곤란했다. 두꺼운 겨울옷 하나를 뜯어서 엉덩이와 무릎에 대고 깁게 했다. 바느질을 좋아하시는 어머니는 당신의 작업복을 만드는 것이라 신이 나 하셨다.

마당에서 풀을 뽑던 어느 날 옷에 흙이 덕지덕지 묻기 시작했다. 웬일인가 하고 살펴봤더니 앉은 채로 오줌을 누신 것이다. 화장실까지 갈 수도 없으려니와 마당에서 옷을 벗을 수도 없었고 그런 일로 자식을 부르기에도 마땅치가 않았던 것이다.

그만하시라고 해도 듣지 않으셨다. 내일 소나기가 온다는 것이었다. 비 오기 전에 풀을 다 뽑아야 된다고 했다.

꿈자리에서 봤던 과거 어느 지점의 기억 한 자락은 꿈이 깨서도 현실과 뒤섞여 그걸 근거로 한 번 고집을 부리기 시작하면 대책이 없다.

앞마당 풀을 다 뽑고 집 뒤꼍과 장독대 풀도 뽑겠다는 어머니를 말리다 못하고 아는 분께 전화를 드렸더니 그럴 때는 '단호하게 대하라'고 이르신다.

그러나 유감스럽게도 나는 '단호하게' 대하는 방법을 몰랐다. 무엇이 단호한 것인지, 그 분이 구체적으로 뭘 일러 주고자 그런 말을 썼는지 생각할수록 혼란스러웠다. 어머니 하라는 대로 집 뒤꼍으로 어머니를 모셨는데 여전히 장갑을 드려도 안 끼겠다고 하고 중간에 쉬었다 하라고 해도 막무가내였다.

대신 군담을 늘어놓기 시작했다.

"집구석을 이 모양으로 해 놓고 밥을 어찌 처 먹을꼬. 빈집도 이렇지는 않을끼다."

돌멩이가 하나라도 눈에 띄면 어머니 군담은 새로운 소재를 만나 득의만면하셨다.

"걸려 자빠지면 저만 다치지. 오며 가며 눈꾸녕에 이게 보이지도 안을까? 눈을 감고 다녀도 이 보다는 나을끼다."

어머니 눈에 혹시 나뭇조각 하나라도 뜨이면 부엌에 갖다 두지 않고 비 맞혀 썩힌다고 할 것 같고, 못 하나라도 땅바닥에 떨어져 있으면 "쇠가 썩느냐?"고 호통을 칠 것 같아 부랴부랴 어머니 앞길을 쓸고 있는데 어머니가 노려보면서 소리를 질렀다.

"먼지 나는 고마. 내 가는 쪽마다 인자서 비짜루 질 한닥꼬 저 난리야 난리는!"

눈에 안 띄어야지 내가 도망가는 수밖에 더 있나 싶어서 장독대 만드는 곳으로 피신을 와서 장독대 만들 곳에 돌을 치우고 차근차근 담을 쌓기 시작했다. 거기까지 어머니가 쫓아오셨다.

"장독대 쌓는다면서 돌을 와 치워! 돌을 차곡차곡 놔야 그 위에 독을 놓지 돌 다 들어내고 맨 땅에 독 녹끼가?"

그렇잖아도 돌이 제대로 놓이지 않아 손가락을 찧어 피가 장갑에 배어나는 중이었다.

"어머니는 제발 방에 들어가시든지 풀을 뽑으려면 그냥 풀이나 가만히 뽑으세요 좀!"

나도 소리를 질렀다.

"돌을 들어내야 여기에 맞는 돌을 차근차근 놓을 거 아녀요?"

어머니는 내 말을 못 들은 것 같았다. 한참 말이 없었다. 후회와 함께 다행이다 싶었다. 그러나 아니었다.

"돌을 들어내더라도 와 아랫집 담벼락에다 놔아! 돌 주워 오려면 지게 지고 냇가 가야 하는데 와 남의 담벼락만 쌓아 주느냐고?"

"그럼 잠깐 여기 놔두지 않으면 어따 둬요? 머리에 이고 있을까요?"

나도 지지 않고 대거리를 했다.

기세는 수그러들었지만 어머니는 계속 잔소리를 했다. 어머니는 어머니대로 답답하고 내가 하는 모든 일이 마음에 들지 않는 게 분명했다. 나는 나대로 달리 어떻게 해 볼 방법도 없고 마음의 여유도 잃는다.

화가 나서 얼굴마저 붉어 있는데 아랫동네 사는 후배가 뭐 좋은 일이 있는지 히죽거리며 집에 들어섰다.

후배랑 전혀 새로운 이야기를 전혀 다른 기분으로 하려다 보니 모든 게 뒤죽박죽이었다. 이대로는 안 되겠다 싶었다. 도망치듯 나와 뒷산으로 올라갔다. 따라 올라 온 후배에게서 담배 한 대를 뺏어 입에 물었다.

어머니가 바뀌기를 바랄 수는 없고 내가 바뀌어야 하는데 뭘 어떻게 바꾸어야 할까.

후배는 어머니 편을 들었다. 평생을 시골에서 농사만 지으신 어머니가 보기에 내가 하고 사는 꼴은 눈 뜨고 못 봐 줄 거라고 했다. 마당에는 잡초가 그득한데도 책이나 보고 있고, 비가 오면 논에부터 나가 봐야 하는데 컴퓨터나 하니 속이 터지지 않겠냐는 것이었다.

맞는 말이었다. 마감이 되면 만사 제쳐놓고 원고를 써 보내야 하는 내게 그것이 밥벌이인 줄 어머니는 알 턱이 없을 것이다. 신문이나 뉴스도 인터넷으로 보고 책이나 어머니 유기농 새참거리도 컴퓨터로 산다는 것은 상상 속에서도 어머니가 알 수 없는 것들이다.

어머니는 지금 여기가 어딘지, 어떻게 해서 막내아들과 달랑 둘이서 살게 되었는지 모르시는 건 아닐까? 매일매일 눈을 뜰 때마다 낯선 외딴 집이 생소하지는 않을까? 아들이 무슨 방법으로 밥벌이를 하는지 모르시는 게 아닐까? 나는 뒤늦게 새로운 발견을 하고 있었다.

『할머니의 열한 번째 생일 파티』가 떠올랐다. 모든 기억이 열 살 시점에 멈추어 선 '노라'의 증조할머니 '트라우디'가.

뜨거운 몸이 시도 때도 없이 마음을 뒤흔드는 젊은 시절이 어머니에게도 분명 있었을 것이다. 생각이나 마음보다도 몸이 먼저 입을 열고 아우성치는 '몸의 욕망'에 이끌리던 시절. 하고 싶은 것은 많은데 방법도 모르고 돈도 없고 시간도 없던 시절. 그러나 이제는 기억에서 다 지워지고 얼룩으로만 남아 현실을 교란하고 있다.

나는 어머니랑 같이 지내는 방에서 컴퓨터를 옆방으로 옮겼다. 낮에 책을 봐야 할 때는 옆방이나 다른 곳으로 가서 봤다. 밤을 새워 원고를 쓰더라도 어머니 보이는 데서는 낮잠을 자지 않았다.

한번은 집 뒤에 있는 대나무밭에서 대 뿌리가 집으로 뻗어 들면서 그늘이 끼고 물이 잘 안 빠지게 돼서 대나무를 많이 잘라 냈다. 뜨거운 햇살에 버석버석 말라가고 있는 대나무를 보고 어머니는 자잘하게 쪼아 주시겠다고 했다.

마당에 터를 잡아 자그마한 손도끼를 옆에 놔 드리고 들에 갔다 왔
는데 나는 골목에 들어서면서 깜짝 놀랐다. 그 많은 나무를 거의 다 쪼
아 놓으셨다. 어머니는 내가 오는 줄도 모르고 손도끼를 내리치고 계셨
다. 근 두 시간을 계속한 도끼질이었다.

무슨 일이 벌어질 것만 같았다.

급히 방으로 모셨는데 그 후로 사흘 동안을 자리에서 못 일어나셨
다. 온갖 근육통들이 손목 하나도 까딱거리지 못하게 했던 것이다. 몸
과 마음의 불일치에서 빚어진 과로였다. 내가 '세 가지 요법'을 만들게
되는 길고 힘겨운 시작을 알리는 징조였다.

처음에는 어머니가 한 번 일을 시작하시면 그 자리에서 꼭 같은 자
세로 하루 종일 앉아 계시기에 젊은 시절의 근기가 사라지지 않았구나
싶어서 반갑고 놀라웠다.

젊은 시절의 어머니는 거의 초인적인 괴력을 발휘했었다. 며칠 동안
단 한숨도 주무시지 않고 일을 하셨고, 비료부대를 네 포나 머리에 얹
고는 일어서지를 못해 장정들이 일으켜 주면 그걸 이고 재를 넘어 밭에
내시곤 했다.

혼자서는 그 무거운 짐을 내려놓을 수가 없어서 양 손으로 짐을 치
켜들고 바들바들 떨다가 밭 바닥에 처박아 버려 비료부대가 터지는 모
습을 보기도 했었다.

나중에야 알게 되었지만 젊은 시절의 근기가 살아나신 것이 아니라

한 번 시작되면 혼자 힘으로는 흘러가는 몸과 마음의 방향을 틀 수가 없었던 것이다. 이 사실을 알게 되면서 얼마나 어머님께 죄스러웠는지 모른다.

스스로 몸도 마음도 조절할 수 없게 되어버리신 어머니를 두고 내 편한 대로 때로는 정상인으로 대하고 때로는 환자로 대하고 했으니 나를 책망하지 않을 수 없었다.

그날 어머니는 그 많은 나뭇가지를 다 찍어 자르시고는 며칠을 앓아누우셨다. 내 짐은 몇 배나 더 커졌다. 빨랫감도 평소보다 많아졌고 어머니 떵떵거리는 소리는 시도 때도 없었다.

나는 이 일을 계기로 혼자 힘으로는 조절이 되지 않는 어머니의 몸과 마음을 쓰다듬고 방향을 틀게 하는 나만의 세 가지 요법을 만들어냈다.

앞장서서 방향 돌리기

첫 서리가 내리던 날이었다.

마당 수돗가 고무 함지박에 넣어 두었던 어머니 오줌 묻은 바지가 동태처럼 굳어 있던 날, 어머니는 일어나자마자 밖으로 나가자고 했다. 양말부터 갈아 신으시고 모자까지 쓰시면서 마치 나를 업고라도 가실 기세다.

"상년 감자를 날망 밭에 심었더니 싹이 쪽 나서 키웠는데 아주 잘 됐디아."

아차, 한 발 늦었구나 싶었다.

전날 밤에 잠자리가 편치 않으면 꼭 아침이 힘든 법인데 갑자기 추워진 날씨에 아궁이에 군불 때랴 밥상 차리랴 미처 대비하지 못했더니 결국 일이 터진 것이다.

어머니는 한시가 급하다는 듯이 말을 이어가셨다.

"거름을 줬더니 어찌 잘 되었던지 이고 오느라고 모가지가 아파 죽을 뻔했다는구마. 가자 어서 가자."

누구네 감자밭이냐고 물어 봤더니 "아이고 자꾸 말 시키지 말고 어서 가아." 하셨다. 그러면서 하시는 말씀이 항곡댁 감자밭인데 우리더러 남은 거 다 캐다 먹으라고 했다는 것이다. 항곡댁이 딴 소리 하기 전에 얼른 가서 감자를 캐 오자는 것이 어머니 말씀의 요지였다.

아침 일찍부터 서두르게 된 것도 따져 보니 그럴 만했다.

농사 지어 놓은 감자를 가져가라는데 만사 제쳐 놓고 가야 하는 것은 당연지사.

이 정도면 매우 간단한 일이라 오히려 다행스러웠다. 나는 밥상 차리는 것도 좀 미루고 얼른 바퀴의자를 마루 앞에 갖다 댔다. 호미 두 자루 챙기고 감자 캐 담을 그릇하고 물병이랑 수건 하나를 챙겼다.

"어머니, 고무신 신을래요? 운동화 신을래요?"

"일하로 가는데 고무신 신어야 나중에 발 씻기 좋을 거 아이가?"

고무신을 꺼내 놓고 움직임이 굼뜬 어머니를 재촉했다.

"어머니가 신으세요. 나는 저기 낫 하나 챙길게요. 소 꼴 한 망태 베야 되니까요."

그러고는 계속 서둘렀다.

보릿대 모자 챙긴다고 부산을 떨고 감자 자루는 몇 개나 가져 갈까 보냐고 물었다. 내가 하도 설쳐 대니까 점점 어머니 말수가 줄어들기 시작했다. 바퀴의자를 마당으로 내려놓고 나는 태연히 감자 삶아 먹는 이야기, 멸치 몇 마리 넣어 끓인 감자국 이야기를 했다.

골목 밖에 나와서 갈 수 있는 길은 딱 하나다. 동네 아래로 내려가지 않는 이상 우리가 갈 수 있는 길은 위 밭으로 가는 길 하나뿐이다. 그리로 어머니 바퀴의자를 밀고 올라가기 시작했다. 훤히 잘 아는 것처럼 물어 보지도 않고 '항곡댁' 감자밭으로 향했다.

"항곡띠기가 염소 목장을 해 놔서 그래. 뒤가 전부 고사리 밭이라서 감자 좀 캐다가 고사리나 꺾자. 손으로는 못 꺾고 낫으로 베야 된대. 고사리 좀 꺾자."

어머니는 왠지 자신이 없어지나 보다. 갑자기 고사리 얘기가 끼어든다. 처음에는 자식이 감자 캐러 가자는 당신 말을 안 듣고 딴소리할까 봐서 기세 높여 얘기했다면, 지금은 새하얀 서리가 온통 뒤덮인 들판에 오싹하는 냉기가 웬 일인가 싶어져 뭔가 뒤죽박죽인 느낌이 드시는 것이다.

"어머니 지게를 지고 갈까요? 감자 캐서 어떻게 가져 오지요?"

"네 트럭에 싣고 오면 안 되것나?"

어머니는 말끝을 흐리신다.

항곡댁은 오십 년 전에 고향 마을에서 같이 사시던 분인데 내 트럭은 어머니가 이곳에 와서 타 본 자동차다. 감자를 캐서 머리에 이고 나르던 오십 년 전 시절과 지금의 트럭이 교차하면서 어머니는 잠시 갈 길을 잃는다. 어머니가 잃어버린 길을 나는 알고 있다. 그 길을 따라 바퀴의자를 밀고 건덕건덕 올라간다. 어머니를 어디까지 밀고 올라가야 하는지는 모른다. 그러나 길은 맞다. 가자는 데까지 가는 게 길이다.

오십 년, 육십 년 전 그 시절 그 어머니를 태우고 가는 것이다. 텅 빈 밭에는 털고 난 들깨 다발이 하얗게 서리를 뒤집어쓰고 무덤처럼 고요하다.

서걱서걱 소리를 내며 가는 길에는 서릿발 위로 두 줄기 바퀴 자욱이 남는다. 물병과 수건이 담긴 재생고무 함지박을 무릎 위에 거머쥐고 어머니는 말이 없다.

나는 계속 항곡댁 감자밭을 향해 간다. 서리처럼 새하얀 감자. 어둠속 비밀 같이 툭툭 호미 끝에서 나뒹구는 감자. 어머니가 세우라고 할 때까지 우리는 감자를 캐러 가는 것이다.

"길이 없어졌는 갑따."

어머니가 스스로를 구하러 나섰다. 난처해져 있는 당신 모습이 어머니 눈에도 보이기 시작했다는 것은 청신호다.

"벌쌔 그때가 언제라. 다 떠나고 남아 있는 사람이 있어야제. 사람도 안 댕깅께 질도 업써."

더 침묵을 지키다가는 되돌아 갈 길이 없어진다는 걸 알아채셨을까. 아니면 한마디도 없이 입을 꾹 다물고 바퀴의자를 밀고 가는 아들의 복잡한 심사를 눈치채셨을까.

"저기 저기는 암매 자손들이 돈깨나 있는 집인가 봐. 석물을 반듯반듯하게 세우디마는 무덤도 맬가이 깎아 놨네."

"아. 저 건너 저기요? 접때 사람들이 많이 올라가더니 잘 다듬어 놨네요."

"죽고 나서 저렁거 세운닥꼬 어찌 알끼라. 죽어믄 그 뿐이지."

"어머니 뫼똥에도 저런 거 하나 세워 드릴까요?"

"함부로 그런 소리 하지 마래이. 그냥 태워각꼬 뿌리삐라. 뫼똥 쓰고
할 꺼도 엄따."

이렇게 우리는 머릿속 감자밭을 서서히 지워갔다. 늦가을 쌉쌀한 아
침에 모자가 호젓하게 나들이 나온 것으로 상황을 바꾸어 나갔다. 단호
박을 심었던 밭까지 왔다. 마치 그러려고 온 것처럼 나는 낫을 들고 호
박 밭 주위 잡풀들을 쳐냈다.

"깎아 냉께 터가 넓네. 그거 다 우리 밭으로 쳐 넣자. 내년에 고구마
나 심으까?"

어머니는 태연히 현재로 돌아오셨다.

봄동으로 먹으려고 짚으로 덮어 놓은 배추 한 포기를 뽑아서 돌아왔
다. 우리는 감자를 가득 캐기로 되어 있는 함지박에 뻣뻣한 초겨울 배
추 한 포기를 담아 집으로 왔다. 아침 산책을 다녀왔으니 기분도 상쾌
했다.

이것이 이른바 첫 번째 요법인 '앞장서서 방향 돌리기'다. 치매 노인
의 엉뚱한 요구나 주장에 대해 최고의 대응법인 이 요법은 아주 간단하
다. 어머니가 뭘 요구하시면 무조건 수용하고 그대로 따르는 것이다.

불가능한 일을 요구하는데 그걸 어떻게 수용하느냐고? 지레 겁먹을
필요가 없다. 해 보면 된다. 해 보면 신기하게도 해결책을 어머니가 다

가르쳐 주신다. 단 한 가지 전제 조건이 있다. 될까 안 될까 의심하면서 어설프게 하면 실패한다는 것이다.

온 정성을 다해서 하늘에 있는 별이라도 따 드리겠다는 심정으로 해야 한다는 것이다. 그러면서 상황을 완전히 주도해 버려야 한다. 뒤에서 투덜대며 끌려다니지 말고 한 발 앞서 가라는 얘기다.

치매 부모의 터무니없이 강경한 주장은 그동안 아무도 귀 기울여 주는 사람이 없었던 데서 비롯된 것이라고 보면 된다. 나는 두 가지 사건을 겪으면서 '앞장서서 방향 돌리기' 요법을 배운 셈이다.

감자밭 사건(?)이 있고 나서 어머니는 상황에 맞지 않는 주장을 거의 안 하셨다. 며칠 동안 계속된 평화를 조마조마하게 지켜봤는데 확실하게 한 고비를 넘기신 게 분명해 보였다. 가끔 엉뚱한 주장을 하시기는 해도 예전처럼 집요하거나 공격적이지가 않았다. 어떤 주장도 귀 기울여 들어주고 맞대응하지 않고 가볍게 추임새를 넣어가며 수긍해 주니까 어머니 스스로 주장을 접거나 아예 잊어버렸다.

자기 주장을 지나치게 강변하지 않아도 누가 당신을 무시하거나 비난하지 않는다는 것을 알게 되면서 오랜 세월 내재되어 있던 긴장과 마음의 상처가 해소되지 않았나 싶다.

여름에 '백운역 할아버지'를 찾아 나선 사건이 정점을 이루었고, 감자밭 사건을 거치면서 어머니가 완전히 변한 것이다. '백운역 할아버지'를 찾아 서울까지 갔던 사건은 나로서는 어머니랑 계속 같이 살 수 있을 것인지 의문을 품게 할 정도로 심각한 위기였고 어머니에게는 최고의 치유였다고 할 수 있다.

무더위가 예년과 달리 늦게까지 기승을 부리던 8월 말이었다. 소낙비가 억수 같이 쏟아지는데 차려 놓은 아침을 드시지도 않고 어머니는 서울 여동생 뒷집에 '백운역 할아버지'가 와서 침을 놔 주고 있다면서 가자는 것이었다. 빨리 안 가면 '백운역 할아버지'가 가 버린다고 불이 나게 서두르셨다.

늘 그렇듯이 보따리를 뭉쳐가지고 먼저 마루로 나가셨다. 전화를 해 보고 가자고 했더니 어머니는 그야말로 눈에 쌍심지를 켜고는 나를 향해 쏘아붙이셨다.

"전화하지 마아. 소문나면 사람들이 몰려올까 봐 집에 있냐고 전화하면 집에 없다고 한다니까!"

전화를 걸어 수작을 부리려는 내 생각을 아셨을까? 어머니는 전화기에 손도 못 뻗치게 하셨다.

이미 며칠 전 새벽 한 시경에도 이런 일이 있었다.

역시 소낙비가 오고 있었는데 잠자다 일어난 어머니가 고향인 함양군 안의에 어서 가자고 하셨다. 부산에서 간호사로 일하는 외사촌 여동생이 와 있는데 지금 가면 침을 맞을 수 있다는 것이었다. 빨리 오라는 전화를 받았다고 하셨다.

부스스 눈을 부비며 일어난 나는 깜깜한 새벽이 주는 암담함에 여기저기 전화를 걸어 어찌해야 좋을지 물어보다가 엉엉 울어버린 사건이었다.

누군가의 조언에 따라 전화기를 들고는 어머니 보라고 이러쿵저러쿵 통화를 하는 척 하고는 어머니를 설득해서 눌러 앉힌 적이 있다.

이때 억지로 어머니를 눌러 앉힌 것이 화근이 되지 않았나 싶었다. 그래서 이번에는 마음을 단단히 먹고 어머니 말씀대로 서울을 가자고 했다. 이참에 여동생 집에 가 보자 싶었다. 뿌리를 뽑자는 심정으로 나선 것이다.

내가 흔쾌히 어머니 주장을 받아 주니까 어머니의 눈초리가 조금 부드러워졌다. 그러나 서울에 가야겠다는 의지만큼은 전혀 흔들리지 않았다.

"외사촌네 집에 엊그제 갔었으면 이런 일 없다 아이가. 조카가 기다리다가 기다리다 더 못 기다리고 부산으로 가 버렸다 아이가."

한결 부드러워진 어머니의 목소리를 느낄 수 있었다.

세상을 뒤집을 듯이 퍼붓는 소낙비가 가끔씩 잦아들기도 했지만 내 트럭이 고속도로에 올라서기까지 날씨는 아주 위협적이었다. 어려울 때마다 전화해서 도움을 구하던 울산 사는 분으로부터 "서울로는 가지 말고 일단 고속도로를 달려 보라."는 말대로 장수 나들목을 통해 대진고속도로로 들어갔는데, 정작 고속도로에 들어가자 '어디 해 볼대로 해 보자' 하는 오기가 생기면서 도리어 마음이 편해졌다.

팔팔고속도로로 옮겨 타고 남원 쪽으로 방향을 틀었는데 어머니가 나를 쳐다보면서 불안스레 한 마디하셨다.

"아니. 서울이 와 이리 머노? 아직도 서울 아이가?"

그 순간 전깃불이 들어오듯 머리가 환해졌다. 살아 계시지도 않은 '백운역 할아버지'가 비현실적인 인물이듯이 어머니 마음속의 '서울'은 우리 지도상의 서울이 아님을 간파한 것이다.

"비가 와서 빨리 못 달려서 그래요. 어머니 이제 다 왔어요."

남원으로 빠져서 여기가 서울이라고 했더니 어머니는 서울이 너무 멀다고 하면서 뭘 좀 먹고 가자고 했다.

이때부터 주도권은 완전히 내게로 넘어오게 되었고 서로 처지가 뒤바뀌었다. 다시 집으로 돌아가게 된 오후 여섯 시까지 나는 '백운역 할아버지'를 찾아 여기저기 계속 쏘다니고 어머니는 나를 만류하는 처지가 된 것이다.

'맛있는 집', 우리가 차를 세운 곳이다. 아직 점심은 이른 시간이라 식당 주차장은 비어 있었다. 차량들은 없었지만 소낙비가 세상을 가득 채우고 있어서 여유롭다는 생각은 들지 않았다.

"하늘이 쪼개졌나. 와 이락꼬?"

어머니는 캄캄해지는 하늘이 걱정되시나 보다. 이래가지고는 백운역 할아버지를 찾아갈 수 없을지도 모르는 일이다. 어머니 걱정을 애써 무시하고 나는 씩씩하게 식당에 들어가 먹을거리를 찾았다.

두부 요리 전문 식당이었는지 두부를 삶아 건지고 있는 게 보여 갓 삶은 두부 한 모를 사 왔다. 따끈따끈한 두부에서 고소한 콩 냄새가 났다. 풋김치도 함께 사 왔다. 두부를 본 어머니는 크게 반가워했다. 트럭 안에서 어머니랑 붙어 앉아 간장을 무릎에 흘려가며 두부를 먹었다. 트럭의 양철 지붕 위로 떨어지는 장대비는 콩 볶는 소리를 냈다.

누가 보면 늙은 우리 모자가 연인처럼 보일 거라는 생각이 들었다. 어머니를 쳐다보았다. 고집불통의 노인네가 콧물을 대롱대롱 매달고 두부를 우물우물 맛있게 잡수고 계셨다. 빤히 쳐다보는 나를 어떻게 이해했는지 어머니가 두부를 한 젓갈 떼어내서 내 입에 넣어 주셨다.

두 사람 다 마음이나 배가 두둥실 불러 가지고 식당 주차장을 나왔다. 나는 남원 터미널 옆 한 건물에 올라갔다 내려와서 "백운역 할아버지가 이사 가셨다네요"라고 허위 보고를 했다. 그러면 어떻게 해야 하느냐는 눈치를 어머니가 내게 보냈다.

"걱정하지 마세요. 어디로 이사 갔는지 제가 약도를 잘 받아 왔어요."

건물 우체통에 꽂혀 있던 광고 안내 전단을 보여 주면서 이사 간 곳으로 찾아가자고 차를 돌렸다. 나는 전주로 향했다. 어머니는 상당 부분 백운역 할아버지에게서 풀려나고 있었다.

"나락 모감지가 커질라믄 나락 꽃이 들어왔다 나갔다 해야 되는데 비가 무장 더 오네? 이래각꼬는 나락 꽃 다 떨어지것다."

"그러게요. 햇볕이 나야 나락이 영글 텐데요."

"내리 사흘이나 와서 인자 안 오지 시푸디마는 장마 끄트리가 기네."

"비는 며칠 더 온대요."

"산이 저거 맹키로 하늘에 닿아 있으믄 비가 오는 기라. 하늘이 높이 올라가믄 맑아지는 기고."

"그보다도 백운역 할아버지가 어디 안 가고 집에 계셔야 할텐데 비

오는데 어디 안 가셨겠죠?"

"그걸 누가 아노. 두 발 성한 사람이 오델 못 가건노."

백운역 할아버지를 못 만날 수도 있다는 투였다. 어머니는 서울이 참 넓다고 하셨다. 한 시간을 달렸으니 그럴 만도 했다. 전주에 들어와서 중앙 대로를 달리는데 큰 사거리 건물에 우민교회라는 간판이 눈에 들어왔다. 우리를 향한 정지 신호판 같았다. 잠시 비가 멎고 터진 구름 사이로 얼굴을 내민 햇살이 교회를 비추며 우리를 그쪽으로 안내하는 듯한 기분이 들었다.

"어머니. 바로 저기에요. 교회 뒷집으로 이사 갔다고 했거든요. 다 왔어요."

건물 뒤로 차를 대자 소낙비가 다시 쏟아졌다. 우산을 받쳐 들었지만 빗줄기가 옆으로 후려쳤다. 건물로 올라간 나는 화장실로 가서 볼일부터 봤다. 맥이 탁 풀어지는 게 스르르 눈이 감겼다. 목욕탕에 가서 푹 쉬고 싶었다. 목욕탕 못 가 본 지가 반년이 넘었지 아마. 어머니가 집에 오시고 단 한 번도 목욕탕이나 이발소를 가지 못했다. 그럴 여유가 없었다. 수염도 면도를 할 겨를이 없어 가위로 잘라 내고 머리는 이발기로 박박 밀고 있었다.

"집에 있더나?"

"아뇨. 저쪽에 있는 노인정에 갔대요."

나는 교회 건물에서 나와 바로 차를 몰고 또 다른 곳으로 달려갔다. 삼성전자 서비스센터 건물이 보였다. 넓은 주차장에 차를 대고 동네 노인정이라고 했다. 백운역 할아버지 찾아오겠다고 차에서 내리려 하자 어머니가 내 손을 잡았다. 어머니 두 눈에 눈물이 그렁그렁했다.

"야야. 인자 우리 고마 가자. 장계 집으로 가자."

'백운역 할아버지'에 대한 집착이 옅어지신 게 분명해 보였다. '백운역 할아버지'는 그분에게 가서 침 한 대 맞고 일어나 걷고 싶은 어머니의 깊은 서원이 상징화된 이미지에 불과하다는 것이 확실했다.

감기 몸살이 나서 콧물이 흐른다고 콧구멍을 탓할 수 없듯이 수 십 년 전에 돌아가신 구두 수선쟁이 '백운역 할아버지'가 난데없이 서울 여동생 네 뒷집에 침쟁이가 되어 나타났다는 어머니의 주장을 판단력과 기억력의 잘못으로 문제 삼을 일이 아닌 것이다.

판단력과 기억력 이전에 원 뿌리는 걷고 싶다는 데 있었다. 남들처럼 벌떡 서서 걸어 보고 싶은 것이다. 걷지 못한다는 이유로 갇혀 살기 싫다는 것이고, 바깥 구경 좀 하자는 것이다. 걷고 싶은 것뿐이었는데 오줌싸개가 되어야 했고, 집안의 천덕꾸러기가 되어야 했다. 아무도 어머니 하시는 얘기를 귀담아 듣는 이가 없다는 데서 증세는 악화되어 갔던 것이다. 이것을 어찌 어머니 탓이라 하겠는가.

나는 어머니 손을 떼어 놓았다.

"여기까지 왔는데 그냥 갈 수 없잖아요. 잠깐 올라가서 찾아보고 올게요."

어머니의 안타까워하는 표정을 뒤로하고 당당하고 부지런하게 건물 안으로 들어갔다.

삼성전자 서비스센터는 밝고 깨끗했다. 번쩍거리는 전자 제품들이 화려한 조명 밑에서 고객들의 시선 아래로 발가벗은 몸체를 뒤채고 있었다. 상냥한 점원이 뭐가 필요하시냐고 물었다. 내 몸을 어머니 눈 밖에 숨길 시간이 필요했다. '백운역 할아버지'로 상징화된 한 서린 어머니의 비원이 소멸되도록 기도할 공간이 필요했다.

내가 가는 발자국마다 빗물이 흘러내렸다. 바지는 물론 윗도리까지 젖어 있었다. 고객 대기용 의자에 앉아 신문을 펼쳤다. 피로가 몰려왔다. 기대기라도 하면 잠이 들 것 같아 일어섰다. 매장을 하릴없이 몇 바퀴 돌다 종종걸음으로 트럭에 돌아왔다.

어머니는 백운역 할아버지가 노인정에 있던지는 묻지도 않고 이제 집으로 돌아가자고 하셨다.

"백운역 할아버지가 종일 여기 노인정에서 놀다가 조금 전에 저 아래쪽에 있는 식당에 가셨대요. 어머니, 멀지 않으니까 가 봐요."

"됐다. 멀쩡한 노인네가 한 군데 가만히 있것나. 가자. 인자 집으로 가자."

"한 군데만 가 보고요."

"있으면 뭐 하노. 저 바빠서 나돌아 댕기는 사람 만나믄 뭐 하노. 우리는 그냥 가자."

나는 차를 몰고 모래내 시장 쪽 식당가로 갔다. 트럭에 앉은 어머니가 잘 보이는 곳의 식당들을 골라 두세 군데를 돌았다. 어머니 눈초리가 내 뒤 꼭지를 따라다니고 있는 것을 느낄 수 있었다. 어머니로부터 어떤 조짐 같은 게 왔다. '백운역 할아버지'의 망령이 완전히 사라지는 조짐이었다.

종일 물에 빠진 생쥐 꼴로 죽을 둥 살 둥 거리를 헤매고 다니는 자식이 있는 이상 백운역 할아버지는 필요 없어졌나 보다. 아침부터 빗속을 뚫고 '서울'까지 와서 이곳저곳으로 '백운역 할아버지'를 찾기 위해 안간힘을 쓰는 아들이 있어 어머니의 맺힌 한 덩어리가 절로 녹아내렸는지도 모른다.

장계 집으로 차머리를 돌렸을 때는 하늘이 걷히고 석양의 온화한 햇살이 젖은 산천을 비추고 있었다. 어머니 마음은 자동차보다 먼저 집으로 돌아가셨다.

"집에 있는 달구 새끼들 모시도 안 줘서 이것들이 배고푸겠네."

"마당에 널린 게 먹을 것들인데 뭐가 걱정이에요."

"주인이 있고 없고가 집짐승들한테는 그기 아인기라."

"백운역 할아버지 못 만나서 영 섭섭하네요."

"찾아가도 없는 걸 오짜노. 우리도 할 만큼 했다 아이가. 됐다."

"인제 비도 안 오고 날이 드네요."

"해 넘어갈 때 하늘이 빨갛게 되면 가문다는기라. 인자 비 안 올끼구마."

어머니 말씀처럼 비가 그쳤으면 싶은 만큼 어머니 머릿속에 똬리를 틀고 앉은 '백운역 할아버지'가 오늘 소낙비에 다 씻겨 나갔으면 싶었다. 실제 이날 이후로 어머니 입에서 '백운역 할아버지'가 싹 사라져 버렸고 이걸로 상징되는 한풀이 식 고집 세우기는 한참 뒤 딱 한 번 나타났다.

'백운역 할아버지'로 상징되는 어머니의 이상 징후가 어떨 때 나타나는지를 확연히 보여 주는 기회가 되었다.

2008년 2월 말 경. 몇 년 만에 찾아 온 몸살로 내가 몹시 아프기 시작했을 때였다. 어머니 낌새가 이상하다 싶었는데 아니나 다를까 '백운역 할아버지'가 근 다섯 달 만에 처음으로 어머니 입길에 오르셨다.

어머니에게 '백운역 할아버지'는 고착화된 어떤 상징이다. 풀리지 않는 비원의 고갱이다. 근 다섯 달 동안 '백운역 할아버지'가 단 한 번도 어머니 입길에 오르지 않았다는 것은 비극의 종말이고 새로운 삶의 도약이었다.

잊혀졌으려니 싶었던 '백운역 할아버지'가 어머니 입에서 환생했다. 그 이틀 전에 이미 조짐이 있었다. 어머니는 아무 말도 않으시고 입맛을 잃고 짜증만 내셨다. 몸살로 앓아누운 내가 반신욕을 한다든가, 숲으로 들어가 진종일 삼림욕을 한다든가, 작은 뒷방에 들어가 발가벗고 풍욕과 좌선으로 고통의 시간을 넘어서고 겨우 어머니 앞에 나타나면 어머니는 "너 어데 갔다 와노?"라며 극도의 불안 증세를 보이셨다.

심한 몸살로 내 몸 하나 간수하기 힘들었던 한 주 동안 어머니는 내가 안 보이는 모든 순간을 공포와 절망으로 보냈는지도 모른다. 공포와 절망은 아니더라도 불안과 두려움이 교차하는 시간이었음이 분명했다.

그러던 어느 날이었다. 아침부터 한껏 쏘아붙이시더니 오전 내내 돌아누워 끙끙 앓더니만 나를 불러들였다.

"나 좀 일바씨라."

굳이 나를 불러서 일으켜 앉히라고 하는 것은 뭔가 큰 결단을 내 보이기 전의 징조임에 틀림이 없었다.

"가자. 오늘 서울 순이네 가야겠다."

내가 뭐라 하면 막무가내로 쏘아붙일 기세였다.

"백운역 할아버지한테 가 보자. 내가 걸어 댕기도 못하고 누워만 있기 주이난다."

어머니는 주섬주섬 챙겨 가지고 당장 나설 채비를 하셨다. 눈은 강렬한 광채를 띠셨다. 광기라고 하는 게 옳아 보였다. 그런 눈빛이 되는 때가 많다. 광기로 눈빛이 번득일 때를 눈여겨 잘 살펴보면 온몸에서 동일한 기운이 풍겨남을 알아챌 수 있다. 이럴 때는 발산을 잘 도와야 한다.

나는 어머니를 차에 모시고 정처 없이 떠돌았다. 아랫집 소 막사를 지나고 사과 농장을 지나 우리 논이 있는 께로 오면서부터 들판엔 눈들이 듬성듬성했다.

해발 육백 미터인 우리 집은 새하얀 눈들로 뒤덮여 있었지만 아랫녘으로 내려올수록 봄기운이 역력했다.

차창을 열고 바람을 쐬었다. 어머니의 망상과 집착이 날아가라고 차창을 슬슬 내렸다. 어머니는 시원하다며 벅찬 숨을 내쉬셨다.

장계면과 접경인 계북면 길을 오르내렸다. 같은 길을 오르내리는 느낌을 주지 않기 위해 논두렁 샛길로 들어가기도 했다. 어머니 주장에 따라 서울 사는 내 여동생 뒷집에 사신다는 '백운역 할아버지'네 집에 가는 것이기 때문에 산 넘고 물 건너는 상황을 생생하게 연출했다.

　　그러나 '백운역 할아버지'를 향한 어머니 마음을 돌려 세우기에는 역부족이었다. 내가 근 일주일을 앓으면서 소홀할 수밖에 없었던 동안 어머니 가슴에 맺힌 소외와 버림의 불안을 떨쳐 버리기에는 한두 시간의 자동차 여행으로는 부족했다. 잠시라도 차를 세우고 딴전을 피우면 어머니는 가차 없이 독촉을 하셨다.

　　"어서 가! 꿈지락대지 말고 가자. 너는 나 데려다 주고 돌아와야 될 꺼 아이가. 어서 가자."

　　차를 돌려서 막막하고 고적한 산골길 국도를 질주했다. 갈 곳은 보이지 않았고 시간은 내 편이 아닌 것으로 보였다. 이때 서울 사는 내가 아끼는 후배한테서 전화가 왔다. 간단한 안부 전화였는데 내 막막함에 숨통을 틔어주는 원군과 같았다. 나는 아주 유쾌한 목소리로 "봄볕이 좋아 어머니랑 나들이 하는 중이다"라고 말했다. 그 순간 유쾌한 기분이 되어버린 나는 명백한 사실 하나가 떠올랐다.

　　상황을 주도할 것. 어머니의 요구에 이끌리지 말 것. 앞장서서 어머니 요구를 견인하면서 방향을 틀어 버릴 것. 나는 그렇게 했다. 남원과 전주를 무대로 '서울'을 연출했던 기억을 되살린 것이다.

　　장계면 소재지 외곽으로 접어들었다. 장계 시장을 다녀오시는 아랫마을 할머니를 만났다. 어디 가냐고 하신다. 반색을 하시던 어머니는 대뜸 딸네 집에 간다고 큰소리로 말하셨다.

"딸네 집이 어디여?"

"전주. 전주에 우리 막내딸이 살어."

서울이 아니고 전주라고 하시는 어머니 말씀에 내 귀가 번쩍했다. 다시 차를 몰았다. 어머니의 서울과 어머니의 막내딸은 어머니만의 세계에 파편처럼 나뉘어 있는 것들임을 드러내신 말씀인 것이었다.

회심의 미소를 지으며 나는 농로 길로 접어들어 급경사 길로 차를 몰았다. 녹지 않은 눈이 허옇게 깔린 산그늘이 진 곳이었다. 아주 안성맞춤이었다.

헛 엑셀을 몇 번 밟다가 어머니에게 하소연을 했다. 눈이 미끄러워 차가 가기 어렵다고 엄살을 부렸다. 그러고는 차에서 내려 눈을 치우고 옆길로 차를 빼 내는 시늉을 했다. 그래도 차는 움직이지 않고 헛바퀴만 돌았다.

"어머니, 저 언덕 위에 가 볼게요. 저 위에는 어떤지 볼게요."

"하모. 하모. 가 봐아. 여기 고생해서 빠져 나간닥케도 저 우에가 눈이 또 있으믄 안 되지. 어떤지 가 봐야지."

차를 세워두고 올라간 언덕 위는 완연한 봄이었다. 가족 묘원이었는데 드물게도 묘비의 비문이 한글로 쓰여 있었다. 곱게 마른 잔디는 봄볕을 받아 황금빛으로 빛났다. 박새와 딱새, 노랑턱멧새가 묘원 앞 덤불을 날아다녔다. 까치와 까마귀도 높은 나뭇가지에서 오르락내리락

했다.

한참을 앉아 햇살을 쬐다가 자동차로 힘없이 돌아왔다.

"그라믄 오짜건노. 집으로 가자. 눈 녹으믄 가야지 뭐."

언덕 위에는 눈이 더 많아서 엄두를 못 내겠다는 내 허위 보고에 어머니는 차가운 내 손을 잡고 그래도 서울을 가겠다는 나를 만류하느라 울상을 지으셨다. 못 이기는 척 어머니의 설득에 넘어가 줬다. 우리는 집으로 돌아왔고 어머니는 그후로 단 한번도 백운역 할아버지 '백'자도 입에 올리지 않으셨다.

백운역 할아버지가 등장하는 기제를 정확히 알게 된 것이 큰 소득이었다. 불안이 커지고 최소한의 욕망이 허물어졌을 때, 바로 그럴 때 백운역 할아버지는 벼락처럼 어머니에게 오시는 것이었다.

백운역 할아버지가 아니라 더한 요구가 있더라도 뒤처져서 수습하는 데 급급하지 않고 한 발 앞서서 어머니보다 더 설치면서 상황을 이끌어 가면 어느새 어머니는 수동적인 입장이 되고, 상황의 전개를 주도하게 된 나는 자연스레 사태를 수습하는 쪽으로 방향을 틀 수 있었다.

꿈길 따라잡기

그러나 이 보다 더 좋은 것은 사전에 예방하는 것인데 아무리 어머니의 몸자리와 마음자리를 잘 돌봐드려도 몇 겹이 쌓인 업장들은 예측이 불가능하다. 더구나 꿈자리를 통해 스며든 악업들이 어머니 뇌리를 완전히 장악해 버린 뒤에는 어쩔 수 없이 하루 내내 또는 다음날까지 가상 체험을 위해 어머니를 모시고 아래로 위로 천방지축으로 다녀야 했는데 그래서 시도하게 된 것이 '꿈길 따라잡기'였다.

'앞장서서 방향 돌리기'가 사후적인 처방이라면 '꿈길 따라잡기'는 예방 조치였다. 주무시는 어머니가 잠꼬대를 할 때도 그렇지만 새벽에 잠이 깨면 바짝 다가가서 같이 편승하는 것이었다.

"저것들이 또 와 뭉쳐각꼬 오노? 술 주고 밥 해 쳐 멕이니까 이제 지 집 드나들득끼 오고 자빠졌네."

이런 소리가 잠결에 들리면 나는 부리나케 어머니 손을 꼭 쥐고 같이 맞장구를 친다.

"그러게요. 저 사람들이 전에 왔던 그 사람들이네요. 또 오네?"

그러면 어머니는 반쯤 눈을 뜬 채 나랑 이야기를 주고받는다.

"와 본 놈들이 저그 패들을 더 불러 가지고 문지 떼처럼 들어 앉네 들어 앉아."

나도 어머니 꿈길을 쫓아 들어가지만 그 과정에서 어머니 역시 꿈속의 망령들과의 관계를 끊고 내 이야기를 따라 나온다. 우리가 드나드는 꿈길을 나는 안다. 어머니 얘기 목록에 익숙해진 나는 아버지 술친구들이 떼를 지어 집으로 들어서는 광경을 연상하면서 어머니 꿈속으로 들어간다.

"우리 집을 찾아오신 걸 어쩌것소. 오신 손님잉께 대접해야지요."

"누가 머라나. 찾아온 손님 내치는 거 아이다. 없으면 없는 대로 있능거 갈라 묵어야제."

어머니는 꿈과 망상이 한데 섞여 있는데 나는 이를 눈 뜨고 꾸는 꿈이라고 생각했다. 잠 속에서 진행되는 망상이 꿈이라면 눈 뜨고 진행되는 망상은 치매다. 이러한 꿈은 두 종류로 진행된다. 과거에 묶여서 되풀이되는 한풀이 꿈이 그것이요, 또 하나는 미래에 대한 현란한 판타지 꿈이 그것이다.

어머니가 꾸는 새벽 꿈자리는 맑고 투명한 정기가 어머니 꿈자리에 잘 스며드는 시간대다.

어느 날 새벽, 어머니가 불쑥 내뱉는다.

"우라부지 괘씸해야. 남 사주는 잘 봄스로 술도가지 사돈 삼아서 날 이 고생을 시킨거 보믄 우라부지 괘씸해야."

나는 장단부터 맞춘다.

"그러게요. 외할아부지가 어무이 와 그런 데로 시집 보냈을꼬. 술 한 방울 못하는 집안에서 컸는데 술도가지 서방 만나각꼬 와 고상하게 했으꼬?"

"그 속마음을 누가 알아. 우라부지 속마음을 누가 알아."

"어무이, 그란데 어무이가 다른 데로 시집 갔으믄 나 몬 낳았을거 아녀요?"

"너는 내가 맘 묵고 놓지. 너를 안 놓으면 딴 것들 무슨 소용이고."

"그래도 어무이가 다른 사람한테 시집 갔으믄 나 같은 놈 안 낳았을 거 아녀요?"

"이기 머락카노. 너를 내가 안 놓으믄 누가 놓노?"

"그랑께 어무이. 아부지 욕하지 마요. 아부지가 뭘 모르고 그랑 거니까 인자 욕하지 마요."

"그렇지. 사람이 이럴 때도 있고 저럴 때도 있지. 오찌 한결 같응가."

이 정도로 어머니 꿈속을 같이 거닐다 보면 어머니는 어느새 꿈과 현실을 잘 갈라놓는다.

꿈속에서 본 사실들과 현실 세계의 현상들을 구별하기 시작한 것이다. 치매 노인들의 정신세계에 틈입하는 망상들은 현실에서 좌절된 기억들이다.

한번은 어머니의 이런 잠꼬대에 잠이 깬 적이 있다.

"술 쳐 먹으믄 꼭 메르치 안주 달라카는고마."

나는 무슨 말인고 하고 기다렸다.

"술은 줌서 안주는 와 안 주요? 캄스로 큰소리치는 구마."

어머니는 잠 속에서 등장하는 주인공들의 목소리를 실제처럼 번갈아 내 가며 잠꼬대를 계속하셨다.

"술도가 옆에서 사과 농사 짓는 용송이 그놈은 일꾼들하고 같이 일 함스로도 도가 집 변소에 오줌 누러 간다캄스 가서는 혼자 술 되가 웃지기 처먹고 오능고마."

어머니는 목청을 가다듬더니 용송이 아저씨의 아주머니 목소리를 낸다.

"오대 갔다 오요. 연락도 엄씨 오대 갔다 오요."

용송이 아저씨는 시치미를 떼고 오줌 누고 온다고 둘러대지만 다른 사람들은 불콰해진 얼굴을 보고 어디 갔다 왔는지 다 안다고 했다.

나는 이쯤에서 어머니의 꿈길을 잡아챈다.

"어무이. 누가? 또 누가 혼자 술 먹고 혼자 흥청댔는데요?"

"누긴 누라. 자밧양반 하고 우라태 띠기지."

어머니가 내 말을 받아주기 시작하면 아주 성공적인 것으로 평가된다. 꿈밖으로 나오되 벌거숭이로 나와 허둥대는 것이 아니라, 천천히 새로운 기운을 접수하고 낡은 이전의 기운을 대체하는 것이기 때문이다. 서서히 꿈과 현실이 구획되는 순간이다.

꿈은 늘 신비한 시간 여행을 펼쳐 보인다. 현실 공간의 영향에서 완전히 자유롭지는 않지만 그렇다고 현실 시공간의 제약 밑에 있는 것도 아니다. 고교 시절에 읽었던 프로이드의『꿈의 해석』에 있던 이런 대목이 기억난다.

석양빛을 받으며 들녘을 거닐고 있는데 교회 종소리가 은은하게 들렸다. 그 종소리는 사실 동네 교회에서 새벽종을 치는 소리였다는 것이다. 석양과 들녘과 종소리는 꿈을 구성하는 묘한 조합이 된 셈이다. 결론적으로, 꿈에는 과거와 미래와 현재가 한데 섞여 있는데 해몽은 이를 잘 갈래 내는 과정이라는 것이다.

사실 과거니 미래니 하는 개념 자체가 삼차원 세계에서나 쓰이는 말이지 누 차원 세계에서는 그런 구획 자체가 없을 수 있다. 치매 노인은 삼차원 세계를 넘어선지 오래된 존재들이다. 이 삼차원 공간 속에는 숨겨진 차원이 일곱 겹이나 있다는 것이 초끈 이론 물리학자 브라이언 그린의 주장이다. 삼차원 공간 개념 저 너머에 사시는 치매 노인들을 환자로만 보면 그 신비의 영역을 놓친다.

어쨌든 웅크리고 자는지 똑바로 누워 자는지에 따라, 자는 동안에 방안의 온도나 향, 그리고 음악이 꿈에 영향을 미친다는 증거가 프로이드의 이 책이다.

외적 환경 외에 어떤 꿈을 꾸느냐에 가장 큰 영향을 미치는 것은 흔히 알려진 바와 같이 잠재의식 또는 무의식의 세계이다. 잠재의식은 현실 생활의 근원이 된다. 의식 세계의 생각과 행동은 프로이드에 의하면 존재의 일부에 불과하다. 즉, 빙산의 일각이라는 것이다.

그렇다면 반대로, 잠재의식에 영향을 줄 수 있다면 현실 생활을 바꾸는 것도 가능한 일이 된다. 잠재의식과 현실 의식이 만나는 접경이 꿈의 세계다. 내가 어머니의 꿈길을 따라 들어가는 이유다. 잠들기 전에 어머니의 손발을 깨끗이 씻고 가벼운 옷차림으로 잠자리에 들게 한다든가, 방을 따뜻하게 하고서 즐거운 시간을 보내다 잠들게 하는 것이 어머니 꿈에 개입하는 나의 첫 번째 조치다.

그 다음이 중요하다. 어머니 꿈속으로 직접 들어가는 것이다. 노인들은 현실 의식과 잠재의식의 구획선이 분명하지 않다. 꿈과 현실의 구분도 잘 되어 있지 않고 꿈이 현실에 미치는 영향도 크고 오래간다.

종일 꿈속에 살기도 한다. 이렇게 과거와 상상이 뒤범벅된 상태를 의료인들은 손쉽게 망상이니, 환청이니 하는 정신병이라고 부른다.

프로이드의 논리에 의하면 우리는 기본적으로 망상(꿈=잠재의식)에 존재의 기반을 두고서 일부만을 현실 세계에 노출시켜 살아가는 것이다. 그럼에도 존재의 근원에 접근해 있는 치매 노인들을 병자라고 부르는 것은 재고의 여지가 있지 않을까 싶다.

문제는 본인이나 주변 사람이 괴롭다는 것인데 그것이 괴로워야만 하는 일인지는 다시 따져 봐야 할 것이다. 지치고 힘들다는 표현이라면 어떨지 모르지만.

치매 노인들의 꿈과 현실이 뒤섞여 있다는 점은 어머니의 꿈속에 내가 들어가는 것을 더 쉽게 한다. 그동안의 내 경험이다. 이때마다 나는 두 가지 방향으로 어머니의 꿈에 개입한다. 하나는 앞에 소개 했듯이 꿈과 현실, 즉 망상과 현실을 정확히 분리시켜 주는 방향으로 개입하는 것이요, 또 다른 하나는 참담한 현실을 꿈과 연결시켜서 현실에서 속히 벗어나게 하는 것이다.

이불과 옷에 흠뻑 오줌을 누셨을 때였다.

새벽녘에 어머니의 부스럭거리는 소리와 코끝을 자극하는 지린내에 잠이 깼다. 말똥말똥한 어머니의 상태가 느껴졌고 젖은 이불을 몰래 발로 뭉치고 있는 게 보였다. 나는 조심스럽게 어머니에게 다가갔다.

"어머니, 꿈 꿨죠?"

"엉?"

"하하하… 어머니 아까 꿈꾸셨죠? 아까 막 잠꼬대하시던데요?"

"몰라. 와 이라능고 몰라. 꿈을 꿨는지 어쨌는지."

"저도요. 꿈에 오줌 누면 꼭 옷에도 오줌 눠요."

"꿈을 꿨는지 어쨌는지 내가 와 이락꼬 맨날. 몬 살아. 이래각꼬 오찌 살아."

이렇게 하면 일단 오줌 누신 것을 자연스레 드러내게 했으니 한 고비는 넘긴 것이다. 어머니의 좌절을 위무하는 일이 남았을 뿐이다. 이때 잘하면 그날 하루가 쾌청해진다.

"잘 생각해 봐요, 어머니. 꿈에 오줌 누시지 않았어요? 화장실 가기 멀고 하니까 그냥 누지 않았어요?"

"몰라. 내가 죽어삐지야 이 꼴 안 보지. 내가 너한테 고생시키고 며

느리 보기 미안하고 내가 이래 살아각꼬 머학끼고."

"에이. 어머니가 오줌 눈 게 아이락캐도!"

"이기 내가 눙기 아이믄 니가 눴단 말이고?"

어머니는 당신이 옳다는 것을 확인이라도 시켜주겠다는 듯이 내 손을 끌어다가 어머니 엉덩이 밑으로 넣으셨다. 오줌 눈 사실을 숨기시던 어머니가 오줌 눈 게 맞다고 되레 큰소리치기 시작한 것이다.

"나도 모르기 이렇게 찔끔 나와 버리니 내가 오찌 살아. 하루 이틀도 아니고."

"어머니. 나도 말은 안 해서 그렇지 엊그제 옷에 오줌 눴다니까요. 꿈에 냇가에서 목욕을 하는데 옷을 입고 했거든요."

"……."

"냇가에서 목욕을 하는데 옷을 입고 하니까 옷이 다 젖잖아요. 그런데 냇가에서 목욕하니까 시원한데 갑자기 옷이 뜨끈뜨끈하는 기라. 봉께 옷에 오줌을 싼 기라요."

"너도 오줌 쌌나?"

"그렇다니까요. 꿈꾸다 보면 그리 되는기라요."

"하하하…. 다 큰 놈이 소문 날라."

축축하게 젖은 옷을 벗지도 못하고 누운 채 아들이 눈치챌까 봐 전전긍긍하는데 자꾸 아들이 오줌을 눈 사람은 어머니 당신이 아니고 꿈 때문이라고 하자 긴가민가하시면서 슬슬 민망함에서 깨어나신다.

어머니는 한참을 입을 닫고 잠자코 계시더니 내 손을 덥석 잡으면서 눈을 반짝이셨다.

"아, 맞다. 내가 '새노디(어머니 고향 마을의 냇가 이름. '새 노둣다리')'에 가서 바지를 둥둥 걷고 고디(다슬기의 경상도 지방어)를 잡는데 말이다."

"그래서요? '새노디'에 갔었어요? 그래서요?"

"응. 고디가 말이다. 큰 바위 밑에 이렇게 꾸부려서 손을 넣고 훑으면 손가락 마디만 한 고디가 한 움큼씩 잡히는 기라."

어머니는 고향 동네 냇가 '새노디'에서 고디를 잡고 계셨던 것이다.

"고디가 하도 많기에 개롱띠기하고 서로 많이 잡는다고 깊은 줄도 모르고 들어갔거든. 고디는 낮에는 깊은 데 있어. 밤이 돼야 밖으로 기나오지 낮에는 깊은 데 있거든."

어머니가 축축하게 젖은 바지와 속옷을 겨우겨우 벗어 내리면서 하신 말씀은 '새노디'에서 고디를 잡느라 깊은 데로 들어가다 옷이 다 젖었다는 것이다. 어머니는 여기서 한 발 더 나가셨다.

고디를 잡다가 물에 빠지는 꿈을 꾸고 오줌을 누셨다는 것도 아니었다. 고디를 잡다가 옷이 물에 젖었는데 아직 안 마른 것 같다는 것이었다. 나도 맞장구를 쳤다.

이렇게 해서 오줌을 안 눈 게 되어 버렸다. 내가 유도하는 도착 지점을 훨씬 뛰어 넘으신 것이다.

"맞아요. 옷이 물에 젖었으면 빨리 갈아입으셔야지 그냥 입고 있는 게 어디 있어요?"

옷 벗는 것을 도와 드렸다. 어머니는 이미 옷에 오줌을 눈 참담한 기분을 완전히 벗어나셨다. 옛날 옛적 시골에서는 밤이 되면 동네 아낙들이 냇가에 가서 목욕도 하고 고디도 잡고 했는데 할아버지는 여자들이 냇가에 가서 목욕하면 순 상놈이라고 얼씬도 못하게 해서 어머니는 목욕은커녕 봄나들이 한 번 못 가 보고 살았다고 한다.

어머니 옷이 젖어 있는 것은 꿈에도 그리던 고디를 잡으러 냇가에 갔다가 물에 빠져 젖은 것이 되어 버렸으니 젖은 옷을 감출 필요가 없어진 것이다.

"어서! 어서 옷 좀 꺼내. 옷부터 좀 갈아입자."

어머니는 내가 꺼내 주는 속옷은 싫다 하고 이것저것 꺼내게 해서는 반쯤 입어 보다가는 다른 걸로 바꿔 입곤 하셨다. 우리네 삶은 한바탕 꿈일 뿐이라는 고승들의 가르침을 몸소 체현하는 것은 물론, 꿈이야말로 삶 자체라는 것을 말해 주고 계셨다.

모성 되살리기

세상 어머니들은 다 여자다. 아무리 늙고 병드셨어도 세상 어머니는 여전히 여자라는 사실, 모성을 본능적으로 간직한 여성이라는 사실이 내가 어머니와 함께 살아가는 데 중요한 사항이 되어 있다.

어머니와 얽히는 관계를 풀어가는 데에도 이 사실을 분명히 알고 대응하는 것이 중요하다. 내가 만들어 낸 '세가지 요법'의 마지막이 바로 이것이다. 이른바 '모성 되살리기'인데 이는 다시 두 가지로 나뉜다.

어머니가 여자라는 사실을 늘 기억하고 그렇게 대하는 것이 하나고, 다른 하나는 어머니 기분이 뒤틀려 있거나 뭔가에 시달려 평온이 깨져 있을 때는 모성애를 자극하여 '어머니의 품성'으로 돌아오게 유도하는 것이다.

'어머니의 품성'은 생명을 잉태하고 키우는 거룩한 신체적 정신적 본능을 말한다. 측은한 마음을 바탕으로 어떤 어려움도 용서와 포용으로 뚫고 나가는 위대한 힘이 모성 속에 있음을 몸소 체현하게 유도하는 것이다.

어머니의 여성성을 존중하고 모성을 되살려야 한다는 것은 어떤 분이 하도 강조를 해서 그렇구나 싶었는데, 우리 어머니에게서 그걸 발견하게 된 것은 아주 역설적인 상황에서였다.

작년 봄. 쑥이 하루가 다르게 쑥쑥 솟구치던 날이었다.

한낮에는 반소매만 입고도 공기가 찬 줄 모를 정도의 날씨 속에 어머니를 모시고 쑥 뜯으러 나갔다가 곤욕을 치른 날이었는데, 그런 속에서 어머니의 모성애가 거침없이 발현되었다.

어머니는 모든 것이 되살아나는 봄을 맞아 사춘기 소녀처럼 들떠 있었다. 새벽부터 쑥 뜯으러 간다면서 채근이었다. 고개 한 번 돌렸다가 되돌아보면 그새 쑥쑥 자라나는 게 쑥이라면서 이름도 그래서 '쑥'이라고 하셨다.

마음만 앞서는 어머니를 바퀴의자에 앉히고 쑥을 찾아 떠났다. 어머니가 찾는 쑥은 보통 쑥이 아니다. 지형 조건이 까다롭다. 평평하지는 않더라도 경사가 거의 없다시피 해야 한다. 몸을 못 쓰시는 어머니가 경사진 곳으로는 갈 수도 없을 뿐더러 잘못하면 발을 접질릴 수 있기 때문이다. 또 양지바른 쪽이어야 하며 퍼질고 앉아서 몸을 끌고 다녀야 하니까 맨바닥이 아니어야 한다.

쑥만 많이 나 있다고 되는 게 아니고 여러 조건들이 맞아야 하다 보니 몇 번씩이나 자리를 옮겨야 하고 그럴 때마다 어머니를 바퀴의자에 안아 올리고 내리고를 반복하자니 보통 힘든 게 아니었다.

쑥만 쫓아가시다가 사고라도 날까 봐 전전긍긍하다 보니 나는 몸과 마음이 지칠 대로 지쳤는데 어머니는 신이 나셨다.

집에 와서도 어머니는 좀 쉬시라고 해도 말을 안 듣고 쑥을 다 가려 놓자고 하셨다. 오줌 칠갑이 된 옷도 일 다 끝내 놓고 갈아입겠다고 하셨다. 나는 아무데라도 좀 누워서 한숨 자고는 싶은데 어머니는 소쿠리 가져와라, 물 떠 와라, 코 나온다 화장지 가져와라, 닭 모이 줘라, 방에 불은 안 때냐, 마루에 신문지 좀 넓게 깔아라 등등 혼자서 집안 살림을 전부 도맡고 나섰다.

쑥을 다 가려 갈 때쯤이었다. 냄비에 물을 올리라고 하셨다. 들깨 좀 가져와 믹서로 달달 돌리라고 하셔서 또 부엌에 들어가 들깨랑 믹서를 가져왔다. 어머니는 내게 들깨를 갈아 넣어 만든 쑥국을 먹이고 싶었던 것이다. 햇쑥으로 이렇게 들깻국을 끓여 먹으면 노곤한 봄에 기운 차리는 데는 그만이라는 것이다.

소금 넣지 말고 간장을, 그것도 꼭 조선간장을 얼마만큼 넣으라고 하시고는 쑥이 푹 삶겨야 좋은 거라면서 끓기 시작하고 나서 불 끄는 시간까지 감독하셨다.

"니가 나를 두발 리어카 밀고 위로 아래로 올라 댕기느라 욕보고, 몇 번이나 나를 들어 올렸다 내렸다 하느라 올매나 고생이 많았노. 이 쑥 국 한 그릇 먹거라."

처음부터 어머니는 쑥을 뜯어 깨를 갈아 넣고 자식에게 쑥국을 해 먹이고 싶었던 것이다. 큰 냄비에 쑥이 끓으면서 쑥 향이 온 집안에 퍼지기 시작할 즈음, 어머니는 옷도 못 갈아입고는 아이고 허리야 팔이야 하면서 누워 버리셨다.

나보다 더 지칠 수밖에 없는 어머니가 끝까지 펄펄하시더니 쑥국이 다 끓자 바로 자리에 누운 것이다. 내가 쑥국을 먹기 시작하자 몇 번 눈을 껌벅대더니 바로 곯아떨어지셨다. 저녁도 거른 채로.

어머니가 여자라는 사실을 일깨워 주신 분 덕분에 평소의 내 무지가 얼마나 두텁고 깊은지를 돌아볼 수 있게 되었다. '또문(또 하나의 문화)' 강좌도 들은 적이 있고 '노둣돌'이라는 여성 전문지도 읽으면서 여성주의적 시각을 나름대로 갖춰 왔다고 자부했는데, 여전히 나는 남자였고 그것도 세계적으로 가장 고약하다는 '한국 남자'에 머물러 있었다.

삶이라는 게 다 그렇듯이, '어머니가 아무리 늙고 병드셨어도 여자'라는 지적을 받았다고 해서 바로 어머니를 대하는 내 생활이 그렇게 되는 것은 아니다. 꾸준히 떠올리고 그런 상황과 맞닥뜨렸을 때 다시 자각의 깊이를 더해 가야 비로소 삶이 되는 것이다.

언젠가 집에 손님들이 오는 날이었다. 여느 때처럼 어머니께 말씀을 드렸다.

"어무이. 오늘 손님들이 오신대요. 먼 데서 오시는데 아주아주 좋은 사람들이에요."

낯선 사람이 우리 집에 올 때는 미리 좋게 말씀을 몇 차례 드려서 어머니가 마음속으로 친밀감을 가지게 해 두어야 한다. 익숙하지 않은 것들에 대한 경계나 배척이 심하시기 때문이다.

나는 어머니의 대꾸를 예상하고 답변을 준비하고 기다렸다. 분명 어머니는 "뭐 하러 오는데?"라든가 "손님 오시믄 뭐 대접할꼬?"라고 말씀하실 것이기 때문이다. 가끔 기분이 안 좋을 때는 "찌랄하고. 백찌 할 일이 없으니까 밥 얻어 쳐 먹을락꼬 오는 기지."라고도 하신다.

내 예상은 모두 빗나갔다. 어머니 말씀이 하도 의외여서 처음에는 무슨 말인지 못 알아들었다.

"또 그래라! 사람들 있는 데서 또 오줌 누고 오라고 그래라!"고 하셨던 것이다.

예상하며 기다리던 몇 가지 대꾸만 생각하고 있다가 얼른 어머니 말귀를 못 알아들은 내가 다시 물어보자 어머니는 한껏 눈만 흘기고는 입을 닫으셨다.

사람들과 마루에서 전을 부쳐 먹든가 소일거리를 하면서 얘기를 나누다가도 시간이 된 듯하여 어머니께 "오줌 눌 때 된 것 같은데요. 어머니 오줌 좀 누고 오세요."라고 말을 하면 대꾸도 않고 째려보시곤 하던 기억이 나면서 '어머니는 여자다.'라고 하신 분 말씀이 또 떠올랐다.

그분은 언젠가 내가 카페에 올린 어머니 사진 중에 자다가 막 일어나 빗질도 않은 상태의 쑥대머리 사진을 본 적이 있다고 했다. 남자도 그렇지만 어떻게 여자 가족 사진을 올리면서 쑥대머리 상태로 올릴 수 있냐는 것이다. 어머니가 그 사진을 본다면 기분이 어떨지 생각해 봤냐고 했다.

그 말을 듣고 크게 놀란 나는 더 조심한다고 했지만 여전히 내가 여성으로 산다는 것과 남자로 살면서 여성을 배려한다는 것 사이에는 넘어서기 힘든 간극이 있었다.

오줌에 젖은 어머니 속옷을 남의 눈에 띄는 마루 기둥 옆에 쌓아 놓는다거나, 어쩔 수 없이 사용한 종이 기저귀를 쓰레기봉투에 넣기 전에 급한 대로 나뭇간 구석에 처박아 둔다든가 하는 일이 비일비재했다.

어머니가 늙었다는 이유로 어머니의 여성성도 제거된 것처럼 여긴 것도 그러려니와 어머니의 최소한의 품위와 존엄을 지켜드리지 못한 일상속의 일들이 무수히 떠올랐다.

"손님들 보는 데서 또 오줌 누러 가라고 해라."는 호통을 듣고 거듭 반성하지 않을 수 없었다. 사람들 많이 있는 데서 '우리 어머니는 오줌을 못 가리는 사람이다. 똥오줌을 누여 드려야 한다.'고 공언을 한 꼴이니 그 말을 듣는 어머니가 얼마나 속이 상하셨을까 싶었다.

그래서 거울도 사다 드리고 머리핀도 은장 무늬가 새겨진 고급으로 사다 드리기도 했다. 머리띠도 색깔별로 사다 놓고 이것저것 골라 쓰시게 했다. 빗도 여러 종류를 사다 드리고 손님들이 오면서 혹 뭐 필요한 거 없냐는 전화를 해 오면 어머니 손지갑이나 손수건, 모자 등 몸 치장품을 요청하기도 했다. 기껏해야 천 원 안쪽 하는 물건들이고 고급 머리핀이 하나에 이천 원이었다.

이즈음 나는 뜻밖의 일들을 목격하게 된다. 누군가 집에 오셨던 손님이 손바닥 두 개를 펼쳐 놓은 크기 만한 손거울을 사다 주셨다. 제법 큼직한 거울이 방에 하나 있었기 때문에 이 손거울에 별다른 주의를 기울이지 못하고 어머니 옷장 틈새에 넣어 두었는데, 어머니가 돌아앉아서 이 거울을 보고 머리를 매만지고 계셨던 것이다. 방에 들어서려고 방문 고리를 잡고 열려는 순간 어머니 모습을 보고 깜짝 놀랐다. 뜻밖이었다.

기울기를 조절할 수 있는 이 손거울을 요리조리 틀어가며 눈을 치뜨기도 하고 고개를 들어 눈을 내려뜨기도 하셨다. 내 기억에 단 한 번도 어머니는 거울을 들여다보며 머리를 만진 적이 없다. 기껏해야 손에 물을 묻혀 부스스한 머리를 내려 앉히는 시늉을 한 적은 있지만, 이렇게 빗을 두세 개나 바꿔 가며 거울 속 당신의 얼굴 표정까지 골라 가며 머리를 빗은 적은 없다.

잔칫집에 가야 하거나 장날 나들이라도 할 때면 동백기름을 발라 까만 쪽머리를 반들반들하게 했던 기억은 있으나, 거울 들여다보는 모습을 내게 보일 만큼 여유로운 시간이 어머니에게는 없었던 것이다.

나는 문고리를 잡은 채 몸을 벽 뒤로 숨겼다. 어머니는 나를 전혀 눈치채지 못하고 이번에는 손톱깎이에서 줄을 꺼내 손톱을 다듬기 시작하셨다. 입김으로 호호 불어가며 손톱을 다듬는 어머니 모습이 너무 신기했다. 그 다음이 가관이었다. 거의 사용하지 않고 책꽂이에 세워 두고 있는 내 밀크 로션 병뚜껑을 열고 냄새를 킁킁 맡으시는 게 아닌가.

먼 옛날 '동동구루무'라 하여 백자기 통에 담긴 크림을 온 식구가 손끝에 거짓말처럼 묻혀 손등과 얼굴에 살갗이 화끈거리도록 문지르던 시절을 떠올리시는 걸까. 어머니는 새끼손가락으로 밀크 로션을 조금 찍어내서 손등에 문지르기 시작했다.

얼굴에도 조금 바르는가 싶더니 얼굴을 잔뜩 찌푸리면서 로션 뚜껑을 닫으셨다. 익숙하지 않은 진한 향내에 속이 거북했나 보다.

이 모든 풍경이 생소하면서도 반가웠다. 나는 새로운 뭔가가 또 연출될 것 같은 기대에 숨을 죽이고 계속 방안을 훔쳐봤다. 어머니는 이번에는 양말을 꺼내더니 그 속에서 온갖 소장품을 하나씩 꺼내 진열하기 시작했다.

나란히 늘어놓은 어머니 손 노리개 감들은 굴밤 두 개, 옷핀 큰 것 하나와 작은 것 셋, 머리핀 두 쌍, 조개껍질 하나, 호두 한 쌍, 빗 세 개, 단추와 동전 몇 개, 만 원짜리 두 장, 아버지 사진 한 장 등등.

하나하나 점검을 끝내신 어머니는 그것을 다시 반대 순서로 양말 속에 넣기 시작하셨다. 그때쯤 나는 방문을 열고 시치미를 뚝 떼고는 어머니 뒤에 가서 어머니를 감싸 안았다. 거울 속에는 두 사람 얼굴이 겹쳐진 채 반씩 비쳤다.

"어무이. 저기 누요? 저 거울 속에 저기 누요?"

"허허. 저기 어떤 놈이고? 내 아들 아이가?"

"그럼, 저 할마씨는 누요?"

"그기 니 어미 아이가. 아들이 어미 등에 업혔네?"

이날의 경험은 내게는 너무도 큰 발견이었다.

다음날 나는 생협에서 파는 '자연의 벗'이라는 화장품을 두 개 주문

했다. 순 식물성 화장품이라 어머니가 바르셔도 해롭지 않겠다 싶었다. 아는 분에게 자문을 구해 가며 뜨개질 세트도 구하고 작은 손지갑에 손수건도 색색으로 구했다. 상품들이 도착할 때마다 호들갑을 떨며 어머니께 드렸다. 어머니는 철없는 애처럼 좋아하셨다.

제일 인기를 끈 것은 반짇고리였다. 집을 방문하는 어느 분이 "뭘 사 가져갈까요?" 하기에 번개처럼 반짇고리가 떠올랐다. 그렇게 해서 드리게 된 반짇고리는 옛날 어머니가 쓰시던 대 광주리 모양이 아니라 투명한 플라스틱 통이었지만 어머니는 반짇고리를 보고 반색을 하셨다.

"요즘은 반짇고리가 재주도 좋아. 속이 훤히 보이네? 아이가. 골무 반지도 있네?"

"그러게요. 골무가 다 있네요. 한 번 손가락에 끼워 보세요 네?"

골무를 둘째손가락에 끼신 어머니는 바로 바느질거리를 찾으셨다. 가장자리가 풀려 있는 보자기를 드렸더니 기다렸다는 듯이 홀치기를 하셨다. 골무 안쪽에 얇은 양철 판이 들어 있었나 보다.

"옛날에는 겨울 옷 쪼가리로 골무를 맹글랐는데 이거는 얄찍한데도 바늘이 쏙쏙 잘 들어가네?"라며 좋아하셨다.

바느질을 할 때는 어머니의 정신이 초롱초롱하셨다. 바늘 끝에 시선을 두고 한 땀 한 땀 바늘을 놀리시면서 고도의 집중을 해서인지 한 번도 헛소리를 하거나 망상에 빠지지 않으셨다.

바느질을 하면서 맑아지는 어머니의 정신을 보고는 꾸준히 바느질거리를 챙겨 드렸다. 환몽에 사로잡힐 때나 감정이 상해 있을 때 슬며

시 바느질거리를 드리면 거짓말처럼 기분을 바꾸셨다. 이것이 안 통할 때도 있었지만 대개 반짇고리를 차고앉으시면 모든 상념을 잊고 맑은 정신으로 돌아오셨다.

밭에 일을 하러 갈 때는 트럭에 어머니를 태워 일하는 내 모습이 잘 보이는 곳에 세워 둔다.

"내가 국시라도 한 그릇 끓여 갖다 주면 올매나 좋을꼬. 일하는 사람 부애 나고로 구경만 하고 앉았다."

내가 허리를 펴고 어머니를 향해 손을 흔들면 어머니도 나를 향해 손을 흔들면서 늘 하시는 말씀이다.

"일이라는 기 끝이 있나. 인자 좀 쉬었다 하그래이. 몸치난다. 아이고."

어머니의 동경 어린 옛 기억을 되새기기 위해 새참을 싸 와서 밭둑에 마주 앉아 먹을 때는 어머니가 먼저 수저를 드시는 법이 없다.

"너 먼저 먹어라. 꾸부리고 엎드려서 올매나 허리 아푸노? 어서. 어서 먹거라."

늘 그랬다. 어머니 본연의 자리. 모성을 회복하실 때는 치매 끼가 전혀 없으시다.

동물매개치료

    치매 치유의 한 방법으로 모성을 강화하는 내 시도가 뜻하지 않은 쪽으로 진행된 때는 작년 여름이었다.

    피붙이 자식에 대한 애틋한 보살핌과 측은지심을 유발하는 내 '모성 되살리기'가 상당한 성과를 보이고 있을 때 내 눈에 고양이가 띄었다. 가끔씩 우리 집에 출몰하는 도둑고양이를 길에서 만났는데 얼핏 보기에도 배가 불러 있는 걸 알 수 있었다.

    그래서 생선 토막을 마루에서 잘 보이는 앞마당에 놔두었는데 내 마음을 읽었는지 생선 토막이 어느새 없어져 버렸다. 또 생선을 한 토막 잘라서 같은 데 놔두고는 어머니를 마루로 나오시게 하였다. 마루에서 소일거리를 가지고 시간을 보내시던 어머니 눈에 고양이가 띄기까지는 오랜 시간이 걸리지 않았다.

    "저거 봐라. 저거 봐라. 괭이다."

비밀스런 큰 발견이라도 한 듯 속삭이는 말투의 어머니 목소리에 모른 척하고 어머니 곁에 가 앉았다.

"아이가. 배부른 것 봐라. 새끼 뱄구나."

"고양이네요? 도둑고양이구만요."

분명 옛날에는 고양이를 좋아하지 않았던 어머니였다. 고양이 우는 소리가 갓난애 울음 같다고 유난히 싫어하셨었는데, 새끼 밴 고양이여서인지 아니면 치매가 생기면서 모성성이 커진 것인지 또는 모성 강화 훈련 덕인지 알 수는 없었다.

생선 한 토막을 물고 쏜살같이 도망가는 고양이를 쫓아 목을 길게 빼고 어머니는 "어디로 갔노? 이기요. 거기서 먹지 않고 어대 갔노?" 하셨다.

어머니는 밥 때마다 고양이 먹이를 챙겼고, 내가 밖에 일 나갔다 들어오면 고양이 이야기부터 꺼내셨다.

"그기요. 생선을 먹다가 파리가 앵앵 하니까 파리 잡을락꼬 앞발로 휘익 하는데 하하하. 요리 휘익, 저리 휘익 하하하하."

어머니 웃음에 감염되어 나도 덩달아 웃음이 나왔다.

"그란닥꼬 파리가 저한테 잡히나? 폴짝 뛰드마는 뒤로 쿵 자빠졌다 아이가 하하하하."

어머니는 웃다가 고양이처럼 뒤로 넘어가셨고 나도 폭죽처럼 터지는 웃음을 멈출 수가 없었다.

"고양이 세수 오찌 하는지 아나? 요렇게 싹싹 두 발로 주디부터 닦는 기라. 생선을 다 먹디마는 두 발로 입가를 싹 닦고는 나를 쳐다보길 래 매르치 대가리 던져 줬더니 그거 묵꼬 또 세수하는 기라. 하하하. "너는 하루에 세수 몇 번 하노?" 그랬디마는 "오앵 오앵" 하대. 하하하하."

고양이 흉내를 내면서도 그토록 웃는 걸 보면 고양이가 파리 잡느라 고 공중제비를 넘을 그 당시에 어머니가 어땠는지 상상이 되었다. 신기한 공연을 구경하는 기분이었을까? 승패를 점칠 수 없는 경기를 보는 기분이었을까?

멸치를 사 와서 어머니 손에 쥐어 주면서 고양이 오면 좀 주라고 했다. 오래지 않아 어머니 손바닥까지 와서 멸치를 날름 물고는 달아나는 고양이를 볼 수 있었다. 내 손바닥에는 고양이가 오지 않았다. 그러나 어머니가 손을 내밀면 덥석덥석 물고 갔다. 어머니는 그걸 더 신나 하셨다.

고양이를 통해 암시를 받은 나는 닭 두 마리를 샀다. 곧 알을 낳을 좀 자란 닭을 샀는데 달구둥지를 호박돌 옆에 만들어 놨다.

방문을 열면 바로 코앞에 있는 이 호박돌은 전주 시내까지 나가 고 가구 점에서 사 온 것이다. 어머니의 모성을 강화하는 시도를 하면서 어머니가 젊었을 때 쓰시던 물건들을 여럿 구해 마루와 방에는 물론이고 마당에도 설치하기 시작했는데 이 호박돌은 그 중 하나다.

술 만드는 용수도 있고 가마니 짜는 바디와 챙이, 쇠죽 끓이는 갈코리 등도 걸어 놨다. 치매 있으신 분의 특징이 익숙한 것에 안정감을 갖는다고 해서다.

마늘을 찧거나 콩을 갈 때 일부러 믹서를 안 쓰고 호박돌을 이용하면서 어머니를 마루로 나오시게 해 구경하게 했다. 떡메를 쳐 가며 인절미를 여기서 만들기도 한다. 옛 도구뿐 아니고 어머니 친정 마을에 가서 사진을 찍어 와 방에 걸어 두기도 했다.

호박돌 옆 달구둥지에 닭이 들어가 알을 낳기 시작할 때쯤 고양이는 새끼를 낳았다. 어머니는 겹경사가 났다고 요란했다. 아침마다 "잘 잤나?"에서부터 "마이 묵어라. 마이 묵어야 새끼 젖 마이 나지."라는 덕담까지 보이면 보이는 대로, 안 보이면 안 보이는 대로 고양이와 닭의 안부를 챙기셨다.

어머니가 마루 끝에 앉으시면 닭이랑 고양이가 쪼르르 달려온다. 닭은 닭대로 고양이는 고양이대로 어머니 손끝을 쳐다보고 어떤 먹이가 던져질지 안달을 했다.

닭장에서 달걀을 꺼내 올 때면 닭이 개보다도 더 사람을 따르고 영리한 동물이라고 추어 세우셨다. 이삼일 만에 달걀을 대여섯 개나 꺼내는 때도 있는데 어머니는 "우리 집 닭은 달걀을 하루에 두 개씩 낳았다."며 보는 사람들마다 자랑이다.

집 밖으로 나가실 때는 꼭 "모시 오댓노? 뭐 좀 먹을 걸 주고 가야지." 하신다. 모이를 어머니에게 드리면 닭들이 어머니가 모이를 던져 주기도 전에 손바닥을 헤집고 쪼아 먹는다.

"저어개 나갔다 올낑게 집 잘 보고 있그래이. 갔다 와서 또 모시 주꾸마."

"꼬댁 꼬꼬꼬 꼬댁꼬꼬."

"하하하. 이기요. 말귀를 알아듣는다요. 저것도 한 식군기라. 인자."

진노랑 고양이 새끼들이 섬돌 밑에 와 뒤엉켜 놀면 어머니는 생중계하는 아나운서처럼 고양이들의 동작 하나하나를 설명하곤 했다. 마치 그들과 한데 어울려 노는 것처럼 보였다.

"저놈들이요. 발로 끄러앙고 씨름한다요. 그래 그래, 미티라삐라. 옆에 놈이 좀 거들라 주라. 가마이 보고만 있노 와? 아이고오 사람 맹키로 지 편 내 편이 있는 갑따야."

어머니는 고양이가 영물이라고 하셨다. 왜 영물이냐고 물었더니 고양이가 애기 울음소리를 내서 다른 동물들이 애기를 해치지 못하게 한다는 것이었다. 애기를 집에 혼자 놔두고 들에 나가 일을 하면 고양이가 애기 울음소리로 들짐승들을 다른 데로 유인해 애기를 지킨다는 것이었다.

처음 듣는 얘기라 긴가민가했는데, 하루는 고양이가 닭이랑 마당에서 같이 먹이를 나눠 먹다가 닭한테 쫓겨 달아나는 일이 있었다. 보통은 고양이가 닭을 물어 죽이기도 하는데 우리 집에서는 큰 어미고양이도 닭한테 쫓겨 다니는 것이 이상해서 어머니에게 그 이유를 묻자 이렇게 설명하셨다.

완벽한 창작 설화였다.

밤에 눈이 밝아 뭐든지 찾아내는 고양이하고, 산이나 물도 훨훨 날아서 넘는 닭이 하늘나라에 가서 귀한 금구슬을 하나 구해 오게 되었는데, 닭 등에 타고 집으로 돌아오던 고양이가 하늘에서 세상을 내려다보면서 '우와, 경치 좋다.'고 탄성을 지르는 통에 입에 물고 있던 금구슬을 놓쳐 버렸다고 한다.

그 뒤로 고양이는 닭만 보면 미안해서 쩔쩔매게 되었는데 오죽하면 '닭 앞에 고양이'라는 말이 생겼겠냐는 게 어머니가 만들어 낸, 고양이가 닭에게 쫓겨 다니게 된 이유였다.

어머니가 어릴 때 읽으신 '박씨부인전'을 개작한 것 같기도 한 이 설화를 들으며 벌어진 내 입이 다물어지지가 않았다.

고양이나 닭과 어울릴 때 어머니 정신은 아주 맑았다. 이들에게 짜증내거나 마음 상하는 일이 없었다. 고양이와 닭에게 기울이는 어머니의 관심과 정성을 재미있게 관찰하던 나는 어느 순간 닭과 고양이가 우리 어머니를 정성을 다해 돌보고 있다는 생각이 들기 시작했다.

이게 무슨 일일까? 대지의 여신 '가이아'가 지구의 모든 생명체를 품고 보살피듯이 식물이나 동물을 귀하게 여기고 즉석에서 설화까지 만들어 내는 어머니의 모습도 예전과는 판이하게 다른 것이었다.

동물들의 세계에 대한 책을 읽기 시작했다. 처음 읽은 것이 칼 슈커 박사가 지은 『우리가 모르는 동물들의 신비한 능력』이었고, 그 다음 책이 마타 윌리엄스가 지은 『당신도 동물과 대화할 수 있다』였다. 최재천 교수의 『개미제국의 발견』이라는 책까지 읽게 되었다.

어머니가 앞마당의 닭과 고양이와 주고받는 대화를 눈여겨보면서 내가 이것이야말로 '확장된 모성'이고 '우주적 온정'이라고 진단하게 된 실마리를 이들 책에서 얻었다.

그러던 중 동물매개치료사를 만났다. 대학에서 동물매개치료를 가르치는 교수였는데 동물매개치료라는 말 자체를 처음 듣는 나는 대학에 그런 학과가 있다는 사실이 놀라웠다.

『당신도 동물과 대화할 수 있다』의 저자 마타 윌리엄스가 미국에서 동물원 사육사나 말 조련사를 대상으로 동물과 소통하는 작은 학교를 만들어 운영한다는 것은 알고 있었지만, 우리나라에 동물과의 내밀한 마음 나눔을 통해 치료를 하는 전문가가 있다는 사실이 놀랍지 않을 수 없었다. 한편으로는 반가웠다.

마타 윌리엄스는 수 백 마일 떨어진 곳에 사는 친구가 고양이를 잃어버렸다고 전화를 해 오면 전화기를 잡은 채로 그 고양이가 마을 누구네 집 뒤곁에서 뭐 하고 있는지를 알려 줘서 찾아오게 할 정도로 동물들과 시공을 넘어 자유자재로 대화하는 사람이다. 훈련을 통해 모든 사람이 동물과 그 정도로 대화할 수 있다는 것이 이 책의 주요 내용이다.

어머니가 도둑고양이나 닭을 친구처럼 사귀는 것을 유심히 살펴보면서 나는 사람이 도달하지 못한 위치에 동물들이 가 있는 게 아닌가 싶을 때가 있었다.

사람이 건강을 잃고 병드는 것은 대개 사람 관계에서 비롯된 것이고 사람 사이의 이해 관계가 빗나가는 데서 시작된다. 그러나 동물은 이해 관계가 아주 단순하고 거짓말을 하지 않으며 기대를 배반하지 않는다.

행동의 유형도 몇 가지로 정해져 있어서 관계 맺기와 풀기가 참 쉽다.

단순하게 생각하고 단순하게 먹고 단순하게 살아가는 것이 깨어 있는 사람들이 너나없이 추구하는 삶이다.

근대가 시작되면서 생각하고 추론하여 비평하는 인간 지성의 발달은 수많은 재앙을 만들어 왔다. 옛 사람들이 갖고 있던 높은 직관과 세상 만물과의 소통 능력은 사라져 버리고 저급한 물질 작용에만 얽매이게 된 것이다. 근대의 비극이다. 동물들의 단순한 삶이 비록 본능적 욕구에 기초한 것이라 하더라도 우리 인간들이 배워야 할 덕목 중 하나임에는 틀림없다.

역시 전문가의 견해도 나와 같았다. 대구에 있는 한 대학에서 학생들을 가르치는 그 교수님은 동물들이 갖고 있는 단순함과 신뢰감이 병든 사람을 일으켜 세우는 원동력이 된다고 했다.

당시 우리 집에서 생활하던 어린 학생들과 한 순간에 친구처럼 어울려 버리는 그 교수를 보고 많이 놀랐다. 어느 학생의 경우는 세세한 개인 비밀까지 털어놓고 상담을 할 정도였다. 이 만남을 우연이라고 할 수밖엔 없겠으나 우연에도 연속성이 있다는 것을 알 수 있는 사건이었다. 어머니의 모성 키우기에 동물들이 등장하고, 그러자 듣도 보도 못한 '동물매개치료사'가 우리 집에 찾아온 일을 두고 하는 말이다.

'우연의 연속성'이란 내가 만들어 낸 말이다. 어떤 우연이 생겨나기까지는 우리가 그것을 알아채지 못할 뿐이지 사실은 여러 인연법이 작용한 결과이며 같은 종류의 다른 일들을 연이어 일어나게 한다.

한 가지 파동은 같은 파동의 다른 사건들을 만들어 내는 속성을 가진다는 얘기다. 뉴턴 역학의 관성의 법칙이기도 하고 불교에서 말하는 업이기도 하다. 뜻을 바로 세우고 전념하면 모두 이뤄지는 것도 같은 원리다. 부정적인 사고를 금하고 긍정과 관용의 습관을 키우라는 조언들도 이 같은 원리에 기초한다.

이번에는 아랫동네에 혼자 사시는 초로의 아저씨가 멀리 일하러 간다며 그동안 돌봐 달라고 예쁜 애완용 강아지를 한 마리 가져오셨다. 계속해서 동물들이 우리 삶 속으로 들어온 것이다. 어머니는 그 강아지를 보자마자 기다렸다는 듯이 품에 안고 좋아하셨다. 그 강아지를 어루만지고 챙겨 먹이고 말을 걸고 하시면서 어머니의 무료한 시간들이 사라졌다.

사랑은 존재의 안정성을 강화한다. 애완용 강아지와 극진한 사랑을 나누는 어머니는 눈에 띄게 즐거운 시간들을 보냈다.

치매 있으신 노인들은 사랑을 베풀기조차 힘든 게 현실이다. 모두로부터 거부되기 때문이다. 이치에 맞지 않는다고, 또는 그럴 때가 아니라고 "알았다", "나중에요"라는 말 한마디로 간단히 거부되는 것이다. 오직 동물만이 온전히 그 사랑을 받아 주는 것이다.

아랫동네 아저씨가 보름여 만에 돌아오면서 어머니께 분통을 사 오셨다. 전화로 뭘 좀 사다 드리면 좋겠냐고 해서 혹시 화장품가게에 들러 옛날 사람들이 사용하던 분통이 있으면 구해 달라고 했는데 화장품가게를 여러 군데나 돌아다녀 겨우 구했다며 꺼내 놓는 분통은 옛날 그대로의 모습이었다. 우리 어머니가 단 한 번도 만져보지 못하고 젊은 시절을 보냈을 그 분통이 어머니 앞에 놓였다.

"이기 먹꼬? 분 아이가?"

갖고 싶던 장난감을 얻은 아이처럼 어머니는 반가워하셨다.

"이걸 어디서 구했소? 요새도 이렁기 있는 갑따요."

아랫동네 아저씨와 나는 의외의 어머니 반응에 약간 기분이 들떠서 분갑을 열고 손가락에 끼우는 분 바르개를 꺼내 어머니에게 드렸다. 손에 쥐고 이리저리 살피는 어머니께 얼굴에 발라 보라고 했다. 그러나 꼭 여기까지였다.

어머니는 분 냄새에 얼굴을 온통 찡그리면서 고개를 저었다.

"이기 무슨 냄새고? 꽃가루 냄새 같기도 하고 괴기 썩는 냄새 같기도 하고. 안 해. 이렁 거 안 해."

화장품 냄새가 역겨워서인지 비록 얼굴에 바르지는 않았지만 선물을 받았다는 사실에는 크게 만족하시는 것 같았다.

아, 그래요?

　"'아'자를 일 분 정도 길게 빼고 '그래요?'라고 해 보세요. 이 말은 제가 어느 치매 노인 간병기에서 읽은 것인데 이렇게 하면 어떤 상황에서도 문제를 풀어내는 힘이 생긴다는 겁니다. 문제를 풀어내는 힘이 생긴다기보다 더 이상 문제가 존재하지 않게 된다는 것입니다."

　기발한 착상의 선구자인 군청의 복지 공무원의 말은 그럴 듯했다.

　'아, 그래요?'는 일종의 대화 기법일 수도 있지만 보는 시각에 따라 '공생공락'의 이치에 도달하는 방편이라고 여겨졌다. '공생공락'이라는 말은『녹색평론』발행인 김종철 선생이 처음 쓴 말인데『땅의 옹호』라는 저서의 부제를 '공생공락의 삶을 위하여'라고 했다.

　'더불어 살고 어우러져 즐겁자'는 뜻으로 이해되는 이 말이 봉사와 섬김의 노인 복지 영역에서 주요한 가치가 되었으면 했는데 '아, 그래요?'가 그 길잡이가 아닌가 싶다.

공생공락. 모든 이와 더불어 즐겁게 산다면 이보다 더 좋은 게 또 있 겠는가. 그러자면 첫째도 둘째도 오직 하나, 자기 생각이나 판단의 굴 레에서 벗어나야만 가능할 것이다. 내가 어머니랑 살면서 생기는 셀 수 도 없이 많은 심적 충돌은 어머니의 말과 행동이 내 예측과 판단에서 벗어났다고 여기는 데 있다.

생각을 하고 판단을 하되 그것에 얽매이지 않는 것. 이것을 나는 '아, 그래요?'에서 새삼 실감하게 되었다. 상대방이 뭐라 그러든 무조건 '아, 그래요?' 라고 대꾸하고 보면 상대방의 처지가 얼핏 보인다.

다시 한 번 더 입 속으로 '아, 그래요?'라고 하면 상대방이 자기 조건 에서 늘 최선을 다한다는 것도 알게 된다. 무슨 마술 같았다.

이즈음 나는 어머니의 모든 말씀과 행동에 놀이를 하듯 "아, 그래 요?"라고 했는데 우연의 일치인지는 모르나 놀라운 사건이 생겼다.

어느 날 우리 집에 손님 세 분이 오기로 되어 있었다. 귀농 상담 겸 농사일을 돕기 위해 오시는 분들인데 손님들이 집에 도착하기 전에 어 머니께 누가 온다는 설명을 드려야 하지만, 시나리오가 떠오르지 않아 점심상을 들이면서도 나는 그 생각만 하고 있었다.

처음 오시는 분들에게는 전자우편으로 사진 몇 장을 먼저 보내 달라 해서 그걸 어머니께 보여 드리면서 얼굴을 익히게 하곤 했다. 어머니는 사진을 보면서 고향 마을 누구네 몇째 아들 누구누구 아니냐고 하시기 도 하고 때로는 "뭐하는 놈인데 농사철에 싸돌아 댕긴다카노?"라고도 하신다. 이렇게 사진으로라도 첫 대면을 하고 나면 손님이 왔을 때 어머니는 대개 우호적으로 대하시곤 했다.

이날은 이런 사전 과정 없이 오고 있는 손님을 어머니한테 어떻게 소개하느냐가 내 고민이었다.

"밥상 갖다 녹코 머하노? 손님 오기 전에 어서 먹고 정지로 내 갈 생각 안 하고 딴짓하고 있어!"

어머니의 호통소리에 정신이 번쩍 들었다.

"딴짓하다가도 밥상이 들어오믄 얼렁 들씨 앉아서 밥부터 먹어야지. 지금 제사 지내나?"

어머니 호통소리에 놀란 것이 아니라 '손님 온다'는 말씀에 놀란 것이다. 도대체 손님이 곧 도착하는 것을 어떻게 아셨을까.

"어무이. 손님 와요?"

"세 사람이 지금 오고 있다 캐도 그라네!"

"아, 그래요?"

"얼른 묵어! 손님이 셋이나 들이닥치믄 이걸 엇따 갖다 부칙끼고? 빨리 묵고 밥상 내 가아!"

나는 알았다고 대답하고는 밥을 먹었다. 일단 문제가 해결된 것이다. 어머니가 이렇게 손님 올 줄 알고 계시니 낯선 사람이 와도 욕을 하거나 내쫓지는 않을 것이기 때문이다. 몇 시간 후에 남자 두 분과 여자 한 분이 오셨는데 어머니는 기다렸다는 듯이 반갑게 맞았다.

"밥은 묵었소? 오짝꼬. 우리가 밥을 다 묵고 없어서."

손님들이 큰절을 올릴 때 어머니는 맞절을 하시면서 끼니 안부부터 물었고 우리 집에 밥이 없다는 것을 지레 알렸다. 손님들은 점심을 먹고 왔다고 대답했다.

저녁 때 어머니께 물었다. 도대체 손님 오시는 걸 어떻게 아셨냐고. 사람 숫자까지 어찌 맞췄는지 궁금하지 않을 수 없었다.

"하늘이 다 갈차 주는기다."

"아…, 그래요?"

"하늘에서 우라부지가 다 보고 있응게 내가 알지 앙 그라믄 무슨 수로 아노."

"하늘에서 외할아버지가 다 알려 줘요?"

"하믄."

내 머릿속이 소란스러웠다. 치매를 앓으시는 노인네의 헛말로 넘기자니 예사롭지 않고, 어머니가 하늘과 영적 계시를 주고받는다고 여기기도 기분이 매끈하지 않았다.

잠자리에 들면서 다시 어머니께 물어 보았다.

"어무이. 오늘 손님 오시는 거 진짜 하늘이 가르쳐 줬어요?"

"머락꼬?"

"오늘 오신 손님들요. 손님 오신다고 진짜로 하늘에서 가르쳐 줬냐구요?"

"찌랄하고 있다. 하늘은 무신 하늘이고. 우리 집에 오는 손님인데 오는지 가는지 하늘 지까직게 오찌 안닥카디?"

뭔가 신비스런 영감에 들떠 어머니의 예언 능력을 확신하던 내 기대가 와르르 무너졌다. 아쉬운 마음에 다시 묻지 않을 수 없었다.

"그라믄 손님 셋이 오는 거는 어찌 알았어요?"

"그거는 니가 하도 밥을 먹다 말다 함스로 컴퓨터나 들여다보고 있으니까 어서 밥 묵으라고 해 본 소리지 내가 알긴 뭘 알아."

"아, 그래요?"

어머니 어느 쪽 말이 참말인지 가릴 수가 없었다. 신비한 능력이 드러날까 봐 일부러 시치미를 떼시는 걸까. 진짜 별 생각 없이 별로 한 말일까. 분명한 것은 손님 셋이 우리 집에 도착하기 직전에 미리 맞혔다는 것이다. 불쑥 찾아온 손님들과 이무롭게 잘 어울리시고 헤어질 때 아쉬워하기까지 했다는 사실이다.

그리고 며칠 지나서였다. 여러 날 수돗물이 나오지 않았다. 가뭄이 심해 동네 물탱크가 말라 버렸다. 군청 상수도과에 연락도 하고 당장 계곡에 호스를 연결하여 물을 끄느라 분주했다. 수돗가에는 물 호스가 어지럽게 깔렸지만 빨래가 쌓여갔다. 대부분 어머니 빨랫감이었다. 계곡에서 물을 퍼다 빨래를 하고 있는데 어머니가 목소리가 들렸다.

"자식 양말 하나도 못 빨아 주면서 물도 안 나오는데 빨랫감만 맹글고 있구나 내가."

어느새 어머니가 마루에 나와 계셨다. 나는 어머니 나오셨냐고 인사를 건넸다. 어머니는 내 쪽으로 다가오시더니 손짓을 했다. 뭔가 은밀하게 전해 줄 말이라도 있는 것 같아서 하던 빨래를 밀어 놓고 어머니한테 갔다.

"인자 물 나온다. 내일은 물 나올 끼다. 물 나오걸랑 빨아라."

"아, 그래요? 누가 카디요?"

물 나올 거라는 말이 너무 반가웠다. 하지만 곧 의아한 생각에 누구한테 들었냐고 물었다. 어머니는 한 발 물러서는 듯했다.

"지가 나올 때 되면 나오지 안 나오건나?"

"내일 나온다면서요?"

"내일 나오지."

"진짜요? 내일 물 나와요?"

어머니 말씀을 곧이곧대로 믿을 수는 없다고 판단하고 있었지만 무슨 기적이라도 일어나서 동네 물탱크에서 물이 펑펑 쏟아지면 좋을 거라는 생각에 다음날 계속 신경을 써서 확인해 봤지만 역시 헛일이었다.

어머니 빈말을 신비화하는 나 스스로를 나무라면서 저녁밥을 먹고 어머니 들으라고 짓궂게 한 마디 했다.

"쳇. 오늘은 물이 나올 거라더니 한 방울도 안 나오네요 뭐."

어머니는 못 들은 척하셨다. 괜히 여기저기 두리번거리기만 하셨다.

"그 참 이상하네. 나올 때가 됐는데. 그 참."

어머니 혼자 이상해했지만 나는 물 안 나오는 것을 전혀 이상하다 여기지 않고 물 나올 거라는 말을 까맣게 잊었다.

그러나 바로 다음날 수도꼭지에서 물이 나오기 시작했다. 내가 무주의 한 고등학교에서 강의를 마치고 집에 왔더니 아래윗집 어느 집에서도 물이 안 나오고 가뭄은 계속되고 있었지만 우리 집에서만 물이 나온 것이다. 크게 기대도 안 했다. 군청 상수도과에서 이른 아침부터 포클레인을 동원하여 수도관 연결구를 바꿔 달아서 물이 나오게 해 놓고 돌아간 것이다.

원 수도관을 따라 한참 위쪽으로 올라가 우리 집 마당보다 높은 위치에 있는 수도관의 아래쪽에다 접속구를 달았던 것이다. 물탱크 수량이 아무리 적어도 자연압에 의해 우리 집으로 물이 흘러들게 만들었다. 물이 펑펑 나오지는 않았지만 식수로 쓰기에 부족함이 없었다.

"어머니, 물 나와요. 수돗물이 나와요."

어머니는 방문을 배시시 열고 나를 향해 야릇한 미소를 지었다.

"아암, 나와야지. 니가 하는 거 봐서는 물이 나와야 하고 말고. 너 같은 사람이 세상 천지에 오대 있건노."

나는 순간적으로 손가락으로 나를 가리키면서 장난스레 말했다.

"여기 있잖아요. 저 같은 사람 여기 있잖아요."

"그랑께 물이 나오능기지. 하늘이 다 내려다보고 있능기라. 어미한테 잘 하믄 하늘이 가마이 안 있다."

'아, 그래요?' 요법을 사용할수록 관계들이 잘 풀렸다. 이 요법의 핵심은 의심하지 않고 상대를 전면적으로 수용하는 것이다. 문제를 꼬집어 내서 그걸 고쳐 보겠다고 시도하는 열정의 반만 사용해도 문제를 해결할 수 있었다.

어머니는 내가 겪는 어려움을 그냥 지나치는 법이 없었다. 늘 위로하고 격려했다. 손이라도 잡으면 이런 식이다.

"손이 다 텄네. 머시라도 좀 발라야지 나무껍데기처럼 이기 먹꼬?"

주무시다가 일어나면 하시는 첫 마디가 있다.

"뭐 좀 묵었나?"

초저녁이건 새벽이건 막론하고 내 대답도 기다리지 않고 옷장에 숨겨 둔 쥐포나 뒷마루에 있는 두유를 꺼내서 먹으라고 주신다.

물론 임계점이 있다. 늘 그렇지는 않다. 속으로 삭히거나 억제하지 않고 느낀 대로, 바라는 대로 툭툭 드러내 버리는 것이 치매 앓는 사람의 특징이기도 하다.

어머니의 입원

작년 말쯤이었다. 겨울이 본격화되면서 어머니가 눈에 띄게 쇠약해지고 옷에 실수하는 횟수도 잦아졌다. 헛소리도 많아지고 공격성이 심하게 늘었다. 신체적 고통도 자주 있었다. 한 번 앓기 시작하면 밤 내내 앓으셨다. 다리도 쭉 뻗지 못하고 몸도 돌려 눕지를 못했다.

어머니 곁에서 한숨도 못 자고 새벽을 맞는 일이 비일비재했다. 그러던 어느 날 형제와 누이가 서넛 왔을 때다.

"아무래도 어머니가 오래 못 살 것 같다."

안방에서 밥 먹다가 한 분이 어두운 표정으로 그런 말을 뱉었다. 어머니가 곁에 계셨다. 물론 귀를 잡수신 어머니에게는 안 들렸지만 나는 뜨끔했다.

방에 앉아 우리끼리 얘기를 하더라도 어머니와 원을 그리듯이 동그랗게 앉고, 어머니 쪽에 절대 등을 보이지 않게 해 어머니가 소외되는 일이 없도록 노력해왔는데, 어머니가 오래 못 사실 것 같다는 얘기를 어머니 있는 자리에서 불쑥 해버리니 내 가슴에 큰 바위가 올려진 기분이었다.

말이 씨가 된다고 그 말이 앞날에 대한 일종의 암시였을까? 그로부터 며칠 지나지 않아 어머니는 병원에 입원을 하게 되었다. 어머니를 모시고 나서 처음으로 병원 신세를 지게 된 것이다. 근 사흘을 전혀 드시지도 못하고 누워서 대소변을 받아내는 날이 계속되더니 끝내 혼절을 하셨다.

미음과 죽도 떠 넣는 대로 입가로 흘리시더니 눈도 못 뜨고 헛소리를 하시자 너무 당황한 나는 119를 부르게 되었다.

물론 나 혼자라면 향을 피우거나 명상 음악을 틀고는 몸을 주무르고 기도를 했을 것이다. 며칠 먹지 못하는 것은 크게 걱정하지 않아도 된다는 것은 숱한 단식 수련을 통해 내가 체득한 몸의 원리이기 때문이다. 그러나 형제들의 정서를 고려할 때 119를 부르지 않을 수 없었다.

긴급 구호에 익숙한 119 전화 상담자는 몇 가지 아주 요긴한 사항들을 묻더니 필요한 것을 챙겨서 금세 우리 집으로 왔다. 구호 복장의 건장한 사내들 셋이서 들것에 어머니를 옮겨 눕히더니 119 자동차로 모셨다.

어머니는 낯선 사람들의 손길이 어색하고 두려웠나 보다. 고래고래 소리를 치셨다. 뭐하는 놈들이냐고, 이놈들이 사람 잡는다고 고함을 지르셨다. 구호 차량 응급대에 누워서도 손에 잡히는 모든 것을 휘어잡아

당기고 비틀고 했다.

어머니가 언젠가 우리 곁을 완전히 떠나가실 때도 저렇게 가시는가 보다 싶으니 가슴이 찢어지는 것 같았다. 임종을 온몸으로 거부하며 발버둥치는 어머니 모습을 어떻게 지켜봐야 하나. 그런 임종이 안 되고 평온하실 수 있도록 해야 할 텐데. 남은 나날을 어떻게 보내야 평온한 임종이 될까 머릿속이 어지러웠다.

어머니 팔과 어깨를 양손으로 번갈아 쥐고는 안절부절못하면서 어머니를 진정시키고자 애 쓰는 나를 곁에 앉아 보고 있던 구급대원이 도리어 위로하기 시작했다.

괜찮겠다고. 할머니가 기운이 펄펄 넘치는 거 보니까 걱정 안 하셔도 되겠다며 나를 다독였다. 나는 어머니가 발버둥치며 소리 지르는 것을 보고 놀라는데 비해 그 구급대원은 도리어 걱정하지 않아도 되는 현상으로 판단하는 것 같았다.

한숨을 돌린 나는 형제들에게 문자를 보냈다. 급히 연락을 해 함께 대처할 사람은 누가 뭐래도 형제들뿐이었다. 금세 전화와 문자가 쏟아져 들어왔다. 홀로 갈팡질팡하던 내게 그보다 큰 격려는 없었다. 둘째 형에게서 몇 시에 서울을 출발하겠다는 문자가 들어왔고 여동생과 누이는 몇 시에 어디서 만나 같이 출발하기로 했다고 연락이 왔다. 형수도 바로 오겠다고 전화가 왔다.

병원에 갈 상황이 되기 전에 어머니 건강할 때 두어 달에 한번이라도 정기적으로 오면 좋을 것을 꼭 관례처럼 위급 상황에서 우르르 내려

오나 싶어 어머니가 위급한 건 아니라고 해명을 하느라 또 다시 나는 진땀을 흘려야 했다.

문자로만 해서는 안 될 것 같아 일일이 전화를 돌렸다. 안 와도 된다고. 급히 와야 할 상황은 아니라고 해도 이럴 때 와 보지 않으면 안 될 듯이 이미 두 사람은 출발을 한 뒤였다.

어머니는 병원의 낯선 풍경에 끝내 순응하지 않았다. 링거액과 영양제를 투입하려는 주사 바늘을 계속 뿌리치셨다. 고함을 치시면서 집에 가겠다고 하셨다. 며칠 굶은 사람 같지 않았다. 기운이 펄펄 넘쳤다.

주사약을 맞지 않아도 될 것 같았지만 곧 기력이 더 쇠진해질 거라는 의사선생님 말씀에 겨우 주사 바늘을 팔뚝에 찔렀다. 잠이 설핏 드신 어머니는 정신이 들 때마다 집에 가겠다고 하셨다. 밤잠을 여러 날 못 자고 병원에 오면서 긴박했던 나는 한꺼번에 피로가 몰려와 어머니 곁 침대에서 곯아떨어져 버렸다.

옆 침대의 어머니가 얼마 동안이었는지는 알 수 없지만 가는 목소리로 나를 부르는 소리가 들렸다.

"희식아. 희식아~ 가자. 집에 가자 희식아."

숨을 몰아쉬며 어머니가 손을 휘젓고 있었다.

"여기 우리 집 아이다. 우리 집 놔두고 와 여기 있노? 가자. 집에 가자."

주사액은 아직 남은 상태였다. 부스스 일어나 어머니 손을 잡았다. 하루 새에 폭삭 삭아 보이는 얼굴이 나를 쳐다보았다. 검은 망사 같은 것이 어머니 얼굴을 온통 덮고 있었다. 주름살은 더 깊게 패였고 나를 알아본 어머니 양 눈가로 눈물이 주르륵 흘러내렸다.

어머니가 하고 싶은 말이 집에 가자는 말뿐이랴 싶었다. 더 이상 입 밖으로 낼 수 없는 말들이 모여 이렇게 눈물이 되어 흐르는구나. 눈물에 담긴 어머니의 회한과 고통이 보이는 듯했다.

노인은 한 번 쓰러지면 다시 회복되기 힘들다는 어느 선배 분 말씀이 떠올랐다. 칠 년째 누워 계시는 아버지의 똥오줌을 받아내고 계신 분이다. 일 년 전부터는 욕창이 생겨 특수 매트를 깔고 지낸다면서 이젠 똥도 파낸다고 했었다.

이때 형님 한분이 병원으로 들어섰다. 부랴부랴 서울서 달려온 것이다. 응급실에 침대를 하나씩 차지하고 나란히 누워 있는 우리를 보고 형님은 안절부절못했다.

나는 안도가 되면서 몸의 기운이 좍 빠져나가는 것 같았다. 함께 담당 의사를 찾아가 어머니 상태를 물어봤다. 염증 농도도 알아볼 겸 정밀 피 검사를 하려고 했는데 어머니 상태를 보니 피 검사는 안 해도 되겠다면서 주사약을 맞고 나면 돌아가도 된다고 했다. 링거액을 더 맞기보다 집에 가서 죽이라도 먹는 게 좋다고 하면서 음식을 먹고 소화하는 과정에서 몸의 장기들이 활성화된다는 설명을 덧붙였다.

주섬주섬 돌아갈 채비를 하는데 이때 갑자기 내 몸이 이상해졌다. 한기가 드는 듯싶고 머리가 지끈거리더니 고열이 나면서 맥이 탁 풀렸다. 순식간이었다. 마치 병원에 오면서 바리바리 싸 가지고 온 옷가지

들이 평생 처음 한 바깥나들이를 더 즐기기 위해 나를 병원에 주저앉히려고 어떤 작용을 하는 건가 싶을 정도였다. 결국 형님과 어머니만 집으로 돌아가고 나는 병실에 입원을 했다. 임무 교대였다.

나는 꼬박 사흘을 머물다 퇴원했다. 쌓인 빨랫감 하며 눈에 뒤덮인 땔감들, 얼어붙은 상수도와 계곡에서 양동이로 퍼 나르던 식수가 걱정되기 보다 그런 현실에서 벗어나 정물처럼 누워 있다는 것이 그렇게 후련하고 편할 수가 없는 입원이었다.

어머니의 입원으로 직장을 두고 부랴부랴 왔다가 며칠을 꼼짝도 못하고 산골에 갇혀 지내다시피 했으니 형님들은 여러 갈래 상념들이 오갔으리라. 특히 어지러운 집안 구석구석을 치우면서 짜증이 나지 않았을까 싶었다.

집안의 모든 설비는 내 고집의 산물이다. 수세식 화장실 대신 자연생태 뒷간이라고 해서 관리하기 불편하게 만들었고, 보일러를 놓지 않고 나무로 불을 때는 온돌 아궁이하며, 겨울에 물도 안 나와 계곡에서 길어다 먹는 시설들이 죄다 내 고집으로 된 것들이니 하루 세 끼 밥해 먹고 어머니 뒷수발하는 것만 해도 일손이 보통 많이 가는 게 아니다.

세탁기나 냉장고만 해도 내가 요란한 논리를 내세워 끝끝내 거부하니까 형님이 나 몰래 여동생과 공모(?)를 하여 들여 놓은 것이었다. 보통 사람들의 시선으로 보기에는 늘 비현실적인 생활 방식을 고집하는 나 때문에 식구들의 심기가 불편했던 때가 많았을 거라는 생각이 스쳤다. 내가 고집하는 잡곡밥에 대한 형님의 불만이 떠올랐다. 어머니가 씹기 힘들어 하는데 몸에 얼마나 좋다고 현미 잡곡밥이냐고 나무랐지만 나는 고집을 꺾지 않았었다. 떠오르는 생각 하나하나가 힘들었다.

나는 한숨을 폭 쉬고 벽에 비스듬히 기대서 잠이 들었다.

꿈속에서도 내 잘못이 등장했다. 꿈속에 전화가 와서 받았는데 후배였다. 대뜸 나랑 같이 카페 운영 못하겠다고 나를 몰아세웠다. 이유는 왜 아직까지 사진을 안 내렸냐는 것이었다.

그 후배랑 네이버에서 '부모를 모시는 사람들'이라는 카페를 운영하고 있는데 후배는 내가 올린 어머니 목욕 사진을 문제 삼은 적이 있었다.

어머니 본인의 허락도 없이 목욕 사진을 올리는 것은 여성 인권의 문제고 어머니에 대한 예의가 아니라고 나한테 난리를 쳤던 후배였는데, 나는 이런저런 변명을 하면서 알겠다고만 대답하고 그냥 넘겼었다.

번쩍 꿈이 깬 나는 이게 무슨 징조인가 싶어 바로 카페에 들어가 어머니 목욕 사진에 넓게 모자이크 처리를 했다. "어머니가 목욕 사진을 본다면 얼마나 창피해하겠냐?"는 후배의 말이 비로소 내 귀에 제대로 들리는 듯했다.

사소한 이해의 차이가 발화점이 되어 번지는 감정 대립과 알력은 다 자기 생각을 고수하는 데서 비롯된다. 자기 생각에 사로잡히지 않는 것만큼 큰 자유가 어디 있으랴 싶었다. 카페에서 어머니 사진에 모자이크 처리를 하면서 내 생각의 모진 부위를 부드럽게 라운딩 처리한다는 느낌이 들었다.

어머니의 '우라부지'

계속되는 상념 속에 고양이 한 마리가 나타났다. 우리 집 까뭉이였다. 며칠 집을 나가서 찾아 헤맸던 기억이 떠올랐다.

집을 나간 것인지 길을 잃은 것인지 단정할 수는 없다.

사흘 전부터 우리가 마루에서 밥을 먹을 때마다 닭장 위에 올라가서 우리 밥상을 빤히 내려다보며 야냥거리던 고양이 까뭉이가 안 보였다. 단짝 '바람'이도 같이 안 보였다. 두 마리 고양이를 찾아 나섰다. 우리에게 고양이는 반려동물 이상이기 때문이다. 어머니와의 특별한 관계는 '특별한'이라는 말로는 부족하다.

처음에는 어디서 쥐 한 마리 뜯어 먹고 있겠지 했다. 아니면 좀 멀리로 나들이 갔으려니 했다.

"고양이 누가 때려 죽였는갑따. 오째 나가 찾아볼 생각도 안 한디야."

어머니가 두 눈을 곤추세워 내가 밖으로 내몰린 것만은 아니다. 느굿하던 나의 기다림도 슬슬 불길한 예감과 초조로 바뀌고 있었기 때문이다.

당시 우리 집에 와 있던 여러 명의 손님들이 멀리 산으로 산책을 갔을 때 두 마리 고양이가 따라갔었는데 돌아올 때는 안 보이더라는 증언이 나왔다. 손님과 같이 그 장소로 가 보았다. 고양이와 마지막 동행했던 지점으로 가서 최대한 목소리를 가련한 음색으로 꾸며 고양이를 불렀다.

"까뭉아아."

"이냐오오옹."

"까뭉아아아아아."

공허한 메아리만 산골짜기를 메웠다. 산짐승에게 당했을지도 모른다는 손님들 추리의 비현실성을 조목조목 반박하면서도 나 스스로를 향했던 위안들이 살짝 흔들렸다.

계곡에서 물놀이 하고 있던 한 떼의 가족 피서객이 나를 유심히 쳐다보았다. 무슨 단서를 발견할 수 있을 것 같아 다가갔더니 캔 맥주를 권하면서 "티브이 나오셨죠? 어머님은 건강하세요?" 했다.

나는 그 피서객들의 호의에 최소한의 예의를 갖춘 답례를 하기도 힘들었다. 그 순간이었다.

"저기 있어요. 고양이 있어요."

동행했던 손님이 소리쳐 나를 불렀다.

사흘만의 상봉이었다. 마지막으로 헤어졌던 바로 그 자리, 작은 바위 위에 바람이가 오도카니 올라앉아 있었다. 우리는 반색을 하며 다가 섰다. 그러자 바람이는 우리의 반색을 의심스런 눈초리로 되받아치고 는 뒷발질을 치더니 숲속으로 사라져 버렸다. 수풀 사이로 몸이 사라지 는 순간 바람이의 꼬부라진 꼬리가 선연하게 눈에 들어왔다.

바람이는 원래 들고양이였다. 꼬리가 기역 자로 꺾인 채 우리 집에 정착했다. 까뭉이가 데려온 것이다.

"죽은 네 할아버지 넋이다"라며 까뭉이를 손자보다도 더 감싸고 돌 던 어머니는 바람이도 똑 같이 애지중지했다. 밥상에서도 꼭 밥 한 숟 갈을 남기셨다. 멸치 봉지를 아예 베갯맡에 두시고는 고양이를 챙겨 주 셨다. 쪽가위로 마루 새시 창에 쳐져 있는 스테인리스 방충망에 구멍을 내고 멸치를 건네며 고양이와 은밀한 접선을 유지하셨다.

들에서 일을 하고 지쳐 돌아온 내게도 어머니는 "우리 까뭉이 오대 갔노?"라고 물을 정도였다. 밥상을 차리면 "고양이 밥은?"하고 묻곤 하 셨다.

밖으로 나들이 갈 때면 골목까지 따라와 꼭 배웅을 하는 까뭉이와 어머니의 이별 의식은 각별하다 못해 장엄했다. 머리를 쓰다듬거나 품 에 안고 어르시곤 했다.

그것이 가히 장엄하다고 말하는 이유는 어머니의 이어지는 말씀 때 문이었다.

"집 잘 보고 있으소. 갔다 와서 멸치 줄게요."

어머니는 정말로 까뭉이를 돌아가신 외할아버지의 넋이라고 믿고 계신 듯했다.

그래서 나도 지금은 까뭉이가 어머니 말씀처럼 우리 외할아버지 넋일 거라고 생각한다.

어머니는 늘 외할아버지를 "우라부지 우라부지" 하신다.

내겐 '외'자를 빼고 그냥 할아버지라고 이르신다. 어머니 유년 시절의 성장과 공부에 '우라부지'가 미친 영향은 절대적이었던 것으로 보인다. 거의 신격화되어 있다. 큰 마을의 서당 훈장이셨던 외할아버지가 선비였던 것은 분명한데 어머니 기억은 그것을 훨씬 뛰어넘는다. 한 아버지인 내가 부럽고 부끄러울 정도다.

돌아가실 날짜와 시간도 다 알고 주변 정리를 미리 하셨다든가, 단이틀을 앓다가 숨을 거두셨다든가, 갓 결혼한 부부의 첫애가 언제 태어날지, 사내앤지 계집앤지까지 다 아셨다는 등 우리 어머니의 '우라부지' 비화들은 끝이 없다. 재액을 막는 방편이나 세상에 벌어질 난리도 다 알고 일러 주셨다고 한다.

어머니가 일곱 살 계집아이였던 시절, 외할아버지는 망태기를 짊어지고 어머니와 함께 약초를 캐러 높은 산을 오르내렸다. 개울이 나타나면 망태기에 어린 딸을 담아 개울을 건넜고, 좋은 약초를 캐면 깨끗한 계곡 물에 흔들어 씻은 다음 딸에게 먹였다. 온갖 놀라운 신화들이 등장하는 약초를 먹은 어머니는 어두워져도, 배가 고파도 외할아버지에게 투정을 부리지 않았다고 한다.

이렇게 외할아버지와의 각별한 기억을 갖고 계신 어머니는 몸 상태가 안 좋고 삶이 고단하다 싶으면 늘 '우라부지'를 찾는다.

"우라부지는 날 데릴러 온다카디 하늘에서 머 하느락꼬 이리 안 오시노."

"희식아. 나는 간다. 우라부지 골목 밖에 오셨다. 인자 나는 간다. 우라부지한테 간다."

내겐 그 '우라부지'의 넋인 까뭉이를 어머니에게 모시고 가야만 하는 일종의 신성한 의무감이 있었다. 까뭉이였다면 분명 밭 언덕을 구르면서 내게로 달려왔을 것이다.

그러나 바람이는 달랐다. 들살이를 접고 우리 집에 정착해 맺었던 그동안의 친교를 완전히 거두어 버린 눈초리였다. 기대를 걸고 기다렸지만 까뭉이는 끝내 나타나지 않았다.

둘이 싸웠나? 왜 같이 안 있지? 까뭉이가 변고를 당하진 않았을까? 손님과 나는 여러 궁리를 하다 바보스런 대책을 하나 마련해서 집으로 돌아왔다.

멸치를 한 줌 쌌고 오징어를 불에 구웠다. 브루스타를 가지고 가 밭둔치에서 오징어를 굽자는 손님의 제안은 거절했다. 까뭉이와 바람이에 대한 모욕이다 싶었기 때문인데, 집에서 구워 가는 것도 따지고 보면 오십보백보였다.

어리석은 인간에게 지혜로운 고양이는 화답을 하지 않았다. 멸치와 오징어를 바위 위에 올려놓고 우리는 돌아올 수밖에 없었다. 갓 태어난 까뭉이를 아랫마을 후배네 집에 가서 얻어 올 때는 후배의 권유대로 철

물점에 가서 방울 달린 개목걸이를 하나 사 왔었다. 까뭉이를 줄에 묶어 기둥에 맸는데 그 줄은 한나절이 못 가서 어머니에 의해 가위로 잘렸고 나는 다시 매지 않았다.

맬 필요가 없었다. 까뭉이는 처음부터 우리 집에 살기 위해 태어난 것처럼 굴었기 때문이다. 아예 어머니 무릎 위에서 살다시피 했다. 우리 집에 오는 손님들도 이구동성으로 애완용 강아지보다 더 살갑다며 머릴 쓰다듬곤 했다. 내가 마루에서 낮잠이라도 잘 때면 내 겨드랑이에 파고들어 코를 골며 자고 있는 까뭉이를 발견하는 것은 다반사였다.

강렬한 현실은 관련된 추억을 한 줄기로 재구성하는 법이다.

이렇듯 까뭉이에 대한 애절한 사연들을 고구마줄기처럼 이어가면서 내가 타고 갔던 트럭을 되돌리기 위해 윗집 입구에 들어설 때였다. 그 집 기둥 뒤에서 까뭉이가 고개를 반쯤 내밀고 있었다.

자동차의 사이드브레이크도 당기는 둥 마는 둥 까뭉이만큼이나 허둥대며 차에서 뛰어내렸다. 우리는 서로를 향해 내달렸다. 와락 내 품에 안기는 까뭉이 털이 부스스 하늘로 날아올랐다.

동물에 대해 조예가 깊은 손님 한 분이 이런 이야기를 들려 주었다. 개는 사람을 쫓아 거처를 옮기지만, 고양이는 자기 거처를 기준으로 사람과 사귄다는 가설이 있다고. 옛집을 안 찾아오는 이유였다.

그 가설은 다음날 무너졌다. 까뭉이를 데려온 다음날 바람이가 우리 마당에 나타난 것이다.

어머니는 오랜 기다림 끝에 상봉한 '우라부지'를 더 극진히 대하셨다. '우라부지'라는 남자가 시샘이 날 정도로 부러웠다. 어떻게 딸과 저런 관계를 맺었을까? 삶과 죽음의 경계를 오가며 아버지의 영향력을 행사하고 계실까? 가족과 혈연은 뭘로 연결된 인연인가? 등등.

내 딸에게 나도 어머니의 '우라부지'가 될 수 있을까 하는 생각이 들었다.

생신 기념 여행

병원을 다녀온 뒤로 어머니는 계속 누운 채 옷과 이불에 실수를 하셨고 짜증과 악담은 도를 더해 갔다. 무슨 대책을 마련해야만 하는 처지가 되었지만 도대체 어떻게 해야 좋을지 알 수가 없었다.

마침 어머니 생신이 다가오는데 이 상태로는 식구들이 와도 제대로 얘기나 나눌 수 있을지 의심이 들 정도였다. 나도 모르게 혼잣말로 "아이고. 며칠이라도 여기서 벗어났으면 좋으련만."이라고 투덜거리게 되었는데 그때 번쩍하고 쓸 만한 생각 하나가 떠올랐다.

어머니랑 같이 여행을 가자.

그래. 나만 이런 상황에서 도망가고 싶을까. 어머니는 표현을 못해서 그렇지 살아 있는 모든 순간이 벗어나고 싶은 순간들이 아닐까. 그래서 어머니랑 같이 여행을 하자는 생각이 든 것이다. 내가 며칠이라도 어디론가 훌쩍 떠나버리고 싶었던 것은 꼭 어머니 곁을 벗어나야 된다는 건 아니었다. 환경을 바꿔 기분 전환을 해 보고 싶었다.

팔십팔 회 생신 기념 여행.

그래. 어머니 평생 처음으로 생일 여행을 해 보는 거다. 이런 생각을 하니 슬슬 기분이 바뀌어 갔다. 참 멋진 발상이 아닐 수 없었다. 나도 남이 해 주는 밥 먹고 남이 데워 주는 따뜻한 물로 세수도 하고 발도 씻어 보자.

"어무이. 제 생일이 언제에요?" 나는 멀찌감치 떨어져서 내 구상을 추진하기 시작했다. 내 생일부터 언제냐고 물은 것이다.

"너 논 지가 언젠데 내가 그걸 여태 안 까묵고 오찌 아노."

나를 낳은 지가 너무 오래 돼서 잊었다는 것이다. 어머니는 늘 이렇게 재미지게 말을 하신다.

"저 낳은 지 얼마나 되었는데요?"

"너 백 살 안 넘었나?"

어머니는 진지했고 나는 섬뜩했다. 얼른 화제를 바꾸었다.

"어머니 생일은 언제에요?"

"찌랄한다. 내 생일 차려 먹을 새가 오딘노? 아 놔 놓고도 미역국 한 번 몬 묵었다."

"애 놓고 미역국 안 드시면 뭘 드셨어요?"

미역국 대신 더 좋은 걸 드셨냐는 듯이 묻는 나를 어머니는 어이없다는 표정으로 물끄러미 보시더니 한숨을 쉬면서 그때를 떠올리신다. 힘겨웠던 시절이지만 옛날을 추억하실 때는 정신이 초롱초롱해지는 걸 알기 때문에 어머니랑 얘기를 엮어가는 중요한 경로가 되어 있다.

"쇠죽 끓이다가도 놓고, 콩밭 매다가도 놓고, 너그 탯줄도 내 이빨로 끊었는데 시어머니가 있나 친척이 있나 미역국 해 먹을 새가 오딘노."

한 시간 가까이 이런 놀이를 해서 어머니가 내 생일은 물론 당신 생일까지 기억해 내는 데 성공했다.

나는 어머니 시선을 끌고 가 벽에 걸린 커다란 농협 달력에서 어머니 생일날을 찾아 동그라미를 그렸다.

자신감이 생긴 나는 여행지에 연락을 해서 예약을 했다.

어머니 생신날 둘째 형님이 서울에서 내려오셨다. 다른 형제들은 안 왔지만 서울에 사는 후배 부부가 어머니 옷이랑 양말, 그리고 깨소금 등을 보냈고 나주로 귀농한 후배가 배즙을 보내왔다. 또 제주도서 유기농 귤 농사를 하는 친구가 한라봉과 키위를 한 상자 보내왔다. 어머니께 보내는 축하 편지까지 들어 있었다.

어머니 용돈을 봉투에 담아 보내 준 사람도 있었다. 재작년 '어머니 건강과 존엄을 위한 기도 잔치'에 왔던 사람들인데 어머니 생신까지 기억하고는 선물을 보내왔으니 뭐라 말로 할 수 없는 고마움이 밀려왔다.

이들 한 분 한 분에게 답장을 하면서 이런 생각이 들었다. 형제들에게 느끼는 섭섭함은 늘 확대해서 기억하고, 이웃들의 정성은 그 크기를 제대로 새겨내지 못하는 내 안의 생각 장치가 참 졸렬하다는.

아내도 이년 여 어머니에게만 매달려 살고 있는 내게 한 번도 불평을 한 적이 없다는 사실이 기억났다.

아내는 어머니 모시느라 늘 돈에 쪼들리는 나를 보고 하는 말이 있다. 절대 형제들에게는 돈 문제를 꺼내지 말라는 것이다. 어머니를 모시고자 했던 당시의 첫 마음이 훼손돼서는 안 된다고 나를 격려했다.

아내와 아이들이 와서 함께 차린 어머니 생신상에는 바늘 쌈지랑 머리핀, 참빗, 나무 수저, 단추, 팬티에 넣는 고무줄 등 어머니가 좋아하실 선물들이 하나하나 포장되어 놓였다.

어머니 기분이 아주 좋은 때에 전격적으로 놀러가자는 제안을 했고 어머니는 들뜬 상태로 나랑 트럭을 타고 여행을 떠나게 되었다. 여행 계획에 전적으로 공감을 하신 형님이 삼십만 원을 내놓고 떠나는 나를 격려했다. 나는 형님의 돈에 힘입어 여행 기간을 더 늘려 잡았다. 처음이자 마지막일 수 있는 어머니 생일 여행. 여행길에 나서면서 들뜨기는 나도 어머니 못지않았다.

반복되는 집안일에서 벗어나고자 하는 단순한 의도에서 여행을 떠났지만 그 효과는 기대 이상이었다.

어머니가 삼박 사일의 여행에서 돌아올 때는 전혀 딴 사람이 되어 있었다. 딴 사람이라고까지 표현하는 이유는 두 가지다.

첫째는 나를 포함한 주변 사람에게 퍼붓던 타박과 푸념을 멈춘 것이고, 둘째는 눈에 띄게 몸이 회복되었다는 것이다.

이런 현상은 트럭이 우리 동네를 벗어나 장수읍을 향해 갈 때부터 나타났다. 온통 눈으로 뒤덮여 있는 우리 동네와는 달리 여기저기 맨 땅이 보이자 어머니는 그새 날씨가 따뜻하니까 눈이 다 녹았다고 신기

해 하셨다.

더구나 논에서 파랗게 자라고 있는 호밀 등 녹비 작물들을 보고는 보리가 퍼렇게 잘 자랐다면서 올해는 눈이 많이 와서 보리 풍년이 들 것이라고 하셨다.

"보리 풍년이 든다고요?"

"눈이 이불잉기라. 눈이 많이 오믄 보리로 이불 덮응께 풍년이지."

"에이. 눈이 많이 오면 추운데 어떻게 풍년이 들어요. 아니에요."

"기라카믄 긴 줄 알끼지. 우라부지가 옛날에 그리 말했다."

어머니는 또 '우라부지'였다.

어머니는 길가에 오가는 노인네들을 보면 "나도 저리 걸어댕기믄 올매나 조을꼬."라고 하셨고, 운봉 근처에서 어느 할아버지가 리어카에 뭘 잔뜩 싣고 끙끙대며 끌고 가는 게 보이자 트럭에 할아버지 태워 주자며 차를 세우게 했다. 남에 대한 관심과 배려가 작동하는 것은 몸이나 마음 상태가 좋아졌기 때문이다.

나는 얼른 차를 멈추고 되돌아가 할아버지 리어카를 밀어주면서 내 트럭으로 리어카까지 실어다 드리겠다고 말씀 드렸다. 할아버지는 말만 들어도 고맙다면서 다 왔으니 그냥 가라고 하셨다.

여행지에 도착해서는 가장 먼저 어머니 목욕부터 했다. 목욕을 못한 지가 보름이 넘었고 물수건으로만 아랫도리를 닦고 있었는데 따뜻한 욕조에 들어가니 이 보다 더 좋을 수가 없었다.

"할아버지가 물 데워 줬나?"

"네. 가마솥에서 할아버지가 목욕물 데워 주셨어요."

"장작이 한 짐은 들어갔겠다. 이 공을 어찌 갚으꼬?"

"밥 많이 잡수시고 안 아프시면 돼요."

"밥이야 많이 묵지. 마이 묵으도 아풀게 앙그라나."

이때부터 나는 여행지의 모든 것을 다 할아버지 은공으로 돌렸다. 맛있는 밥상도 할아버지가 차려 주셨고, 텔레비전도 할아버지가 갖다 주셨고, 방에도 할아버지가 불을 때 주셨다고 했다.

매일 선생님(할아버지)이 들어오셔서 기 치료를 해 주셨는데 어머니는 선생님이 들어오시면 안절부절못하면서 황송해 했다.

"할아부지는 못 하시는 게 없소이? 할아부지가 밥꺼정 해 주시고 지송해서 오짝꼬?"

이틀째는 숙소 밖으로 나가서 어머니랑 눈싸움을 했다. 눈이 안 녹고 남아 있는 밭 구석에 어머니 바퀴의자를 세워두고 내가 눈 뭉치를 던지면 어머니가 손으로 쳐 내는 놀이였다. 어머니가 못 쳐내면 눈에 맞았고 쳐 내도 눈 부스러기 세례를 받았다.

이래저래 눈을 뒤집어 쓰게 된 어머니는 "저놈이 지 에미 얼가 직일라칸다."고 하면서도 즐거워하셨다.

사흘째 되는 날이었다. 식당에서 점심을 가져가라는 연락이 왔다. 이때 번쩍하고 야심찬 모험심이 발동했다. 그동안 다른 수련생들은 다 지하 식당으로 내려가서 밥을 먹었지만 우리만 늘 두 사람 밥상을 방으로 날라다 먹었었다.

"어무이. 할아버지가요. 밥 잡수로 내려오시래요. 저 아래 지하 식당
으로 어무이랑 오시래요."

그러자 어머니가 거짓말처럼 이불을 걷고 부스럭부스럭 엉덩이 걸
음으로 나오시는 게 아닌가. 어머니가 기다시피하면서 지하 식당까지
가서 식사를 하고 계단을 올라왔다.

기적이었다. 그러나 기적은 여기까지였다.

세월 이기는 장사 없다

며칠을 꿈같이 보내고 생일 여행에서 돌아오자 어머니는 거의 작년 가을 시절로 돌아가신 듯했다.

팥 밭으로 고구마 밭으로 같이 트럭을 타고 오가면서 밭두렁을 타고 앉아 새참 함지를 무릎 사이에 끼고 서로 입에 음식을 넣어 주며 가을 햇살만큼이나 정겹던 그때처럼. 이런 날들이 계속될 줄 알았다.

봄날 같이 화사해진 어머니의 일상에 어떤 재미를 더해 드릴까 궁리를 하다가 방구석에 콩나물시루를 넣어 드리기로 했다. 서울에서 여동생이 와서 끓인 콩나물국을 드시면서 콩나물 키워 잡수시던 이야기를 하실 때 이 생각을 했었다.

"집에서 콩나물 질가 먹을라카믄 우에는 불린 콩을 넣고 아래는 생 콩을 넣는기라. 우에 꺼 먼저 뽑아 묵고 나믄 아래 끼 또 자라는고마."

어머니 회고담 그대로 콩나물시루 바닥에는 짚을 한 움큼 깔고 이틀

275

쯤 불린 콩을 넣기 전에 생콩을 몇 줌 먼저 넣었다.

어머니는 무척 기뻐하셨다. 콩나물시루에 물을 줘야 한다면서 새벽에도 일어나셨고, 밥상을 받으시면 "아, 참!" 하시면서 콩나물 물바가지부터 챙기곤 했었다. 이런 어머니를 보면서 나는 콩나물을 다 길러 먹고 나면 아궁이 가마솥에서 청국장 콩을 어머니랑 같이 삶을 생각을 했다.

그러나 손가락 마디만큼 자랐던 콩나물은 더 이상 크지 못했다. 또 어머니가 쓰러지신 것이다.

농협에 신청했던 퇴비가 온다기에 밭에 나가 한참을 기다리다 다음 날 오겠다는 연락을 받고 헛걸음만 하고 집에 돌아왔는데 어머니가 일어나지를 못하시는 것이었다. 그것도 모르고 부엌에서 과일 몇 개를 접시에 담아 방에 들어갔는데 어머니는 가는 실눈만 뜨고는 입도 달싹이지 못했다. 눈물만 계속 흘리고 계셨다.

사흘을 이런 상태가 계속되었다. 어머니를 무릎에 기대게 하고 미음을 떠 넣어 드렸다. 헛소리도 계속했다. 사흘 동안 옷은 물로, 방바닥은 어머니의 똥과 오줌으로 뒤범벅이 되었다. 콩나물은 물을 주지 못해 잔뿌리가 무섭게 뒤엉켰다. 내 가슴에 엉킨 실타래 같았다.

어머니는 이삼 일을 주기로 좋았다 나빴다 했다. 그때마다 내 몸도 꼭 그렇게 따라 했다. 주변이 평온하도록 주의를 기울였다. 어머니 내복은 부러 손빨래를 했다. 발걸음과 눈빛 하나에도 고요를 유지했다.

차마 바라보기조차 안스럽게 어머니는 수척해지셨다.

가족들에게 연락을 할까 망설이기를 여러 날. 밥상을 들고 방에 들어서는데 난데없이 "네 놈이 뭐한데 또 오노?" 하시면서 어머니가 밥상다리를 잡아 쥐고 마구 흔드셨다. 순식간의 일이었다. 밥상이 엎어지면서 방바닥은 난장판이 되었다.

"이까짓 거 처 멕이고 날 끌어내다 버릴라 카는 거 아이가? 내가 그 거 모르까이!"

놀랍기도 했지만 차라리 무서웠다. 어머니 두 눈에는 광기가 번덕였다. 기진맥진해 계시던 어머니 어디에서 저런 광폭한 공격성이 나오는지 아연했다.

"내가 사흘을 굶었다. 하루 이틀 더 안 먹어도 안 죽는다. 안 먹어!"

나뒹굴어진 밥상을 맥을 놓고 바라보며 나는 망연자실했다.

온 집안에 어머니의 가시 돋힌 말들이 난무했다. 욕과 저주, 원망이 나를 향하기도 했고 먼 과거를 향하기도 했다. 허공에 흩뿌려지기도 했다.

나는 가까스로 정신을 챙겼다. 시디로 구워 놓은 '부모은중경'을 오디오로 틀었다. 어머니 은혜 크심을 뼈에 사무치게 노래하는 경전이다. 목탁 소리와 함께 독경 소리가 집안에 울리기 시작했다.

"…가령 어떤 사람이 왼쪽 어깨에 아버지를 모시고 오른쪽 어깨에는 어머니를 모시고, 피부가 닳아서 뼈에 이르고 뼈가 닳아서 골수에 미치도록 수미산을 백 천 번 돌더라도 오히려 부모님의 은혜는 갚을 수가 없느니라."

"…가령 어떤 사람이 손에 잘 드는 칼을 가지고 부모님을 위하여 자기의 눈동자를 도려내어 부처님께 바치기를 백 천겁이 지나도록 하여도 오히려 부모님의 깊은 은혜를 갚을 수 없느니라."

"…가령 어떤 사람이 부모님을 위하여 아주 잘 드는 칼로 그의 심장과 간을 베어서 피가 흘러 땅을 적셔도 아프다는 말을 하지 않고 괴로움을 참으며 백 천겁이 지난다 하더라도 오히려 부모님의 깊은 은혜는 갚을 수 없느니라."

어머니의 쓰라린 시절들이 이 독경으로 조금이라도 위로가 되기를 빌었다. 옆방에서 삼배를 올린 나는 무릎을 꿇은 채 입속으로 독경을 따라 했다.

부모은중경 독경이 계속되면서 어머니의 희생과 헌신에 대한 찬탄과 감사가 집안에 가득 찼다. 어머니의 독기 어린 악담들이 잦아들더니 신음소리로 바뀌었다.

"내가 어지러바서 몬 살아. 너는 어디로 가고 엄노 희식아. 오댄노 희식아."

어머니 옆으로 가서 귀를 기울였다.

"내가 여기서 죽으믄 안 되는데, 우리 집으로 가서 죽어야 되는데. 내가 와 이락꼬. 어지러바서 몬 살것어."

잠시 주위를 두리번거리다 나는 사기 향로에 강화 사자발쑥을 피웠다. 기진맥진한 어머니는 모기소리 만하게 유언처럼 말씀을 계속했다.

"아래채 더금 우에 널빤지 해 놨다. 아이다. 널 속에 넣을 것도 없다.

나 죽걸랑 가마니에 둘둘 말아서 가짐택꼴 밭가로 지고 가서 그냥 싸질러삐라. 뫼똥이고 뭐고 맹글지 말고.”

알았다고 말했다. 그렇게 하겠다고 했다. 그러면서 어머니 등 중앙에 있는 심유혈을 손바닥으로 누르고 둥글게 문질렀다. 정신적인 긴장이 풀리고 마음이 안정되는 혈자리다.

어머니는 한결 고요해진 목소리로 넋두리를 계속했고 나는 열심히 받아 주었다.

열세 살에 시집 왔더니 시할머니 하시는 말씀이, 외로운 게 제일 무서운 거라면서 생기는 대로 많이 낳으라고 해서 자식을 열둘이나 낳았으니 자신은 자식 많이 낳은 죄밖에 없다면서 가쁜 숨을 몰아 쉬셨다.

가슴을 칼로 후벼 파는 것 같다면서 뭇 놈들이 밟아대는 통에 간이 겉으로 나왔다고도 했다. 수염 난 놈들이 끌고 가려고 마당에 들어서려고 하니 소금을 뿌리라고 해서 굵은소금을 한 바가지 가져와 어머니 보는 데서 마당에 뿌렸다.

이번에는 어머니가 둘째 형님을 찾았다.

“경인아. 인자 나는 간다. 널 보고 싶어 하다가 눈 뜨고 간다.”

“아이고오. 내가 와 이래야. 경인아. 너는 언제 올끼고. 아이고오 경인아.”

나는 둘째 형님에게 전화를 해서 어머니랑 연결을 해 볼까 싶다가도 부질없다고 여겨 관두었다.

“나 가더라도 부대 형제간에 싸우지덜 말고 내 눈이나 잘 감겨다오.”

어머니는 툭하면 경인이 형을 찾는다. 곁에 나를 두고도 경인이 형을 찾을 때는 살짝 질투도 난다.

"어무이. 저요. 희식이 여기 있어요."라고 소리쳐 봐도 소용이 없다. "아이고오, 너 말고 경인이 말이라캉께." 하신다.

경인이 형을 찾는 이유를 곰곰이 생각해 봤다. 경인이 형은 내가 부르기만 하면 만사 제쳐 놓고 내려와 어머니를 돌봐드린다. 내가 미처 알기도 전에 농사철 일거리를 알아내고 와서 일을 해 준다. 어머니 입맛에 맞는 음식을 잘 안다. 어머니 틀니 청소, 발 씻기, 머리 감기, 어머니 전용 뒷간 똥오줌 치우기 등 요양보호사보다 훨씬 능숙하다. 경인이 형은 지금의 어머니에게 가장 든든한 자식일 수밖에 없는 요건을 두루 다 갖춘 것이다.

나는 힘들어하는 어머니를 보면서 어머니가 악화되었다 호전되었다 하는 개념 자체를 넘어서고자 했다. 어머니랑 같이 살아가면서 진짜 악화되었다는 것은 오직 한 가지 뿐이리라 여겼다.

몸이 부실해지는 것이 악화가 아니라 주어진 상황을 비관하거나 원망하는 상태가 진짜 악화라고 생각했다. 이것은 어머니에게만 해당되는 것이 아니라 나 자신에게도 해당되는 말이다.

어떤 상황에서도 미움과 원망의 마음이 일지 않기를 바랐다. 어머니가 누구를 원망하거나 미워하지 않는 순간을 살기를 바랐다.

아는 목사님에게 전화로 물어봤다. 이런 원한 섞인 푸념을 잘 들어주고 풀어내게 하는 게 좋은지, 분위기를 바꿔서 그런 기분에서 빨리 벗어나게 하는 게 좋은지를.

목사님은 그랬다. 기도하라고.

나는 내 식으로 기도했다. 동학 수련에서 배운 심고(心告)였다. 심고는 '내가 지금 이러이러 합니다'라고 하늘에 알리는 것이다. 뭘 해달라고 요청하는 것이 아니라, 그냥 내 상태를 살펴서 하늘님께 알리는 것이다.

내 식의 기도는 여기에서 한 발 더 나간다. 지금의 내 상태에 온전히 감사하는 것이다. 감사 이유를 찾기 어려우면 그냥 내 몸과 내 마음 상태가 살펴지는 대로 하나하나 무작정 '감사합니다'를 덧붙이는 기도다. 그럼으로 해서 나 자신의 '지금 여기'를 파악하는 것이고 하늘에 감응하는 것이다. 알고 있는 여러 기도 방법이 있지만 심고야말로 기도 중에서는 최고의 기도라고 여겨오던 터였다.

기도를 통하여 고요가 찾아왔다. 마음의 움직임이 느려지더니 이윽고 멈추었다. 마음이 멈춘 자리에 한 송이 연꽃이 피었다. 마음의 분주함과 혼탁함은 원인이 대상에 있지 않고 나 자신에게 있었다. 내가 다다른 고요는 그대로 어머니에게 전해졌나 보다.

기복이 심하던 어머니의 상태가 점차 안정을 찾았다. 지나놓고 나니 무슨 드라마 같았다. 삶 자체가 드라마에 불과한데 그걸 깨닫지 못하고 순간에 지나치게 집착하며 사는 것이 아닌가 싶기도 했다.

망각 저 너머에

솔직히 어머니 상태를 심각하게 생각하지 않을 수 없었다. 차일피일 미루기만 해 오던 일들을 앞당겨 알아봐야 했다. 장례식장에도 연락을 하고 찾아가서 상담을 했다. 형님 한 분에게만 연락을 하여 그 형님이 가입해 두었다는 상조회에 대해서도 차근차근 확인해 두었다.

어머니 삶의 흔적들도 하나씩 챙겼다. 아이들 소꿉놀이 보자기처럼 어머니 반짇고리 속이랑 손가방에는 아기자기한 손 노리개들이 참 많이 있었다. 하나하나가 다 사연 덩어리였다. 어머니를 달래기 위해 내가 사 모은 것들인데 물건 하나씩에 사연이 한두 개는 겹쳐 있었다. 집을 찾아온 손님들이 가져온 것들도 있었다.

"뭐 하노? 내낀데 와 디비노?"

어머니가 도둑이라도 잡은 듯이 내 어깨를 낚아챘다. 나는 놀라기보다 반가웠다. 일어나지 못할 줄 알았는데 어머니가 깊은 잠에서 깨어난 것처럼 몸을 일으키고 있었다. 정작 놀라운 것은 그 다음이었다.

"작년에 천안에서 온 처자가 나무 빗 두 개하고 나무 수저 한 벌을 주고 갔는데 나무 빗 한 개는 누가 가져 갔노?"

너무 놀라서 입을 딱 벌린 나는 잠시 동안 갈피를 못 잡고 어머니 얼굴색을 살폈다.

'아니. 어머니가. 이럴 수가. 그럼 여태껏 했던 엉뚱한 소리들은 뭔가?' 싶었던 것이다.

꼭 일 년 전 '마음수련'이라는 잡지사에서 기자 둘이 취재를 왔는데 여기자 한 분이 노인들의 관심사를 잘 아는 사람 같았다. 문양이 고급스런 나무 빗 두 개랑 나무 수저 한 벌을 선물로 가져왔었는데 어머니가 뛸 듯이 좋아했었다. 어머니는 그 얘기를 하는 것이었다.

나무 수저 주머니에는 어머니 이름까지 수를 놓아 가져왔는데 어머니는 집안 가보처럼 챙겨 두고 있었다. 언젠가 집에 들렀던 아내가 장식품처럼 갖고 있겠다고 빗 하나를 가져갔는데 어머니는 그걸 찾는 것이었다. '새날이 엄마'가 가져갔다고 말씀드렸더니 어머니는 참 잘했다고 하셨다.

이런 즈음에 '맑고고운마을'이라는 군내 요양 기관을 찾았다. 단기 보호를 신청하기 위해서였다. 나도 같이 자원봉사자처럼 생활할 수 있게 허락해 달라고 부탁을 할 생각이었다.

총무부장이라는 분과 마주 앉게 되었다. 아쉽게도 자리가 없다고 했다. 총무부장은 전화부터 하고 오시지 그랬냐면서 시설 급여 대상자가 아닌 우리 어머니는 단기 보호는 가능한 처지지만 현재는 빈자리가 없어 입소가 불가능하다고 했다.

다음 날 다른 요양 시설을 가 봤다. 미리 전화를 했더니 자리가 있다면서 언제든지 오라고 해서 가게 된 것이다.

깊은 산 속에 시설이 있었다. 같이 간 동네 아저씨가 "이런 데 들어가면 혼자 도망도 못 나오겠다."고 하실 정도로 산등성이를 몇 구비 돌아 있었다. 두 가지 생각이 교차했다. 물 맑고 공기 좋은 장소라는 생각과 치매 노인들의 배회와 이탈을 원천적으로 봉쇄한다는 생각이었다.

내부 시설을 자세히 돌아볼 생각이었는데 그 전에 우리 어머니는 입소가 불가능한 쪽으로 판정이 났다. 내가 바라는 것은 외부 강의가 있거나 참석해야만 하는 행사가 있을 때 하루나 이틀, 그야말로 단기 보호를 해 주는 것이었는데 이곳에서는 최소 한 달 이상 보호를 요청해야 계약서를 쓸 수 있다고 했다. 어안이 벙벙한 나는 단기 보호의 입법 취지가 이게 아닌데 싶었지만 따지지 않고 나왔다.

법에는 '1회 최장 구십 일을 넘길 수 없고 연간 백팔십 일 이내'라고 되어 있다. 시설 입장에서는 수혜자의 생활 안정성과 잦은 입소와 퇴소에 따른 수가 계산이나 절차상 번거로움을 피하고 싶었는지 모르지만, 가족이나 수혜자 입장과는 상반되어 보였다.

어떻게 알았을까. 집에 오니 어머니 기색이 심상치가 않았다.

"너 오대 갔다 오노?" 어머니가 꼬치꼬치 캐물으셨다.

집에 놀러 와 계시던 아랫집 할머니가 나를 보고는 한쪽 눈을 찡긋

하며 불쑥 막말을 했다.

"질겨. 이런 사람은 안 죽고 오래 살 것이여."

목소리는 짱짱하고 고집은 세고 먹는 대로 소화는 잘 하니까 오래 사실 거라는 말이었다.

어머니 아프시면 모시고 가서 치료 받을 병원에 다녀온다고 했더니 휙 돌아앉으면서 병원에 절대 안 간다고 하셨다.

"지난 번에도 멀건 물을 유리병에 담아서 팔뚝에다 놓고는 돈을 몇 만 원이나 받아 쳐 먹은 것들한테 절대 안 가!"

작년 말에 갔던 병원 기억을 해 내고 완강히 거부하시는 모습을 보면 기억의 여과 원리가 새삼 알쏭달쏭했다.

절대 병원에 모시고 가지 않겠다고 다짐을 했지만 어머니는 계속 뻗댔다. 밥때가 되어 밥상을 가져와도 일어나지 않고 가슴이 아프다고 하셨다. 사실 요양 시설을 직접 다녀온 소감은 별로였다. 비록 짧은 기간이라고 해도 선뜻 어머니를 맡기기가 내키지 않는 게 솔직한 심정이었다. 그럼에도 어머니는 어떻게 낌새를 알아채고는 단식 농성(?)을 하시는 것이었다.

"쪼깨만 잡수소 어무이. 시금치나물도 맹글랐고 들깻국도 끓였는데…."

어머니는 손으로 가슴을 한 번 가리키고는 손사래를 치셨다.

"니가 애써서 밥하고 국 끓인 거 생각하믄 일나서 한 술이라도 뜨야마땅하지만 해로분 걸 어쩌노. 가슴이 아플 때는 안 묵능기 존기라."

이러는 과정에 나는 한 발 더 나아갔다. 어머니의 반복되는 일상에 변화 하나를 시도한 것이다. 외박이었다. 어머니의 외박.

그날이 왔다. 어머니는 외박을 나가시고 나만 집에 남았다. 집안이 완전 적막강산이었다. 어머니 안 계신 아침은 온 집안이 고요했다. 전날 밤 나는 한 번도 안 깨고 단숨을 잤다. 자리에 누웠다가 눈을 뜨니 아침이었다. 살짝 코끝을 스치는 어머니 오줌 냄새도 없이 시작된 아침이 생소했지만 나름대로 산뜻했다.

마침 집에 와 있던 열아홉 살 아들이 전날 밤 늦게 나랑 마루에 앉아 보이차를 마시며 담소를 나누다가 색다른 집안 공기가 느껴져서인지 불쑥 물었다.

"아빠. 아빠는 지금까지 여기서 한 번도 할머니랑 안 자본 적이 없어요?"

'한 번도 안 자본 적이 없느냐'는 문법이 워낙 심오해서 무슨 말인지를 잠시 생각해야 했다. 그러고는 어머니랑 같이 산 이 년 반을 되짚어 보았다.

정말 그랬다. 단 하루도 이 집에서 내가 어머니 없이 자 본 적이 없었다. 형제들이 오면 형제들이 어머니 옆에 자고 내가 옆방에 가서 잔 적은 있지만 어머니 없이 내가 혼자 이 집에서 잔 적은 단 하루도 없었다. 늘 어머니 옆에서 잤다. 두 차례 내가 병원에 입원하면서 떠난 적 외에 이 년 반을 어머니 옆 자리를 지킨 것이다.

타 지역 강의나 행사에 참석하기 위해 집을 떠날 때나 내 대신 형제들이 어머니 옆에서 잤다.

"정말 그러네."

대답을 하면서 스스로 놀라웠다. 대견하기도 했다.

그렇잖아도 전날 어머니와 헤어지고 오면서 문득 떠오른 생각이 있습니다. 나중에 어머니 장례를 치르고 돌아설 때도 헤어짐은 이런 식으로 시작될까? 어머니가 먼저 떠나실까, 내가 먼저 떠나게 될까. 혹 지금껏 손잡고 자고 손잡고 일어났듯이 나란히 손잡고 이 세상을 하직하게 되지는 않을까.

여러 상념들이 떠올랐다. 어머니를 '하늘내노인복지센터'에 모셔 두고 아들이랑 돌아오면서 울컥 가슴이 차올랐던 이유는 그래서였다.

당초 어머니를 모시고 장수군 천천면에 있는 '하늘내노인복지센터'에 갔던 것은 '단기 보호'가 가능한지를 알아보기 위한 것이었다. 이곳을 선택한 이유는 바우처 서비스에서부터 줄곧 우리 집에 와서 어머니를 돌봐주시는 요양보호사 선생님이 계시기 때문이었다.

먼저 이곳에서 주간 보호를 두어 번 해 봤는데 의외로 잘 어울리셨다. 일 년 전에는 가까운 장계면에 있는 '더불어함께사는 모임'에 주간 보호를 갔다가 끝내 포기했는데, 어머니가 워낙 성격이 강하고 특히 귀를 잡수셔서 못 들으시니까 더 그랬던 것 같다. 내가 곁에서 같이 놀았는데도 한두 시간을 못 어울리고 집에 가자고 성화여서 돌아오곤 했다.

이번에는 잘 노시기에 하룻밤 외박까지 시도하게 된 것이다. 혹시나 싶어 일어서면서 같이 집에 안 갈 거냐고 물었다. 어머니는 당신 특유의 우회 화법으로 대답하셨다.

"여기나 집이나 와 이리 시원하노. 똑 같네."

그러고는 나를 빤히 쳐다보시더니 의외의 말씀을 하셨다. 여차하면 집으로 모시고 갈 생각인 나를 놀라게 한 것이다.

"늦었는데 인자서 집에 오찌 가건노? 여기서 잔다카믄 자락 카건나?"

이렇게 해서 어머니는 그곳에서 외박(?)을 하게 되었고 나는 어머니 안 계신 아침을 맞았다. 아마도 어머니는 생에 몇 번 안 되는 외박일 것이다. 뿐만 아니라 수 십 년 사이에는 처음일 것이다.

어머니께서 때때로 하루 이틀 정도 이 '단기 보호'를 하실 수 있으면 내 볼일 때문에 서울에서 형제들을 부랴부랴 불러 내리지 않아도 될 것 같다.

뿐만 아니라 어머니 전용 뒷간에 물 새는 것도 고쳐야 하고 특히 어머니 방 도배도 새로 해야 했다. 방바닥도 그새 많이 닳았고 얼룩도 심해서 종이장판을 새로 깔고 콩기름을 먹이고 싶었다. 이 모든 것이 어머니의 단기 보호가 가능한지에 크게 좌우되는 일이었다.

"오늘 죽을지 내일 숨이 떨어질지 모르는 노인네들만 우글거리는 데서 내가 무슨 재미로 노냐?"고 하시던 작년 말씀이 무색한 하루였다. 요양보호등급 일급이신 어떤 할머니와 같은 방에서 지냈는데 그 할머니를 돌보기까지 하셨다. 요양보호사 선생님을 고향 동네 친구의 따님으로 부르면서 살갑게 대하셨다.

센터로 전화를 걸어 봤다. 야간 보호를 하신 요양사가 아무 걱정 말라고 하신다. 잘 주무셨다는 것이다. 나는 언제든지 어머니가 집에 가고싶어 하시면 모시러 가겠다고 하고 전화를 끊었다. 다 키운 자식 독립한 것처럼 내 기분이 뿌듯하면서 또한 섭섭했다.

그런데 딱 여기까지였다. 오후 한 시쯤에 다급한 전화가 왔다. 오줌 누신 옷도 안 갈아입으시고 밥도 안 드신다고 했다. 어떡해서든 현관으로 몸을 굴리려 하신다는 것이다. 집에 간다고. 누가 만류해도 쥐어뜯고 욕하고 고함만 친다는 전화였다. 나는 그 보란 듯이 웃음이 터져 나왔다.

'그럼 그렇지. 우리 어머니가 어떤 분이신데.' 하는 정체성 재확인의 반가움 같은 게 있었다. 내가 없어도 거뜬하게 살아가시는 어머니의 삶은 있을 수 없어. 암, 내가 있어야지.

마침 내리는 장대비를 뚫고 도착해서 보니 어머니가 센터 본관의 잠긴 현관 유리문 안에서 옷 보따리를 껴안고 앉아 계셨다. 퀭한 어머니 눈초리를 보고 나는 속으로 하하 웃었다. 과장된 큰소리를 뻥뻥 치던 아이가 낭패를 보고 머쓱해하는, 딱 그런 표정이었다.

내가 다가가며 손을 크게 흔들었다. 어머니도 나를 알아보고 손을 흔들었다. 돌아오는 트럭 안에서 어머니가 내게 재잘재잘 하룻밤의 외박 체험을 일러바치기 시작했다. 오줌 누는 데가 멀더라는 둥, 콩나물 국밥을 두 그릇이나 먹었다는 둥, 어떤 할마씨는 목에 줄을 넣고 있더라는 둥. 하시는 말씀으로 봐서는 도저히 방금 전에 험악한 일을 연출

한 사람 같지가 않았다.

언젠가부터 나는 어머니의 망각에 대해 의아심을 품기 시작했다. 어머니의 기억과 망각 사이에는 쉽지 않은 고차 방정식이 작용하고 있는 것으로 보였다. 무엇이 잊혀지고 무엇이 남겨지는가?

모든 망각은 잠재된 고의라는 말이 있다. 그렇다면 기억도 마찬가지다. 망각의 찌꺼기가 기억인 것이다. 미처 잊지 못하고 남아 있는 것에 불과하다.

지리산 수련원에 갔을 때다. 옷을 갈아입을 때도 어머니는 "문 잠갔나? 할아버지 오시믄 오짝꼬?" 하셨다. 목욕을 하자고 해서 욕조에 물을 받고 옷을 벗을 때도 그러셨다. "할아버지 안 들어오실까?"라고. 나는 속으로 기가 막혔다. 눈앞의 자식은 거들떠보지도 않고 만날 할아버지 타령이었으니까.

가져갔던 한라봉을 까 드려도 "할아버지 항개 드리고로 낭궈 둬." 하셨다. 사과를 깎아 드렸더니 접시를 하나 더 가져오라고 해서는 사과 몇 조각을 담아서 할아버지 갖다 드리라고 내미는 것이었다.

"어무이. 백운역 할아버지 말이에요. 지리산 할아버지 말이에요?"

나는 장난기가 발동하여 이렇게 물었는데 어머니 대답은 의외였다.

"백운역 할아버지가 누고?"

어떻게 어머니가 백운역 할아버지를 잊고 지리산 할아버지한테 몰입할 수 있을까. 이 나이에. 어머니의 기막힌 망각에 혀가 내둘려질 판이었다.

어디에서도 구할 수 없는, 내 발에 맞는 구두를 직접 만들어 내셨다는 전설의 구두 수선공 '백운역 할아버지'는 어머니 기억 속에서 무궁무진한 자기 변신과 합체를 거듭하여 세계 최고의 명의도 되었다가 어머니의 수호천사도 되었던 분인데 아예 기억조차 못하시는 것이었다.

지리산 수련원에서 기 치료를 해 주셨던 할아버지의 부인이 밥상을 들고 우리 방에 오셨던 적이 있는데, 할아버지에게 부인이 계시다는 것을 알게 된 어머니는 그때부터 밥이 무르네 되네 하시면서 타박이 보통이 아니었다. 국도 간이 안 맞고 반찬들도 덤덤하다면서 밥을 반도 안 드셨다.

망각은 생존을 위한 자구책에 다름 아닐까? 모든 것을 생생하게 기억해야만 한다면 끔찍한 일이다. 몸은 늙고 병들었는데 모든 과거를 어제 일처럼 생생하게 기억한다면 큰 재앙이라 하겠다.

그렇다면 알쏭달쏭해진다.

치매에 걸리면 기억력이 떨어지고 어제 일도 까맣게 잊고는 생뚱스런 주장을 하게 되는 것인지, 아니면 자기 존재의 보존을 위한 수단으로 가을에 활엽수가 잎사귀를 떨구듯 기억을 떨쳐 낼 뿐인 것을 우리가 치매다, 노망이다 호들갑을 떠는 것인지.

네 번째 요법의 발견

　우리 호들갑의 실체를 적나라하게 엿볼 수 있는 일이 생겼다.

　어느 새벽이었다. 주무시는 줄 알았는데 어머니는 진작 깨어 있었나
보다. 앉아서 책을 읽고 있는 내 무릎을 어머니가 와락 잡아 흔들었다.

　"지리산 할아버지가 오리야. 어서, 어서 가자."

　꿈을 꾸셨든지 아니면 혼자 깊은 상상을 하고 계셨던 듯싶다.

　어머니 생신 여행을 지리산으로 갔다가 어머니가 반한(?) 지리산 선
생님에게 가자는 것이었다. 학교에 강의도 나가야 하고 잡지사에 원고
도 보내야 하지만 나는 대뜸 어머니 손을 마주잡고 반색을 하며 맞장구
를 쳤다.

　"그래요? 정말요? 아유 잘 됐네요. 가요 우리. 지리산 가요."

　"그래도 전화해 보고 가야 안 되건나?"

　연락도 없이 가는 무례를 저지르고 싶지 않은 어머니 마음이 읽혔

다. 나는 바로 수화기를 집어 들었다.

귀를 잡수신 어머니께 들리라고 큰소리로 얘기를 했다. 지리산 할아버지한테 극진하게 안부를 여쭌 다음에 용건을 말했다. 이른바 전화기를 이용한 모노드라마를 연출하기 시작했다.

"오늘은 눈이 많이 와서 차가 못 간다고요?"

"그러면 언제요?"

"눈이 왔어도 살살 조심해서 가면 안 될까요?"

"어머니가 오늘 꼭 가고 싶어 하시는데 어떡해요."

내 연극이 제법이었나 보다. 내 말 한 마디 한 마디에 어머니 표정이 꿈틀꿈틀했으니까. 계속 전화 통화가 이어지고 있는데 어머니가 한쪽 눈을 껌뻑이며 내 무릎을 꼬집었다.

"이기… 눈치 엄씨. 전화 끄너!"하고 안타까운 듯이 내게 속삭였다.

그렇잖아도 전화를 끊어야 하는 처지였다. 띠띠띠띠 하는 수화기 이탈음이 계속 내 귀를 괴롭혔기 때문이다. 이 소리가 어머니에게 들리면 큰 낭패가 될 것이라 이때다 싶어 얼른 수화기를 내려놨다.

어머니는 나를 야단쳤다.

"지리산 할아버지가 나중에라도 몬 오게 하믄 오짤락꼬 그래? 오지 말라카믄 안 가야지. 이기 지 생각만 하지 남 생각은 손톱만치도 안 해야 시방."

내가 지리산 할아버지에게 지리산 가고 싶다고 떼를 쓴다고 여긴 어머니가 도리어 나를 만류하신 것이다. 내가 어머니를 만류해야 할 처지에 어머니가 나를 만류하신 것이다.

내 흐뭇함을 어머니가 더 증폭시켰다. 한숨 자고 나신 어머니 연출의 두 번째 모노드라마가 시작된 것이다.

"순이가 모심을 때 온닥캤는데 오락 캐라."

'순이'는 올해 쉰 살인 서울 사는 내 여동생이다.

"순이가 온다고 했어요?"

"그래. 접때 그랬어. 우리 오늘 모심는데 순이도 오락 캐야."

어머니에게 오늘이 모심는 날인가 보다. 나는 전화해서 순이가 올 수 있는지 물어보겠다고 하고는 전화기를 들었지만 계략(?)이 떠오르지를 않아서 '에라 모르겠다' 하는 심정으로 어머니에게 수화기를 넘겨 버렸다. 전화기 선은 분리시킨 채였다. 이때부터 나보다 훨씬 휘황찬란한 어머니의 모노드라마가 시작되었다.

"순이가? 그래. 나 에미다."

"애들도 잘 있다고? 그래. 문 서방은?"

아니. 사위 안부까지? 옆에서 들으면 영락없는 실제 통화 같다.

"벌써 출근했어? 아이구 부지런해야. 문 서방은 어딜 가나 부지런해야."

이렇게 극진한 안부를 딸과 주고받으신 어머니는 본론을 꺼냈다. 본론으로 접근하는 저 교양 높은 통화 법을 보라.

"순아. 그란대 말이다. 너 오늘 모심는데 올 수 익껀나?"

모심는 날 온다고 했으니 얼른 오라고 독촉하는 게 아니라 상대 의

중을 다시 타진해 보는 신중함을 잃지 않는 어머니의 화법은 어느 모로
보나 훌륭했다.

　이 대목에서 나는 조마조마했다. 순이가 내려온다고 하면 어쩌나 하
고. 어머니는 관객의 마음졸임을 아는지 모르는지 공연을 계속했다.

　"너도 출근한다고? 그라믄 몬 오건네?"

　휴우. 나는 안도의 한숨을 내쉬었다.

　"모심는 거야 어찌어찌 놉을 해서라도 심구믄 되지 머. 출근해야 된
다카믄 출근부텀 해야 안 되건나."

　전화기 코드가 빠져 있는 걸 나는 다시 확인했다. 어디서 저런 능청
이 나올까? 실제 내 여동생의 염체(念體)와 통화를 하는 것일까? 남편
회사에 나가 가끔씩 일을 돕는 내 여동생이 정말 이날은 출근하는지 알
아보리라 마음먹는다.

　"나도 갈끼냐꼬? 내가 가 봐야 안 되건나. 희식이가 혼자 오찌 하건
노. 내가 가서 모춤이라도 아사 줘야지."

　"아이고오 배야. 희식이 지가 농사를 뭘 알아. 만날 책이나 보는 놈
이. 내가 그 농사 혼자 다 짓느라 허리뼈가 성한 데가 엄따."

　어머니의 흥미진진한 이야기가 계속되었다. 아마 딸이 서울 한 번
다녀가시라고 하는 모양이다.

　"찌랄하고 있다. 내가 오찌 그 멀리 서울 가노. 니가 와야지."

　"인자 끊어."

　어머니는 수화기를 내려 놓으려다 다시 수화기를 들더니 마지막 한

마디를 하셨다.

"머락꼬?"

"느그 오라비야 돌아서믄 변덕이라서 봐야 알지."

"모를 심을지 콩을 심을지 내가 오찌 아노."

"모 안 심는닥카믄 나는 팥이나 가릴란다."

모를 심기로 한 오늘. 서울에서 아무도 안 온다고 나만 닦달해 논으로 내몰면 어쩌나 했는데 이 우려도 어머니가 말끔하게 해결해 버리신 것이다.

구성도 그렇고 발성도 그렇고 효과도 그렇다. 아주 완벽했다. 내 공연이 단막극이라면 어머니 작품은 중편 드라마였다. 나는 모른 척하고 물었다.

"머락캐요? 순이가 온대요?"

어머니가 아주 소상하게 통화 내용을 설명해 주었다. 아까 전화하실 때보다 살이 붙고 뼈가 생겨 줄거리는 더 풍성해져 있었다. 뜻밖의 공연으로 아침이 너무도 찬란했다.

비슷한 일은 연거푸 일어나게 되어 있다. 모노드라마 다음은 사이코 드라마였다. 이것도 예기치 않은 순간에 시작되었다.

재치가 반짝이고 웃음도 까르르까르르 잘도 웃는 후배가 있다. 짜증도 벌컥벌컥 내는 이 후배가 우리 어머니의 시도 때도 없는 분노와 공격을 걱정하는 내게 말했다. 사이코드라마를 하자고.

입맛이 당겼다. 좋은 생각이었다. 짚을 뭉쳐서 우리 아버지를 만들고 우리 할아버지도 만들고, 얼김에 나도 하나 만들어서 어머니가 속 풀이를 다 하실 수 있게 한 번 해 볼까? 그래, 사이코드라마를 해 보자. 어머니가 화풀이를 하시고 맺혔던 울화를 다 푸실 수만 있다면, 다시는 공포를 동반한 분노와 저주의 기운에 휩싸이지만 않는다면 뭐든 못하 겠는가.

이런 내 마음을 알았을까? 생각만 하고 바쁜 일과에 푹 파묻힌 나를 어머니가 무대로 이끄셨다. 사이코드라마 무대로. 나는 어머니 속에 이 끌려 무대에 올랐고 드라마는 내가 주도했다. 어머니가 누운 채로 나를 불렀다.

"오늘은 머 학끼고?"

"어무이 얼른 일나요. 어무이. 이거요. 오늘은 이거요."

누운 채 고개를 들락말락 움직이며 어머니가 관심을 보였다.

"와? 먼데. 머 할 낀데?"

"어무이 이거 쫌 해 줘요. 감자 좀 까 줘요."

나는 준비했던 감자를 쓱 내밀었다. 어머니는 식전 아침에 감자부터 먹는 사람이 어디 있느냐면서 "니나 쳐 묵으라." 하고 감자 담은 그릇 을 내 쪽으로 밀치셨다.

"아이라요. 감자 껍데기 좀 까 줘요." 목청을 높여 말했지만 감자는 점심 때나 삶아 묵자면서 내 말을 잘랐다.

어머니는 일어나서야 감자 껍질 벗기는 일임을 알고 반색을 하셨다. 칼을 잡고 사부작사부작 감자 겉껍질만 긁어 벗기기 시작했다. 의미 있는 집안일을 하실 때 어머니는 정신이 맑아지신다.

"입숙까락이 요새는 엄쓰. 칼로 백끼믄 엄지 송까락이 아파. 입숙까락으로 닥닥 긁어야 하는데."

"입숙까락이 먼데요?"

"감자 긁는 기라. 입숙까락 각꼬 감자 긁능기라."

"그걸로 긁으면 잘 긁혀요?"

"내사 마. 감자 잘 긁는닥꼬 이집 저집 불리 안 댕겼나."

기분이 한참 좋아지신 어머니 앞에 나는 장독간에서 따 온 호박잎을 몇 장 놓는다. 어머니는 호박잎 국밥을 좋아하신다.

"호박 이파리 좀 백끼 줘요 어무이."

"여개 노라. 호박잎 팔팔 끄리다가 수제비 덤붕덤붕 떠 너믄 마신능기라."

나는 이때다 하고 준비했던 봉투를 쳐들며 "어무이. 여깃네!"라고 소리쳤다. 어머니가 눈이 댕그랗게 되어 쳐다보았다.

"머이?"

"어무이 이것 봐요. 이 봉지 속에 다 있네!"

내 손에서 봉투를 받아 든 어머니 얼굴에 환한 웃음이 퍼졌다. 봉투 안을 들여다보면서다.

"머가 마이 들었네요. 그건 머시라요?"

"아이가. 이기 머시고? 아이가!"

어머니는 탄성을 지른다.

"건강보험증이네요. 또 있네요?"

"이거 각꼬가믄 돈도 안 받고 병원에서 약도 주능기라. 누가 여따 뒀노?"

"어무이. 쥐포도 있네요."

"아이가. 한방 파스도 두 장이나 있다. 머시 짜드라 이리도 만노?"

봉투 속에는 어머니 좋아하는 머리핀과 빗, 고무줄까지 들어 있었다.

"어무이! 돈요. 돈 여기 있네요!"

나는 월척이라도 한 듯 소리를 질렀다. 봉투에 돈이 들었다고 소리 쳤다.

"머? 그기 돈이가? 올매고?"

"어무이. 이만 원요. 그 돈 여기 있네요."

돈을 본 어머니는 파안대소를 한다.

"감자 깐닥꼬 품삯 주능갑네."

"하하하… 그러게요."

"누가 여개 돈을 넣어 놨으꼬?"

"이거는 어무이 돈 같은데요?"

"내 돈이 와 여개 있노?"

"몰라요. 나는 몰라요."

"은조 그년이 내 돈 싱카간 줄 알았디. 이 돈이 그 돈잉가?"

어머니는 돈 이만 원을 몇 번씩 세어 보며 감동의 재회를 즐기신다. 나는 기회를 놓치지 않고 이 드라마의 핵심으로 들어갔다.

"어무이. 은조 도둑년 아이라요."

잠시 뜸을 들이시던 어머니가 입을 열었다.

"눈 뜬 봉사가 따로 엄써. 돈 엿따 놔 두고 내가 백찌 넘 도둑년 맹글 뿐했구마."

"어무이 돈 맞죠?"

여기까지가 내가 기대했던 드라마의 내용이었다. 그런데 어머니가 한 막을 더 이끄셨다.

"이 돈 머할꼬? 너하고 나하고 하나씩 각꼬 있자."

"원래 어무이 돈인데요. 어무이 하세요."

"항개씩 나눠 가져야지. 혼자 가지믄 돼지라. 자. 이걸로 양말 항개 사 신어라."

나는 어머니가 건네주는 돈 만 원을 받아 지갑 속에 넣었다.

그런데 이번에는 어머니가 내 지갑을 달라고 하셨다.

"이 돈. 이것도 그따 넣어 놓자. 그래야 누가 안 싱카가지."

"돈 싱카가는 사람 없어요. 어머니 주머니에 두세요."

"내가 무슨 필요가 있노. 돈은 니가 필요하지."

이렇게 해서 어머니 몫으로 나누었던 만 원짜리 한 장이 마저 내 지갑으로 들어왔다. 이렇게 돈 이만 원은 원래 있던 제자리로 돌아왔다.

"어무이. 인자 손님들이 쥐포랑 한방 파스랑 돈이랑 싱카갔다꼬 카 지 마요이?"

"인자 카능가. 백지 넘들 의심하능기 아이라."

"그럼요. 우리 집에 오시는 손님들 너무 꺼 손 안 대요."

"사람 의심하믄 저도 의심 반능기라."

"맞아요. 맞아요."

"하모. 서로 믿고 살아야제."

관객 하나 없었지만 둘 다 대 성공을 거둔 공연이었다.

모노드라마와 사이코드라마. 나는 이것을 치매 어른을 모시는 '네 번째 요법'으로 이름 붙였다.

흔들리는 봄

어느 시인은 봄이 오는 모습이 장삼자락을 휘저으며 추는 탈춤과 비슷하다고 했다.

나도 더덩실 너울거리는 탈춤의 품새가 봄은 물론 꼭 치매 노인을 닮았다고 생각한 적이 있다. 오므렸다 내뻗는 팔과 풀쩍풀쩍 뛰는 뜀질은 물론이고 왼쪽으로 휘익 돌다가 어느새 한쪽 다리를 치켜들고 오른쪽으로 몸을 잡아 돌려 고개를 쩔쩔 흔드는 것이 치매 노인과 많이 닮았다. 어머니의 몸과 정서가 겨울 내내 이와 같았다.

한겨울에 해야 제맛이 난다는 걸 알면서도 늦은 봄날에 청국장을 만들어 보기로 한 것은 어머니의 안정에 실마리가 될 듯해서다. 친숙하면서도 향수 어린 재료와 기구로 집안일 하나를 담당하실 때 어머니의 상태가 가장 좋아지는 것을 안다.

나는 마당 한쪽에 있는 호박돌을 가져다 깨끗이 씻고 마루에 올려놨다. 아니나 다를까 어머니는 "그 귀한 호박돌은 어대서 가져왔냐?"고 하시면서 관심을 보이셨다. 청국장 띄워서 호박돌에 찧을 거라고 했더니 예상대로 어머니는 콩 삶는 데서부터 띄우는 것까지 도맡게 되셨다.

잘 삶은 콩을 대소쿠리에 담아 짚을 넣어 이불로 덮고 아랫목에서 사나흘 띄우는 동안 어머니는 정성을 다하셨다. 작년에 청국장 만들 때와 다른 점은 총기가 많이 사라졌다는 것이다. 갑자기 짚은 왜 넣었냐면서 빼내기도 하고 콩이 다 썩었다면서 갖다 버리라고 이불을 걷어놓고 소쿠리를 마루 쪽으로 밀쳐놓기도 했지만 다행히 콩이 잘 떠서 균사가 많이 생겨났다.

호박돌에 청국장을 찧으려고 할 때였다. 놀랄 일이 생겼다. 이 년 전에 이 돌확에 인절미 만들던 기억을 해 내신 것이다.

"이기 그때 문지 떼처럼 뭉쳐 와 가지고 요기서 인절미 해 쳐 먹던 그거 아이가?"

청국장을 찧으면서 이 년 전 호박돌에 인절미 해 먹던 이야기를 한참을 하시다가 난데없이 "이 호박돌 우리 달라고 해 보자. 한동댁 할머니한테 가서 이 호박돌 우리한테 팔라고 해 봐 어서."라고 하셨다. 어머니의 오랜 기억 한 자락에 호박돌 사연이 담겨 있는가 싶었다.

전주까지 가서 골동품 가게를 뒤져 사 왔다고 해도 안 통할 것 같아서 아랫집에 사시는 한동댁 할머니에게서 빌려 왔다고 했었다. 한동 할머께 호박돌을 달라고 해 보겠다고 대꾸를 했다.

이 사안이 이삼 일 동안 어머니의 좋은 관심사가 되었고 나는 호박돌이 우리 것으로 되는 과정을 재미있게 연출했다. 최대한 어머니의 관심과 애착을 모아내기 위한 내 연출은 큰 성과가 있었다. 호박돌을 차지하기 위한 온갖 묘수는 어머니가 다 만들어 냈고 나는 충실한 집행자가 되었다.

"고마 호박돌이 쪼개졌다고 그래봐아. 그라믄 뭐라 카는지."

어머니의 첫 번째 묘안이었다.

현실성이 없어 보였는지 두 번째 만들어 낸 어머니 묘안은 상당한 설득력을 갖추었다.

"자주 안 쓰면 우리 집에 놔 두고 그때그때 우리 집에 와서 써 보라고 그래 봐 뭐라 카는지."

욕심을 떨쳐 버릴 수 없었나보다. 사 버리자고 하셨다. 한 가지 관심사를 여러 날 계속 이어갈 수 있는 어머니가 뜻밖이었다.

이런 어머니가 급기야는 나를 때려서 병원에 실려 가게 했다. 여든여덟이신 노모에게 맞아 병원에 실려 갔다고 하면 사람들이 믿기지 않아 할 것이다. 나 역시 어머니의 체신도 있고 해서 그 누구에게도 말하지 못한 일이다.

한참 깊은 잠에 빠진 자정 무렵이었다.

"어서. 파슨가 먼가 그것 좀 발라 줘. 팔이 끊어질라 칸다."

어머니는 일회용 반창고를 만병통치약으로 아신다. 그래서 조금만 이상하다 싶으면 온몸 가리지 않고 일회용 반창고를 바르신다. 어머니 물건 보관함에는 늘 일회용 반창고가 떨어지지 않도록 틈틈이 사 넣어 드린다.

"머하노. 내 팔이 기계에 팍 짤리는 거 같구마. 반창고 발라 줘."

나는 어머니가 꿈을 꾸시는 것이라 여겼다. 꿈속의 아픈 팔과 현실 속의 반창고 기억이 버무려져 하시는 잠꼬대로 여기고 나는 다시 잠을 청했다. 꿈과 옛 기억, 그리고 현실이 거의 같은 비율로 섞여 하시는 말씀들은 내가 곁에서 슬그머니 이야기 속에 끼어들어 같이 어울려도 보았는데 이것은 어제 오늘 일도 아니었다.

그런데 어머니의 아픈 팔은 꿈을 뚫고 나와서 곁에서 자고 있는 나를 사정없이 내리치셨다.

"이기요. 사람을 벌거 벗겨 놓고 작대기로 때려가지고 팔 병신을 만들라카나. 이기요. 이런 놈이 사람이가 짐승이가." 하면서 불끈 쥔 주먹으로 모로 누워 자고 있는 내 엉치뼈를 도끼로 장작 패듯 내려찍었다.

으악! 비명을 지르며 몸을 빼 냈다. 어머니의 다음 주먹은 방바닥을 내리치셨다. 어디서 그런 힘이 나오는 건지 내 쪽으로 다가오며 계속 공격을 하셨다. 밀려서 거의 방문까지 쫓겨 간 나는 꼼짝도 않고 숨죽인 채 웅크리고 있었다.

결국 119에 실려 가게 되었다. 절룩이면서 아침에는 밥도 하고 뒷밭에 가서 괭이질도 했었는데 통증이 갑자기 쏟아졌다. 쪼그리고 앉아 일을 하다가 일어서는데 한 발자국도 떼어 놓을 수가 없었다.

한숨 자고 난 어머니는 새벽의 전투를 잊고 정신은 거짓말처럼 말짱하셨다. 다만, 깔고 잤는지 팔이 아프다면서 일어나지 않으셨다. 방바닥을 내리쳤던 손 쪽이었다. 손이 퉁퉁 부어 있었다. 어머니는 꿈속에서 스스로를 지켜내기 위한 정당방위 과정에서 부상을 입은 셈이다.

119를 부를 수밖에 없었다. 흙투성이 작업복으로 119에 오르는 것을 보고는 막 도착한 요양보호사 선생님이 옷가지들을 챙겨 주셨다. 응급 처치를 한 구급대원이 아예 전주 큰 병원으로 가 보는 게 어떻겠냐고 물었지만 장수의료원으로 가자고 했다. 전주까지 나갔다가는 세 시간 서비스를 마치고 요양보호사가 돌아가고 나면 어머니를 돌볼 사람이 없을 것 같았기 때문이다. 비용 걱정도 앞섰다.

엑스레이를 여러 장 찍은 장수의료원 담당 의사는 전주로 나가라고 했다. 앰뷸런스에 실려 전주 큰 병원으로 갔다. 비용은 비용대로 더 들고 고통은 길어졌다. 집으로 전화를 했더니 어머니는 일어나지 못하고 오른손에 시퍼렇게 멍이 들어 있다고 했다. 고향 마을 외사촌 형님 부부가 급히 오시기로 했고 서울에서 형제들이 의논에 들어갔다.

허리까지 깁스를 하고 치료를 받고는 꼬박 나흘 만에 퇴원을 했다. 며칠을 아내가 살고 있는 완주군 소양 집에서 쉬고 장계 집으로 갔는데 지팡이에 의지해서 절룩이며 걷는 나와는 딴판으로 어머니는 어찌나 원기가 충천하신지 집에 와 계시던 형님 얘기로는 내가 어디 잡혀갔다고 만날 걱정하던 것 빼고는 한 번도 똥오줌 실수가 없었고 총기도 좋았다고 한다. 겉보기에도 놀랄 만치 건강해져 있었다.

초췌한 몰골로 지팡이를 짚고 절룩이는 나를 보고 형님은 꼭 노인네 같다고 어이없어 했다. 도대체 이게 무슨 날벼락인가 싶었지만 액땜한 것으로 여기기로 했다.

대안교육 활동을 하는 선배 한 분은 내가 전생에 어머니에게 크게 빚진 게 있는 것 같다고 하셨다. 그렇지 않고는 설명할 수가 없는 일들이라는 것이다. 많은 형제 중 막내가 노모를 모시다가 얻어맞기까지 하는 것을 두고 하신 말인데 듣고 보니 그럴 듯도 했다. 이 사태에 대한 가장 착한 해석이라고 여겼다. 그렇다면 이번 생에서 빚을 다 갚아야 되지 않을까 싶었다. 두들겨 맞아서 병원에 입원까지 해야 할 정도의 빚이라면 보통 빚은 아닐 것이기 때문이다. 빚을 청산하지 않으면 다음 생에서 어머니는 또 빚 독촉하느라 누군가와 앙숙 관계를 맺을지 모를 일이다.

지리산 선생님의 생각은 달랐다. 자칭 지리산 산신령들을 데리고 다니며 같이 노신다는 그 선생님은 다른 영의 힘으로 어머니가 살아 계신 것이라고 했다. 어머니 속에 다른 영들이 들어와 있다는 것이다.

재작년 봄에 처음 어머니를 모시고 갔을 때도 하셨던 말이다. 수명이 다 되었다면서 다른 영들이 머물게 함으로 해서만 수명이 연장될 수 있는 상황이라고 하시면서 어떻게 하겠냐고 물었었다.

나는 후자를 선택했고 선생님은 그렇게 조치를 하셨다. 해를 넘기기 어렵다고 하는 말을 듣고 세상에 어떤 자식이 귀신을 쫓아내는 대신 어머니 목숨을 놓겠다고 하겠는가.

이런 허무맹랑해 보이는 얘기들을 나는 맹신하지도 부정하지도 않는다. 나의 독특한 인연들일 뿐이라고 여긴다. 사실 관계에서 맞느냐

틀리느냐가 중요하지 않았다. 이런 얘기들과 관계없이 어머니에 대한 나의 마음가짐과 태도가 어느 쪽으로 향하느냐가 중요했다.

나 죽거들랑

어머니가 기력을 작년 여름 수준으로 회복하시고서 재미있는 사건 하나가 생긴다.

올 삼월 삼짇날에 남쪽 지방에서 열리는 산신제에 어머니랑 갔다가 좀 납득하기 힘든 일을 겪었는데 이 일로 지리산 선생님의 진단을 새삼 떠올리게 되었다.

행사 주최 측에 어머니 상태를 설명하고 허락을 얻고서 어머니랑 제당에 들어갔다. 색동옷을 입고 삼색기를 든 무녀가 춤을 추고 있었는데 한참을 흘겨보시던 어머니가 "미친년 지랄발광하고 자빠졌네"라고 큰소리를 치신 것이다. 다들 놀란 표정으로 우리 어머니를 돌아보았지만 나는 정면만 바라 본 채 가만히 있었다. 대신 신경은 온통 어머니 쪽으로 쏠았다.

어머니는 여전히 잡아먹을 것처럼 제단을 째려보셨다. 언제 또 날벼락이 떨어지나 조마조마하고 있는데 삿대질까지 하면서 어머니가 소리치셨다.

"저년들이 밀그이 저래야? 돈 내노락꼬 지랄하능기지 누가 모르까이!"

행사를 주도하는 몇몇 사람들이 어머니를 모시고 나가라고 내게 눈치를 줬다. 어머니가 귀가 머시다는 걸 모르는 사람들은 점잖은 말로 어머니를 나무라기도 했다.

"아이구 아이구 지랄하네. 나도 저렁 거 다 할 줄 알아. 느긋들 만큼 몬해서 앉아 있는 줄 아나?"

어머니의 목소리는 도리어 커졌다.

지리산 선생님 말씀처럼 산신들이 와서 어머니 몸 속에 있는 잡신들을 건드리니까 저항하는 건가 하는 생각이 스쳤다. 어쨌든 이제는 더이상 가만히 앉아만 있어서는 안 되겠다 싶고 체면치레라도 할 양으로 내가 한 마디 했다.

"하하하…. 어머니 자꾸 그러시면 쫓겨나요. 인자 가만히 계세요."

어머니는 말 상대가 생기자 신이 나셨다.

"내가 와 쫓겨 나? 내 발로 왔는데 어떤 놈이 쪽까 낸단 말고. 가란닥꼬 내가 갈 줄 알어?"

결국 어머니를 밀고 당기고 하여 제당에서 어머니를 모시고 나왔다. 어머니 바퀴의자를 네 사람이 들고서 겨우 우리 숙소로 돌아왔다.

방에 들어오자 어머니는 딴사람처럼 내게 말했다. 하도 사람 같잖은 귀신들이 득실거리기에 차마 눈 뜨고 볼 수 없어서 한 마디 했다는 것이다. 다른 사람들은 정신 나간 치매 노인의 헛소리로 여길지 모르지만 이 말이 내 귀에는 예사롭지 않게 들렸다.

정말 어머니 얼은 빠져나가 버리고 몸뚱이에 다른 귀신이 들어와 있는 것일까? 그래서 나를 두드려 팬 사람은 어머니가 아니라 다른 귀신이었나. 오랫동안 빈 집에 들쥐가 들끓듯이 사람도 넋이 빠진 자리에 잡령들이 난장판을 벌이기도 하겠다 싶다.

사실이 그렇건 안 그렇건 내가 할 일은 변함이 없다. 어머니가 더 좋은 기운, 더 좋은 감정을 가질 수 있도록 여건을 만드는 것이다.

올해도 동네에서 노인들이 관광버스를 대절해서 봄놀이를 간다고 하기에 어머니랑 예약을 했다. 충청도에 있는 청남대로 가자는 사람이 있는가 하면 산골에 살면서 왠 산골이냐며 바다 구경 가자는 사람도 있었다. 매년 바다만 가니 지겹다고 이번에는 좋은 구경거리를 찾아다니자고 해서 정한 곳이 안면도 꽃 축제장이었다.

그곳에 꽃으로 꾸며 놓은 한옥 모양의 조형물이 있었다. 어머니 눈에는 꽃상여처럼 보였나 보다.

"저기 가서 좀 누워 보믄 안 되건나?"

"안 돼요. 저긴 죽은 사람만 들어간대요."

"나는 여러 번 죽었던 사람이다."

자꾸 죽음과 관련된 얘기가 나와서 좋을 게 없다고 여기고 주위를 두리번거리는데 역시 어머니가 내 뒤통수를 치셨다.

"걱정 마라. 내가 안 죽을랑 갑따. 맛있는 내금이 나네. 저쪽으로 가자."

나는 정신이 좀 빠졌다. 이런 경우가 많다. 어머니가 내 속에 들어와 앉아서 내 마음을 다 헤아리고 계시다는 느낌.

어머니가 가리키신 곳은 서산 지역의 토산물을 파는 부스 한 쪽에서 화전을 부치는 곳이었다. 감자개떡과 쑥인절미 세 덩이를 즉석에서 구워 이천 원에 팔고 있었다.

"내가 죽어서도 널 도와줄게. 너는 걱정 마라. 내가 죽어서도 꼭 너를 도와줄 끼다."

감자개떡을 맛있게 드시면서 값이라도 치르는 듯이 내게 덕담을 늘어 놓으셨다.

"너는 욕 봄시로도 말 안 하고 참능기 용해서 내가 도와줄락 카능기라."

겉보기로는 내가 어머니를 모시고 온 것 같으나 대화 내용은 어머니가 어린 아들을 데리고 나들이 나온 모습이었다.

"저기 먹꼬? 어디 함 보자."

젓갈 파는 부스 앞에서 어머니가 나를 세웠다.

"저거 너 좋아하는 명란젓이네. 저거 항개 너라. 저거 넉코 내가 비지찌개 끄리 줄게. 명태 알 비지찌개에 넣어 봐라. 올매나 맛있능고 알 끼다."

오징어 젓갈도 담으라고 하셨다. 장보러 온 시골 아낙이 자식 좋아하는 군것질거리를 사 담는 것 같았다. 진열된 젓갈 중에 명란젓이 제일 비쌌다. 삼백 그램에 만 오천 원이나 했다. 선심은 어머니가 쓰고 돈은 내가 썼다. 내 지갑을 들여다보기라도 하신 듯 어머니는 내 걱정을 걱정했다.

"돈 많이 썼재? 걱정 마라. 우라부지가 다 갚아 줄 끼다."

어머니의 '우라부지'는 어딜 가나 보증 수표가 되는가 보다.

"외할아버지가 돈 갚아 주신다고요?"

"와 주믄 돈 받을라꼬?"

"하하. 아뇨. 저 돈 많아요."

"니가 무슨 걱정이고. 지 에미 살아 있고 마누라 있고 자식은 둘이나 있재. 그만 하믄 됐다."

한마디로 어머니는 나를 가지고 노셨다. 내가 어머니 말놀이를 따라잡기가 어려울 지경이었다.

급기야는 "다리 아푸나? 고만 집에 각까?"라고 하셔서 "다리 아파요. 어무이가 나 좀 업고 가요."라고 대꾸했더니 대답 또한 가관이었다.

"다 큰 놈을 늙은 에미가 업고 가믄 다들 너 병신인 줄 알아. 쫌만 참아. 인자 다 왔어."

시간 가는 줄 모르고 장 구경을 하다가 우리는 몇 번이나 어머니 팬(?)을 만났다. "인간극장 나오셨던 할머니 아니세요?"하면서 어떤 분은 구운 맥반석 오징어를 한 봉지 사 주었고 어떤 분은 기념사진 한 장 찍자고도 했다.

사태 파악이 되셨는지 어땠는지 어머니는 만나는 사람마다 반겼다.

안면도 꽃 박람회장에 처음 들어섰을 때는 "꽃기경은 무슨 기경. 사람 기경이제." 하면서 "바쁜 농사철에 일은 안 하고 밀거이 놀러 댕긴다"고 투덜대셨지만 바다 구경에 맛있는 군것질과 많은 사람들의 환대가 이어지자 기분이 좋아지셨다.

동네 이장님하고는 가끔 전화로 위치를 파악하면서 계속 나는 어머니와 둘이서 맘껏 돌아다녔다. 함께 온 동네 노인분들은 관람을 끝내고 박람회장 입구에 다시 모여 들었을 때야 만났다.

구경을 하는 도중에 어느 잡지사에서 내 원고에 사진을 한 장 넣고 싶다는 연락이 왔다. 박람회장 프레스센터로 가서 사진을 보냈다. 마침 내 개인 누리집에 알맞은 사진이 있었다. 잡지사에 사진을 보냈다고 전화를 넣었다. 바로 이때를 기다린 듯 어머니는 내게 눈짓을 했다. 기저귀를 바꿔 달라는 것이었다. 아무도 없는 프레스센터 빈 사무실에서 편하게 어머니 기저귀를 갈았다. 모든 일이 순조로웠다.

"순리대로 살면 삶이 순조로운 것 같다."던 아들 녀석의 말이 떠올랐다.

순리원 옥미조 선생님의 '순리치유법'을 공부하는 나를 보고 했던 말이다. 이때 아들로부터 "아버지의 자연농사법이나 늙으신 할머니 모시고 사는 것이 다 순조로운 순리의 삶이라는 것을 알게 되었다."는 고백을 듣기도 했었다.

마을 사람들을 태운 우리의 관광버스는 밤 아홉 시가 조금 넘어서 집에 돌아왔다. 집에 와서 어머니는 길이 어록에 남을 말씀을 또 한마디 하셨다.

"어무이. 새들이도 나중에 내 기저귀를 이렇게 잘 갈아 줄랑가 몰라요."

어머니 기저귀를 빼 내고 아랫도리를 닦은 다음 새 내복으로 갈아입히면서 내가 말했다. 몸은 피곤할 대로 피곤했지만 아침 일곱 시에 집을 나서서 아무 탈 없이 꼬박 열 네 시간의 여행을 잘 마치고 귀가한 안도감에 별 의미 없이 했던 말인데 어머니는 그렇지 않았던 모양이다.

내 말을 듣고 어머니는 뭔가 그냥 넘길 수 없는 중요한 순간이라는 표정으로 나를 빠끔히 쳐다보셨다.

"그라믄 니가 영감 된다카는 거 아이가?"

"그렇지요. 제가 영감쟁이가 되는 거지요. 왜요?"

그 다음 어머니 말에 나는 말문이 막혔다.

"와 라이? 그라믄 나는 오짜락꼬? 니가 영감 되쁘믄 나는 오짜락꼬?"

바짝 얼굴을 들이밀고 따져 묻는 어머니 말씀에 나는 뭐라 대답을 할 수가 없었다. 글쎄. 내가 늙어 영감쟁이가 되면 우리 어머니는 어떻게 하지? 한 번도 생각해 보지 않았던 일이다. 어리벙벙해져 있는 아들 표정을 살피다가 어머니는 팽 돌아눕더니 바로 잠이 드셨다. 여행 피로가 크셨나 보다.

어머니 모실 대책도 없이 내가 함부로 늙으면 안 된다는 말씀 같기도 하고 어머니를 잘 모시는 한 나를 늙게 내버려두지 않겠다는 어머니 속마음을 보는 듯도 했다.

　슬금슬금 웃음이 나왔다. 벗겨 낸 어머니 겉옷을 수돗가에서 빨면서 키득키득 소리 내 웃었다. 하루에도 몇 벌씩이나 옷을 벗어 내시면서도 자식은 늙지 않게 해 주시겠다고 큰소리치는 어머니 배포가 부럽고 유쾌했다.

　빨래를 끝내고도 할 일이 많았다. 청소하고 우편물 챙기고 아궁이에 불을 때고 못다한 설거지를 하고서야 마지막으로 내 몸을 닦을 수 있었다. 시간이 한참 걸렸다.

　방에 들어왔더니 내 기척에 어머니가 깨셨다. 한숨 푹 주무신 어머니는 얼굴이 아주 맑았다.

　"빨래 개 줄까?"

　"네?"

　"빨래 안 걷었나? 갖고 와. 내가 개 줄께."

　"빨래요?"

　대답을 하면서 아차 싶었다. 잠꼬대인 줄 알았다가 짚이는 게 있어 얼른 밖에 나가 보았다. 마당 빨랫줄에는 새벽에 집을 나서기 전에 빨아서 널어 둔 빨래들이 가득 했고 빗방울이 우둑우둑 떨어지고 있었다.

　한 아름 빨래를 걷어가지고 방에 들어오니 어머니는 거짓말처럼 잠들어 계셨다. 외경스러웠다. 빨래들을 개키기 시작했다. 갠 빨래를 옷장 서랍에 채 넣지도 못하고 나도 쓰러져 잠들어 버렸다.

　"홀아비로 삼 년이면 이가 서말이라카는 말이 있다."

"네."

"너는 오짝끼고. 홀아비 삼 년이믄 여자 거튼 몬한다 안 카나. 인자 오짝끼고?"

"네?"

어머니가 내 이마를 자꾸 쓸어 올리고 있었다. 그러다가 이불을 끌어다 얼굴까지 덮어 주었다. 어렴풋이 어머니 모습이 보였다. 새벽인가 보다. 나는 잠에서 서서히 빠져나왔다.

"지가 밥 해 묵고 반찬 해 묵고 하면서 입맛이 까다로워져 가지고는 어떤 여자도 그 입맛 못 맞춘다고 그카는데 너는 인자 오짤 끼냐고?"

"에이. 어머니도. 새날이 엄마 있잖아요."

"인자서 너 집에 들어가면 반겨 주건나?"

자나 깨나 자식 걱정이다. 건강할 때도 병 드셨을 때도 오로지 자식 생각으로 선잠을 주무신다. 그렇다. 젊을 때나 늙었을 때나 마찬가지인 것은 어머니의 자식 걱정이다.

나는 주섬주섬 옷을 입고 밖으로 나왔다.

"아이고. 방이 와 이리 얼룩딜룩해야?"

얼룩딜룩한 방바닥이 어머니 눈에 띄었나 보다. 어머니 목소리가 방문 틈으로 새어 나왔다.

"청국장 띄워 먹응께 방바닥이 오줌 싸 농거 맹키로 얼룩딜룩하구마. 더럽꼬로."

나는 그 다음 말이 기다려졌다.

"누가 보믄 내가 오줌 쌌다 안 카건나. 츳츳."

나는 혼자 쿡 하고 웃었다.

빈 골판지 상자를 들고 산으로 올라갔다. 5월 8일 어버이날이었다. 생화로 어머니에게 꽃다발을 만들어 드릴 생각에서다. 색색가지 꽃들을 꺾어 집으로 오니 어머니는 다시 잠이 드셨는지 누워 계셨다. 그런데 여느 때와는 달랐다.

누운 채 두 손을 뻗어 뭘 집어넣고 빼고 하시는 것이었다. 한 손으로 거머쥔 시늉을 하더니 다른 한 손으로 탁탁 치기도 하셨다. 베를 짜고 계신 것이었다. 북을 밀어 넣고 바디로 몇 차례 치는 모습이었다. 엄지발가락에 건 베틀신끈을 왈칵 끌어당기시는가 보다. 누운 채 오른발을 잡아 채셨다.

이번에는 삼베 실이 끊어졌나 보다. 손끝을 입으로 가져가더니 송곳니로 살그머니 물고는 실을 타셨다. 두 손으로 그걸 싹싹 부비셨다. 알 듯 말 듯한 미소가 어머니 얼굴에 번지고 있었다. 감염된 듯 내 얼굴에도 웃음이 번졌다.

어머니는 불사신이었다. 어머니는 영원히 죽지 않는다. 아들의 머릿속에선 수도 없이 죽곤 하지만 그 횟수보다 꼭 한 번 더 되살아 나신다.

나는 서툰 솜씨로 꺾어 온 꽃을 하나씩 챙겨가며 어머니 가슴에 달 꽃다발을 만들었다.

전희식(全喜植)

1958년 경남 함양의 황석산 아래 동네에서 태어났다. 도시에 살다가 1994년에 전라북도 완주로 귀농했다. 2006년에 장수로 가서 치매 있는 어머니를 모셨다. 자연 농사를 생활의 중심에 두고 만물과 소통하는 삶을 추구하며 산다. 몸 움직이는 걸 좋아하고 보이는 것보다 안 보이는 것에 관심이 많아서 정령과 파동에 너지에 민감하다.

만 8년을 같이 산 어머니가 빛이 되어 하늘나라로 가신 지 7년이 되었다. "내가 죽어서도 너 하나만큼은 잘 되고로 해 주끄마."라고 한 어머니가 약속을 잘 지키고 있는 것을 확인하는 나날을 보낸다.

독일, 뉴질랜드, 북유럽, 남미, 인도, 대만, 일본 등의 공동체를 두루 다녔고 공감과 회복의 치유 수련을 지도하며 산다. 『소농은 혁명이다』(모시는 사람들, 2016), 『마음 농사 짓기』(모시는 사람들, 2019), 『습관 된 나를 넘어』(피플파워, 2022) 등 20여 권의 책을 펴냈다. nongju@naver.com

김정임(金貞任)

1922년 경남 함양 서하의 한 마을에서 태어나 서당 훈장이신 아버지 밑에서 대여섯 살 때부터 구운몽, 사씨남정기, 춘향전 등 한글 고전들을 읽으며 자랐다. 삶의 막바지 8년을 막내아들과 산골에서 자연치유의 삶을 살다가 하늘나라로 가셨다.

타고 난 이야기꾼으로 바른 소리를 잘해서 젊을 때 별명이 '신문 기자'였다고 한다. 지금도 하루걸러 아들의 꿈에 나타나시면서 알콩달콩한 이야기를 엮어 가신다. 그 꿈은 아들이 운영하는 '(천지)부모를 모시는 사람들' 카페에 오르고 있다. '천지부모'는 동학 2대 교주 해월 최시형 선생의 경전 이름이다.

이 책의 모든 소재를 제공하셨고 질박한 경상도 지방어로 책의 줄거리를 엮었다.

초　판 1쇄 펴낸날 2008년 3월　5일
개정판 1쇄 펴낸날 2023년 5월 10일

지은이　전희식, 김정임
펴낸곳　도서출판 그물코
펴낸이　장은성
만든이　김수진
인　쇄　호성인쇄

출판등록일 2001.5.29(제10-2156호)
주소 (350-811) 충남 홍성군 홍동면 광금남로 658-7
전화 041-631-3914
전송 041-631-3924
전자우편 network7@naver.com
누리집 cafe.naver.com/gmulko

ISBN 979-11-88375-33-2 03800 값 15,000원